Kim Rylee

gestatten:

Jessy

Schutzengel

www.kim-rylee.de

Es gibt nichts Gutes,
außer man tut es.

(Erich Kästner)

Bibliografische Information der Deutschen Nationalbibliothek:
Die Deutsche Nationalbibliothek verzeichnet diese Publikation in der Deutschen Nationalbibliografie; detaillierte bibliografische Daten sind im Internet über http://dnb.dnb.de abrufbar.

2. Auflage

Lektorat: Sandra Nyklazs
Korrektorat: www.worttaten.de
Covergestaltung: Jasmin Whiscy – www.whiscy.de

Herstellung und Verlag:
BoD – Books on Demand, Norderstedt

ISBN: 9783748190585

Inhaltsverzeichnis

Jessy 8

Der Chronist 14

Die E.n.G.E.l. 21

Eine gute Wahl? 30

Himmlische Prüfungen 35

Ankunft in London – 1430 A.D 48

Wer Wind sät 53

Der Spatz in der Hand ... 64

Ein Gefäß für die Schwester 75

Neue Wege 84

Eine Familie für Wendel 89

Das Shelter 93

Jessys Tagebuch 101

Wendels Geburtstag 111

Kundschaft 116

Der Ausflug 123

Vorbereitungen 128

Erkenntnisse 137

Lageplanbesprechung 145

Das Verhör 151

Der Schutzengelnotrettungsdienst 162

Der verlorene Schutzengel 172

Der Anruf 183

Erkundigungen 195

Tischgespräche 207

Unverhofftes Wiedersehen 215

Schützling in Not! 225

Beichte 237

Aufbruch 243

Die Mission 251

Samaels Plan 256

Wenn das Gute auf das Böse trifft 265

Böses Erwachen 273

Anklageverlesung 277

Die Verhandlung 290

Das Urteil 299

... ist besser als die Taube auf dem Dach 307

Leseprobe »Fated Shadow – Die Jagd« 313

Eine Schwärze hielt Jesajah umfangen, hatte sie eingelullt und in sich aufgesaugt. Dennoch fühlte sie sich wohl, gar umsorgt.

»Mach die Augen auf, Goldstück.«
Bereits zum vierten Mal versuchte eine Stimme, sie zu wecken.

»Mama! Wann steht Jessy endlich auf? Ich will wieder mit ihr spielen«, mäkelte die Stimme eines kleinen Jungen.

»Jetzt noch nicht, Joshua. Deine Schwester braucht noch Ruhe.«

»Mamaaaa!«

»Jetzt nicht«, zischte die Mutter, den besorgten Blick nicht von ihrer Tochter abwendend. »Geh zum Herrn. Schau, ob er zu Hause ist. Wenn ja, dann frag nach einer weiteren Decke. Zieh dir aber vorher etwas Warmes über. Draußen ist es bitterkalt.«

»Das ist ungerecht.« Der Dreijährige stampfte mit dem Fuß auf dem Boden.

»Joshua«, entgegnete sie leicht genervt, konnte ihrem Sohn aber nicht böse sein. Er liebte Jessy über alles. Die Geschwister hatten nur selten Zeit zum gemeinsamen Spielen. Nun bedurfte Jesajah ihrer ganzen Aufmerksamkeit, sodass der kleine Bruder in den letzten Tagen zu kurz gekommen war.

»Bitte. Tu mir den Gefallen. Ich denke, du willst ein großer Junge sein?« Die beschwichtigenden Worte verfehlten ihre Wirkung nicht.

»Immer ich«, murrte Joshua, steckte den Daumen in den Mund, dann machte er sich polternden Schrittes auf den Weg.

Jesajah wollte nicht aufwachen. Sie mochte das Gefühl der Geborgenheit. Bisher war sie nur sehr selten in den Genuss von Anteilnahme gekommen, die einem tiefen Liebesbeweis glich. Damit die Familie wenigstens ein paar Krümel zu essen hatte, musste sie viel über sich ergehen lassen. Gemeinsam mit ihrer Mutter schuftete Jessy auf den Feldern. Sobald die Dämmerung einsetzte, half sie bei der Hausarbeit, oder kümmerte sich um den Pferdestall.

»Goldstück, bitte wach auf«, flehte die sanfte Stimme, die für eine Sekunde ein seichtes Lächeln auf ihr Gesicht zauberte.

Ihre Mutter strich die Locke weg, die sich durch den Schweiß auf Jesajahs Stirn geheftet hatte.

»Bitte, Kleines«, schluchzte Mechthild.

»Öffne deine wundervollen meerblauen Augen ... für mich.« Die letzten Worte waren kaum noch zu vernehmen.

Jessy sank zurück in einen wunderschönen Traum. Tauchte in eine Dimension ein, in der sie das gnadenlose Leben, das sie bisher hatte führen müssen, hinter sich lassen konnte. Sie wollte in die Welt entgleiten, in der sie sich gut aufgehoben fühlte, statt in die raue Realität zurückzukehren, die ihr alles abverlangte. Auf einen Alltag, der sich hart wie Marmor gestaltete, konnte sie gern verzichten.

Jesajah verzauberte alle. Ihre Lebhaftigkeit brachte eine herzerfrischende Freude in den schweren Alltag von Mechthild. Es gab kaum jemanden, der nicht auf Anhieb dem kleinen Wirbelwind verfallen war. Jessys helle Lockenpracht sowie ihre kindlich leuchtenden Augen bewahrten die beiden vor dem Verhungern.

Das Leben meinte es nicht gut mit der Familie. Bei einem Überfall auf das Dorf starb Jesajahs Vater. Das geschah an

9

ihrem vierten Geburtstag.

Mechthild hatte sich ihre kleine Tochter geschnappt, flüchtete in den Wald, um dort Schutz zu suchen. Die junge Mutter besaß nichts mehr. Nur Jesajah – ihr Goldstück, wie sie sie liebevoll zu nennen pflegte. Das kleine Mädchen war ihr wertvollster Schatz, den sie mit ihrem Leben beschützte. Sie hatten alles verloren, waren arm wie Kirchenmäuse, als der Himmel über ihnen die Schleusen öffnete. Hastig suchten Mechthild und ihre Tochter Schutz unter einer großen Eiche. Während sie dort, fast verhungert, auf das Ende des Wolkenbruchs warteten, tauchte ein Reiter auf. Trotz des fürchterlichen Wetters stoppte er. Als er das kleine Mädchen – zusammen-gekauert und vor Nässe frierend – an seine Mutter geklammert sah, stieg er vom Pferd.

Er war kein auffälliger Mann – hätte der Makel in seinem Gesicht nicht die Aufmerksamkeit auf sich gezogen. Statt einer Nase klaffte in der Mitte ein Loch, verursacht durch einen Schwerthieb. Zusätzlich bedeckte ein dunkelrotes Feuermal die gesamte linke Wange, als hätte er kürzlich eine kräftige Ohrfeige verpasst bekommen. Wortlos nahm er das Mädchen auf den Arm. Dabei schaute er in zwei Kinderaugen, die ihn voller Hoffnung anhimmelten. Sie schien keine Furcht vor ihm zu haben, ganz im Gegensatz zu Mechthild. Doch die Mutter war zu geschwächt, um gegen einen Kämpfer wie ihn bestehen zu können.

Er stellte sich als Raguil vor, erklärte, dass seine Frau, die den Haushalt geführt und ihn versorgt hatte, kürzlich verstorben sei. Zudem brauchte er jemanden, der die Felder bestellte.

Dankbar, endlich ein Dach über den Kopf sowie etwas zu essen zu bekommen, nahm Mechthild das Angebot an. Raguil wies ihnen eine Bleibe in der Scheune zu.

Die Mutter kochte für ihren Herrn Essen, sorgte für Sauberkeit im Haus und bestellte mit Jessy das Feld. Um seinen Lebensstandard zu erhalten, veräußerte Raguil die Ernte.

Es war noch nicht einmal ein Jahr vergangen, als Mechthild schwanger wurde. Neun Monate später gebar sie ihren Sohn Joshua. Während ihrer Schwangerschaft erkaltete Raguils Herz mehr und mehr, ohne dass ein erkennbarer Grund vorlag.

Die kommenden zwei Winter waren hart. In der Scheune gab es keine Feuerstelle, sodass im Wohnraum die Temperaturen unerbittlich absackten. Erst wenn ein Mensch problemlos das Eis auf dem Weiher besteigen konnte, erlaubte Raguil ihnen, sich für eine kurze Zeit in der Küche des Hauses am Herd aufzuwärmen. Danach schickte er sie zum Schlafen zurück in die Scheune. Er wollte das Gesinde nicht in seiner Nähe haben. Sie wurden in seinem Haus nur geduldet, um sauberzumachen oder die Mahlzeiten zuzubereiten.

In diesen Nächten rückten Mechthild, Jesajah und Joshua immer dicht zusammen. Das Stroh schützte die kleine Familie kaum vor der Eiseskälte, ebenso wenig die dünnen Leinendecken, was zur Folge hatte, dass Jessy an einer Lungenentzündung erkrankte.

Schlurfende Schritte waren zu hören.

»Danke, Joshua.« Mechthild drehte sich nicht um. Sorge hatte sich über ihr Gesicht ausgebreitet. Dunkle Augenringe sowie tiefe rote Falten zeichneten sich auf ihrem einst schönen Antlitz ab, auf dem sich nun das harte Leben widerspiegelte.

»Geh bitte noch einmal zurück zum Herrn. Bitte ihn, ins nächste Dorf zu reiten. Wir brauchen dringend einen Doktor.«

Während die Mutter ihre Tochter in eine weitere Decke einhüllte, begann Jessy zu keuchen. Das Husten tat ihr weh. Ein kleines Rinnsal Blut lief aus ihrem Mundwinkel. Obwohl sie am ganzen Körper zitterte, glühte ihre Haut. Kurz schlug sie die glasigen Augen auf, die all den kindlichen Glanz verloren hatten.

»Durst«, flüsterte sie heiser.

Behutsam führte die Mutter den Becher an Jessys Mund. Mechthild presste die Lippen zusammen, während sie ihrer Tochter beim Trinken half.

Das kalte Wasser brannte in Jessys Hals, sodass ihr zarter Körper erschauderte. Geschwächt sank sie zurück. Ihr war hundeelend zumute.

Mit jeder weiteren Minute verschlimmerte sich das Fieber. Immer wieder versuchte Mechthild, mit einem Tuch den Schweiß von der Stirn ihrer schwerkranken Tochter zu tupfen.

Erneut ein Hustenanfall. Jesajah hatte das Gefühl, ihre Lunge wollte aus dem Mund herausspringen. Ihre kleine Hand presste die Puppe, die ihre Mutter aus Stroh gebastelt hatte, gegen die Brust. Das einzige Spielzeug, das sie ihr Eigen nannte. Ein weiterer Anfall. Noch heftiger als zuvor. Länger. Dann spürte sie die Wärme der Mutter an der Wange. Beruhigt schloss Jessy die Augen.

Das Tor knirschte. Eiskalte Luft zog durch die Scheune, ließ Mechthild erschaudern. Für einen Moment schaute die Mutter auf ihre Tochter, die leblos in ihren Armen lag.

»Jessy!«, hallte Mechthilds verzweifelter Schrei in die Nacht hinaus.

Joshua stand neben dem Strohballen, das Gesicht gerötet von der Kälte. Mit hängenden Schultern sah der Junge, wie seine Mutter den Oberkörper vor und zurück wiegte und dabei den Körper seiner Schwester fest an sich presste. Tränen kullerten unaufhörlich seine Wangen hinunter.

Jessy war acht Jahre alt, als sie starb.

Der Chronist

»Hallo? Wo bin ich denn hier? Halloooo?« Jessy blickte sich um. Um sie herum schien alles in ein gelbes Licht getaucht zu sein, das eine angenehme Wärme ausstrahlte. Obwohl sie allein war, verspürte sie keine Angst, dennoch war ihr etwas mulmig zumute.

Seltsam.

Während weitere Minuten verstrichen, machte Jessy vorsichtig einen Schritt nach dem anderen. Sie wusste nicht, wohin sie überhaupt ging. Alles sah gleich aus. Es gab keine Straßen. Keine Bäume oder Häuser. Es gab nichts, was ihr einen Hinweis darauf hätte geben können, wo sie sich befand.

»Ist hier jemand?« Ihre Frage kam zögerlich. Als niemand antwortete, sackten ihre Schultern betroffen hinab. Die Neugierde wuchs, sodass Angst keine Chance hatte, von ihr Besitz zu ergreifen.

Ich weiß beim besten Willen nicht, wie ich hierhergekommen bin. Bin ich etwa gestorben? Aber ... vielleicht bin ich gar nicht tot? Nur ... wo bin ich dann? Sie schob die Unterlippe vor, um die Locke aus ihrer Stirn zu pusten. Plötzlich hielt sie inne. Ihre Augen spähten in die Ferne. Ein seichtes Gemurmel klang in ihren Ohren. Noch immer konnte sie nichts erkennen. Also lief sie in die Richtung, von der sie glaubte, dass sich dort Menschen aufhielten. Es wunderte sie, dass sie ihre Schritte nicht hörte. Abrupt stoppte Jessy.

Wenn ich mich hier so umschaue ... Ich befinde mich in ... Tja, in was? Es ist kein Raum, denn hier sind nirgends Wände. Auch keine Türen oder Fenster. Fünfzig Meter entfernt bewegte sich etwas. *Augenscheinlich bin ich nicht allein. Ist das hier ein Kindergarten?*

»Hallo? Ihr da!« Die grauen Silhouetten reagierten nicht. Jessy versuchte, auf sie zuzulaufen, doch der Abstand verringerte sich nicht um einen Meter.

Wer sind diese vielen seltsamen Gestalten? Alle sehen so blass aus. Ihre Körper wirken leblos. Nicht der Hauch eines Lebensfunkens scheint in ihnen zu stecken. Komisch. Sollte dies das Ende sein, so hatte ich es mir irgendwie anders vorgestellt.

»Du bist zwar gestorben, Jesajah, doch du bist nicht tot.«

Sie wirbelte herum.

Nanu? Sie kannte die Stimme nicht, die eindeutig einem Mann gehörte, suchte aber dennoch nach ihrem Ursprung.

»Wer ist da? Woher kennst du meinen Namen?« Sie drehte sich mehrmals um die eigene Achse.

»Wer hat da eben zu mir gesprochen? Los! Raus mit der Sprache! Und zeig dich endlich.«

Jessy war noch nie ein ängstliches Mädchen gewesen. Bereits in frühen Jahren musste sie hart arbeiten. Angst war bei der Feldarbeit und den zu entrichtenden Hausarbeiten fehl am Platz. Trotz ihrer acht Jahre hatte sie sich immer um ihren jüngeren Bruder Joshua gekümmert. All das lag nun hinter ihr, doch Jessy konnte sich an dieses Leben nicht mehr erinnern.

Ein Mann mit kurzen dunklen Haaren und lockigem Vollbart löste sich aus der Menge. Selbstbewusst schritt er auf Jessy zu. Seine stolze Haltung ließ sie vor Ehrfurcht fast erstarren.

In einem für sie angenehmen Abstand hielt er an. Große meerblaue Augen musterten ihn.

Allem voran fiel ihr der wache Ausdruck auf, der sein Gesicht beherrschte. Er überragte sie um einen Kopf, sodass sie aufschauen musste. Jessy hätte ihm am liebsten etwas zu Essen besorgt, denn seine schmale Statur ließ darauf schließen, dass er am Verhungern war. Er trug eine griechische Toga, deren Saum goldene Kästchen zierten. Unter der linken Achselhöhle klemmte eine Papyrusrolle. Um den Hals trug er eine Kette aus Hanf, an der eine Phiole mit einer Schreibfeder baumelte.

»Wer bist du?«, fragte sie zaudernd. Ihre Augen verwandeln sich in schmale Schlitze, als würde sie eine Sehhilfe benötigen, um zu erkennen, wer vor ihr stand. Jessys Stirn schlug tiefe Falten. Krampfhaft überlegte sie, ging in Gedanken all ihre Bekannten und Freunde durch, doch da war nichts. Ihre Erinnerungen … wie ausgelöscht.

»Mein Name ist Xenophon.«

Jessy schüttelte den Kopf, sodass ihre Korkenzieherlocken umherflogen.

»Den Namen habe ich noch nie gehört«, entgegnete sie mit einer Überzeugung in der Stimme, die sie selbst überraschte, denn in ihrem Kopf gähnte eine Leere, die sie sich nicht erklären konnte.

Xenophon schien weder verwundert noch verärgert zu sein.

»Oh. Ich erwarte nicht, dass du mich kennst. Erlaube mir, dir einige Informationen zu meiner Person zu geben. Ich war einst ein griechischer Politiker, Feldherr sowie ein Schüler des Sokrates.«

Er wartete. Als er erkannte, dass bei Jessy noch immer kein Licht aufging, fuhr er fort.

»Zudem bin ich ein Schriftsteller. Ich habe die Worte des Sokrates aufgeschrieben, um sie für die Nachwelt zu erhalten. Nun bin ich hier, um deine Geschichte zu schreiben.«

Jessys Augen wurden groß und feucht, sodass das Meerblau darin zu glänzen begann.

»Meine Geschichte?« Mit dem Handrücken wischte sie unter der Nase entlang. Dabei ertönte ein leises Schniefen.

»Genau. Als dein Chronist werde ich Aufzeichnungen über dich anfertigen, damit jeder weiß, wer du bist. Deine Taten könnten dich berühmt machen.« Er streckte die schmale Brust heraus, was die Phiole zum Baumeln brachte.

Jessy setzte sich im Schneidersitz hin. Erwartungsvoll schaute sie zu ihm auf.

»Was tust du da, Jesajah?« Xenophon rieb sich mit der Hand über den Bart.

»Ich mache es mir gemütlich, damit ich meiner Geschichte lauschen kann. Ich erinnere mich nicht an das, was geschehen ist.« Sie rutschte noch einmal auf ihrem Po hin und her. Als sie bequem saß, strich sie mit den Händen den Rock ihres Kleides glatt, bevor sie sich wieder dem Chronisten widmete.

»Also. Schieß los«, forderte sie ihn freudestrahlend auf. Während er die freie Hand in die Hüfte legte, holte Xenophon tief Luft.

»Ich muss dich enttäuschen. Ich werde die Geschichte erzählen, die erst noch vor dir liegt. Deine Vergangenheit kenne ich ebenso wenig wie du.«

Enttäuscht senkte Jessy den Kopf.

»Deine Taten als Schutzengel sind die Ereignisse, über die ich berichten möchte.«

Sie schwieg, während sie mit dem Zeigefinger Kreise auf dem flauschig wirkenden Boden zeichnete, der zäh wie Knetmasse war. Dennoch verschwand der tellergroße Bogen wieder, kaum dass Jessy ihre Zeichnung vollendet hatte.

»Dann bin ich also so richtig tot«, sinnierte sie. Abrupt hob sie den Kopf.

»Und im Himmel?«

»Ja und nein.«

»Hä?«

»Du bist gestorben, aber nicht im Himmel.«

»Hä?«

»Du bist in … Hm, wie soll ich es dir am einfachsten erklären?« Er kratzte sich mit dem Griffel an der Schläfe.

»Nun, wir nennen es die Obere Ebene.« Noch immer schaute sie ihn entgeistert an.

»Der Himmel, wie du ihn nennst, also der Kosmos ...«

»Kos ... was?«

Bisher hatte der Chronist nur die Geschichten von Philosophen oder Feldherrn aufgeschrieben, nie jedoch die eines Kindes, das kurz davor stand, ein Schutzengel zu werden. Er hoffte, dass ihn dieses Projekt nicht überfordern würde.

»Kosmos. Das wirst du alles noch lernen. Erst einmal schicke ich dich auf die E.n.G.E.l.«

»Und du willst Schriftsteller sein?« Verwirrt starrte sie ihn an. Xenophon schaute dumm aus der Wäsche, da ihm der Zusammenhang gerade nicht klar war.

»Das heißt ›zu den Engeln‹ und nicht ›auf die Engel‹.«

Diese kecke Art war er nicht gewohnt, sodass er den Oberkörper streckte.

Oh je, sie ist auch noch eine Klugscheißerin. Er legte den Kopf in den Nacken, den Blick nach oben gewandt. *Das wird anstrengend*, dachte er. Dann schaute er auf Jessy hinab.

»Komm.« Väterlich reichte Xenophon ihr die Hand. Jessys kindliches Lächeln verzauberte den Schriftsteller. Sie schien sich wirklich zu freuen. Mit einem beherzten Ruck zog er sie auf die Beine.

»Kleine Jesajah, für dein Alter bist du ganz schön altklug. E.n.G.E.l. steht für ›Einweisungsstelle neuer Guardians im Exil‹.«

Verblüfft blieb Jessy stehen.

Ein Ruck fuhr durch Xenophon, der ihn verharren ließ.

»Du schickst mich ins Exil? Habe ich etwas verbrochen? Bin ich schlecht?«

»Keine Sorge«, entgegnete der Chronist mit einem Schmunzeln.

»Als Exil bezeichnen wir die Erde. Die E.n.G.E.l. ist die himmlische Akademie. Sobald du deine Ausbildung beendet hast, wird man dich zurück zur Erde schicken. Man wird dir einen Menschen zuweisen, um den du dich kümmern musst. Deine Aufgabe wird es sein, ihn zu beschützen und ihn anzuleiten, damit an seinem Ende die Seele zu uns findet.«

»Mehr muss ich nicht tun?«

»Nein.« Jessys Unbeschwertheit bereitete ihm sichtlich Freude.

»Doch glaube mir, das ist keine leichte Aufgabe.«

»Was ist so schwierig daran? Wenn mir mein Schutzengel begegnen würde, wäre ich total entzückt und aus dem Häuschen«, sagte sie freudig, doch sofort wurde sie ernst.

»Hatte ich auch einen Schutzengel? Und wo war er, als ...? Was genau ist mir denn passiert?« Ihre blauen Augen sahen ihn fragend an.

»Das kann ich dir leider nicht sagen.« Xenophon seufzte.

»Diese Information entzieht sich meiner Kenntnis.«

»Dann bist du nicht allwissend?«

Der Chronist lachte schallend.

»Nein Jesajah. Ich weiß zwar eine Menge Dinge, doch auch mir wurde nicht alles offenbart. Apropos, in einer sehr wichtigen Sache darf ich dich noch einweihen.« Er machte eine dramatische Pause.

Jessy wankte von einem Fuß auf den anderen. Das war alles so neu. In diesem Moment wünschte sie sich nichts sehnlicher, als sich an ihr Leben zu erinnern.

»Du darfst dich deinem Schützling nie als das zu erkennen geben, was du von nun an sein wirst.« Er hob theatralisch den Zeigefinger.

»Unter keinen Umständen darfst du das verraten.«

»Oh.« Jessy schob die Unterlippe vor, um die Locke aus ihren Augen zu pusten, doch die kleinen Falten auf ihrer Stirn verschwanden nicht.

»Ich gebe zu, das könnte tatsächlich problematisch werden.« Ihre Gedanken machten sich selbstständig.

Wäre es nicht einfacher, der Mensch wüsste von seinem Schutzengel?

»Wir sind da.«

Aus den Gedanken gerissen, blickte Jessy nach vorn. Sofort glättete sich ihre Stirn. Vor ihnen erstreckte sich das goldene Tor der E.n.G.E.l.

 # Die E. n. G. E. L.

Das Tor bestand aus zwei Harfen von der Höhe eines Wolkenkratzers, deren Säulen standen einander zugewandt. Sanfte Harfenklänge ertönten, während das rechte Tor nach außen aufschwang.

Xenophon schritt voran, gefolgt von Jesajah. Staunend blickte sie in alle Richtungen, nicht wissend, wohin sie zuerst sehen sollte. Um nichts in der Welt wollte sie etwas verpassen.

Die Akademie bestand nicht aus Gebäuden, sondern aus riesigen runden Scheiben in unterschiedlichen Farben. Jede Platte hatte einen Durchmesser von mindestens zwei Kilometern.

Xenophon spürte ein Zupfen an der Toga. Mit dem Finger deutete Jesajah in die Richtung, in der sie jede Menge Personen sah.

»Das sind Guardian-Anwärter. Die meisten sind schon da. Du gehörst jetzt auch dazu. Ihr werdet von Engeln sowie den Erzengeln unterrichtet.«

»Da gibt es Unterschiede? Ich meine, ist ein Schutzengel nicht gleich ein Engel?«

»Das ist nicht ganz korrekt. Die Abweichungen sind allerdings nur sehr fein. Dir wird das alles hier in der nächsten Zeit beigebracht. Hab nur ein wenig Geduld, kleine Jesajah. Komm. Wir kommen sonst zu spät.«

Überwältigt tapste Jessy ihm hinterher.

»Hier entlang«, holte Xenophon sie aus dem Staunen heraus. In letzter Sekunde hatte er bemerkt, dass Jessy weiter geradeaus laufen wollte, während ihr Weg sie eigentlich nach rechts führte. Sie bogen ab und traten durch eine Wolkenwand. Dahinter befand sich ein hellblaues Gebäude mit den Ausmaßen eines Containers.

Sie betraten ein Büro. Schneeweiße Wände verliehen der Umgebung eine gewisse Kühle. Vor der Wand stand ein silberner Schreibtisch, dahinter ein bequemer weißer Ledersessel, dessen Rückenlehne ihnen zugewandt war. Vor dem Tisch gab es zwei einfach gehaltene Stühle. An der Wand zu ihrer Rechten ragten zehn Aktencontainer empor. Bei einem hatte jemand vergessen, die Schublade zu schließen, sodass mehrere Hängemappen zum Vorschein kamen.

»Sei mir gegrüßt, Seraphiel.« Der Chronist verbeugte sich kurz.

Das Leder gab ein typisch knarzendes Geräusch von sich, als der Sessel sich in Bewegung setzte. Nach einer halben Drehung stoppte er.

Jessys Augen wurden immer größer, während gleichzeitig ihr Kiefer herunterklappte. Sie wollte schlucken, vergaß es jedoch bei dem Anblick, der sich ihr bot.

»Hallo, Jesajah. Willkommen auf der E.n.G.E.l.«, begrüßte sie der Erzengel.

Jessy stand nur da. Sie konnte nicht anders, als den Mann vor ihr anzustarren.

Seraphiel wedelte einige Male mit der Hand, ohne eine Änderung an Jessys Zustand zu bewirken.

»Ja, das kenne ich.« Der Erzengel seufzte.

»Viele starren mich an, wenn sie mich das erste Mal sehen. Eigentlich gilt es ja eher für die Kreaturen im Exil. Das ist auch der Grund, weshalb ich mich dort nie sehen lasse. Doch bei einem Guardian-Anwärter ist mir das noch nie passiert.« Er machte eine Pause, um Jessys Reaktion zu beobachten, die noch immer mit aufgerissenen Augen dastand. Der schönste Engel des Himmels war sich seiner

Wirkung bewusst, weshalb er nie die Obere Ebene verließ.

»Es ist wirklich lästig, wenn man sich mit jemandem unterhalten möchte, der einen nur anglotzt. Da wird das Gespräch ziemlich einseitig«, versuchte er es weiterhin im freundlichen Plauderton.

Sein wunderschönes himmlisches Lächeln verursachte eine Wärme in Jessys Brust. Ihre kleine Faust wanderte zu dem Punkt, wo sich einst ihr Herz befand. Sie spürte, etwas hatte sich verändert. Noch war ihr nicht klar, womit sie es zu tun bekommen würde. Immer wieder wollte sie den Blick abwenden, doch die Schönheit des Engels ließ sie nicht los.

Unbeholfen suchte er den Kontakt zum Chronisten.

»Schönheit liegt im Auge …«, er stockte.

»… des Betrachters«, beendete Xenophon den Satz.

Seraphiel schaute auf das kleine Mädchen hinab.

»Wenn du noch ein Herz hättest, so wäre es dir wohl bereits aus der Brust gesprungen«, bemerkte Xenophon mit einem Schmunzeln.

Die Worte waberten durch Jessys Kopf, als würden sie über Wellen gleiten, gefolgt von Meeresrauschen.

›Wenn du noch ein Herz hättest … ein Herz hättest …‹, echote es in ihr. Mit einem Mal war Jessys Kopf wieder klar.

»Ich habe kein Herz?« Hastig fuhr sie mit der flachen Hand über ihre Brust, suchte verzweifelt nach einem Herzschlag, doch Xenophon hatte die Wahrheit gesprochen. Es gab kein Pochen, das sie unter diesen Umständen sicherlich gefühlt hätte. Unsicher huschte ihr Blick zwischen den beiden Männern hin und her.

»Keine Sorge, liebe Jesajah.« Seraphiels sanfte Stimme gab nie Anlass zur Beunruhigung.

»Dafür hast du etwas viel Besseres«, fuhr er

23

unvermittelt fort.

»Alle Guardians bekommen von uns einen Empathieknoten. Dieser wird später unmittelbar mit deinem Schützling verbandelt sein, sodass du immer weißt, ob es ihm gut oder schlecht geht. So können wir sicherstellen, dass du als Schutzengel die besten Voraussetzungen hast, um dich um das Menschenkind zu kümmern.«

Jessy schüttelte heftig den Kopf, um wieder einen klaren Gedanken fassen zu können. Mehrmals pustete sie die widerspenstige Locke aus ihrer Stirn. Es brauchte etwas Zeit, bis sie endlich die Sprache wiederfand.

»Hast du eine Freundin?«, fragte sie schüchtern. Just in diesem Moment wurde ihr bewusst, wie töricht diese Frage rüberkam. Ihre Wangen erröteten.

Nun war es Seraphiel, der nach Worten rang.

»Äh. Nein. Ich ...« Er winkte einmal, um sich wieder auf das Wesentliche zu besinnen.

»Warum hast du keine Freundin?«, setzte Jessy ihre Inquisition fort.

Das brachte Seraphiel aus dem Konzept. Mit einem hilfesuchenden Blick wandte er sich an Xenophon.

»Dina hat den Stundenplan für Jesajah erstellt. Ich habe alles hier niedergeschrieben.« Der Schriftsteller zog die Papyrusrolle unter der Achselhöhle hervor und reichte sie über den Schreibtisch an Seraphiel weiter, der sie unmittelbar begutachtete. Erleichtert, endlich den unangenehmen Fragen ausweichen zu können, studierte er sorgfältig die Eintragungen. Immer wieder nickte er dabei, als hätte er keine Bedenken, was den Inhalt betraf.

»Sehr schön«, sagte er endlich.

Für Jessy hätte dieser Moment noch sehr viel länger andauern können.

»Ja, das kann man wohl sagen«, schwärmte sie von seinem Anblick. Sie war mehr als nur angetan. Dieser Engel übertraf ihre kühnsten Erwartungen. Gutmütige Augen, feine Gesichtszüge, dazu die warme Stimme, die, ohne dass er jemanden direkt berührte, jeden erschaudern ließ. Jessy war sich nicht sicher, doch sie glaubte, dass ein sanftes blaues Licht ihn umgab. Ein Blau wie der Himmel an einem schönen, wolkenfreien Sommertag.

»Hier.« Der Erzengel reichte die Papyrusrolle an Jessy weiter.

»Dein Stundenplan. Bitte verspäte dich nicht. Der Zeitplan ist sehr eng. Und Zeit ist ...« Er verstummte.

»... Geld«, vollendete der Chronist das Sprichwort.

»Genau. Ein seltsames Sprichwort. Findest du nicht auch Xenophon?« Er wartete keine Antwort ab, sondern fuhr unvermittelt fort.

»Schon bald wird dein Schützling geboren werden. Bis dahin musst du alles gelernt haben, was für eine zukünftige Guardian wichtig ist.«
Jessy musste sich auf die Zehenspitzen stellen, um an die Rolle heranzureichen.

»Xenophon wird dich auf dem Campus herumführen. Er kann dir alles erklären und jede Frage beantworten. Ich wünsche dir viel Erfolg, Jesajah. Sei mir willkommen auf der E.n.G.E.l. Gib stets dein Bestes, sei fleißig wie ...« Mitten im Satz stoppte er.

»... eine Biene«, brachte Xenophon das Sprichwort zu Ende.

»Ja. Richtig.« Der Erzengel sank in den Sessel zurück, dann drehte er sich so weit herum, dass nur noch die Rückenlehne zu sehen war. Ein eindeutiges Zeichen, dass er dem nichts mehr hinzuzufügen hatte.

»Komm, Jesajah. Ich werde dir jetzt alles zeigen.«

Jessy reichte ihm die Papyrusrolle.

»Liest du mir vor, was draufsteht? Ich kann nicht lesen.«

Sie kamen an einer grünen Platte vorbei, die einem Park glich. Unter einer Buche setzten sie sich auf eine Bank. Der Chronist öffnete die Rolle, um ihr den Inhalt vorzulesen.

Jessys Füße erreichten den Boden nicht. Während sie Xenophon zuhörte, beobachtete sie, wie ihre Beine vor und zurück schaukelten.

»Also, sehr viele Fächer hat sie dir nicht gegeben.« Er konnte sich noch immer nicht erklären, weshalb Jessy nur so wenige Kurse belegen sollte, hatte es jedoch nicht hinterfragt, als Dina – der Schutzengel des Gesetzes und der Weisheit – ihm den Stundenplan diktiert hatte.

Jessy hatte keine Ahnung, wie viele Fächer es überhaupt gab. Auch konnte sie sich nicht vorstellen, was von ihr erwartet wurde. Ihr fehlte jegliche Erinnerung an ihr Leben – auch, ob sie jemals eine Schule besucht hatte.

Eines war sicher: Jessy hätte sich ein Loch in den Strumpf gefreut, wenn sie die Möglichkeit gehabt hätte, eine Bildungseinrichtung zu besuchen. Auf der Erde war es nur wenigen Kindern vorbehalten, eine Schulausbildung zu erhalten. Verarmte Menschen, und ganz besonders das Gesinde, bekamen keine Chance, jemals lesen oder schreiben zu lernen.

»Als Erstes stehen hier Fliegen und die Beherrschung der Flügel auf dem Programm.«

Sie kräuselte die Nase.

»Flügel und Fliegen?« Bisher waren ihr die kleinen Schwingen auf ihrem Rücken nicht aufgefallen.

Als Xenophon sanft darüber strich gluckste Jessy.

»Nicht!« Sie kicherte laut, da es sie kitzelte. Augenblicklich versuchte sie, von Xenophon wegzurutschen, doch mit einer raschen Bewegung griff er nach ihrem Arm, um sie wieder zu sich zu ziehen. Jessys Heiterkeit hatte eine ansteckende Wirkung auf ihn.

»Ich hör ja schon auf. Hast du denn gar nicht bemerkt, dass du Flügel hast?«

Jessy sprang von der Bank hinunter. Sie drehte den Kopf über ihre Schulter, um die Schwingen zu begutachten. Doch die Flügel waren so klein, dass sie von den weißen Federn nur die zartrosa endende Flügelspitze sehen konnte. Immer wieder versuchte sie, die Federn zu fassen, die sich von ihr wegbewegten, sodass ihre Finger ins Leere griffen. Zudem war ihr Arm zu kurz. Egal, wie sehr sie sich bemühte, sie schaffte es noch nicht einmal, die Spitze zu berühren.

Xenophon sah belustigt zu, wie Jessy sich schnell um ihre Achse drehte. Immer wieder machte sie einen kleinen Hüpfer, dabei warf sie die Hände auf den Rücken, nur um wenigstens einmal eine ihrer Schwingen anfassen zu können. Die Flügel begannen heftiger zu flattern. Die Bewegungen wurden so schnell, dass ein leichtes Summen zu hören war. Plötzlich baumelten die Beine unter ihr.

»Ooooh!«, rief sie voller Panik, als sie den Blick nach unten richtete. Der Abstand zum Boden wurde immer größer. Die Butterblume zu ihren nackten Füßen war fast nicht mehr zu erkennen, als sie bereits über einen Meter in der Luft schwebte.

»Hilfe! Was passiert hier?« Ohne Vorwarnung begann ihr Körper, sich mehrmals unkontrolliert in der Luft zu drehen. Es sah aus, als würde Jessy Purzelbäume schlagen, während gleichzeitig ihre Arme und Beine wild durcheinanderwirbelten.

Xenophon lachte aus vollem Halse.

»Hiiiiiilfeeee! Mir wird schläääächt!«

Sofort war der Chronist zur Stelle. Beherzt packte er den Saum ihres Kleides, sodass er sie langsam herunterziehen konnte. Wenig später hatte er es geschafft. Jesajah spürte endlich wieder festen Boden unter den Füßen.

Schwankend suchte sie nach etwas zum Festhalten. Jessy war schwindelig, zudem wurde ihr übel. Mehrmals griffen ihre kleinen Hände ins Nichts, als würden sie versuchen, eine Geistererscheinung zu fangen. Endlich hatte sie die Bank erreicht. Sofort krallten sich ihre zitternden Finger in die Sitzfläche.

»Das nächste Mal warte besser, bis dein Fluglehrer dir eine Einweisung gegeben hat. Sonst wirst du noch zur Kamikazefliegerin.« Er konnte sich ein Grinsen nicht verkneifen.

»Kami ... was?« Weil sie glaubte, sich übergeben zu müssen, streckte sie die Arme durch. Die Stirn auf dem Oberarm abgelegt schaute sie nach unten, in der Hoffnung, das miese Gefühl bald überwunden zu haben.

»Kamikazeflieger. Das habe ich mir gerade ausgedacht. Gefällt dir das Wort?«

Jessy schüttelte ungläubig den Kopf.

»Glaubst du etwa, das habe ich mit Absicht gemacht?«, lallte sie.

Das Grinsen erlosch.

»Natürlich nicht, Jesajah. Aber ein wenig Spaß wird doch noch erlaubt sein. Vielleicht findet das Wort in einem späteren Zeitalter mal Verwendung. Ich werde es lieber mal notieren, damit es nicht verloren geht.«

Endlich war die Übelkeit verschwunden. Sie schürzte die Lippen.

»Was noch?«

»Ansonsten werde ich versuchen, unvoreingenommenüber dich zu berichten und ...« Weiter kam er nicht,

28

da Jessy ihn unterbrach.

»Darauf wollte ich nicht hinaus. Ich meinte, welche Unterrichtsstunden?«

»Ah. Einen Moment.« Xenophons Augen huschten über die geöffnete Papyrusrolle. Endlich hatte er die Zeile gefunden.

»Dämonenkunde«, entgegnete er in einem Tonfall, als wäre es das Normalste im Universum.

Jessys Augenbrauen schnellten nach oben.

»Dämonenkunde? Es gibt wirklich Dämonen?« Vor Schreck griff ihre Hand an den Platz, an dem eigentlich ihr Herz sein sollte. Sie registrierte nicht, dass sie keinen Herzschlag mehr hatte, stattdessen aber eine angenehme Wärme zu spüren war. Zu sehr wurde sie von dem Gehörten überrannt.

»Das ist korrekt. Hier auf der Oberen Ebene ist einem Dämon der Zutritt verwehrt. Das gilt auch für Chimären und alle Höllenkreaturen. Doch auf der Erde sieht es anders aus. Menschen kämpfen oftmals gegen ihre Dämonen.«

Jessy stieß kräftig die Luft aus ihrem Mund, sodass ihre Lippen lautstark flapperten. Eine innere Unruhe erfasste sie. Obwohl sie noch nie Kontakt zu einem dieser bösen Kreaturen gehabt hatte – soweit ihr bekannt war –, hatte sie jetzt schon keine Lust auf dieses Fach. Es kam ihr unheimlich vor.

»Steht da noch mehr?«

Xenophon nickte.

»Himmelshierarchie sowie Gefahrenabwehrkunde.«

Jesajah plusterte die Backen auf.

»Gefahrenabwehrkunde«, sprach sie den Gedanken leise aus.

»Oh, Mann! Das wird ja immer schlimmer.«

 # Eine gute Wahl?

»Du lebst bereits so lange unter uns Erzengeln, und noch immer traust du dich nicht, mich anzusehen.« Seraphiel schien enttäuscht, versuchte aber, es zu verbergen.

»Ich kann deinen Anblick kaum ertragen, Seraphiel. Deine außerordentliche Schönheit würde mir das Denken erschweren. Soweit ich weiß, wurde ich mit dem ewigen Leben auf der Oberen Ebene belohnt, damit ich über die ganz besonderen himmlischen Geschöpfe schreibe. Das ist eine Aufgabe, die ich sehr gern mache, daher möchte ich mich nur ungern davon ablenken lassen.«

»Du warst schon immer ein guter Gelehrter, Xenophon. Aus diesem Grund wollte ich, dass du diese Position bekleidest. Nicht vielen Menschen wird dieser Zustand gewährt.« Er überlegte, da ihm an diesem Satz etwas nicht richtig erschien.

»Wenn ich es mir genau überlege, bist du der einzige Mensch, dem dieses Zwischenleben ermöglicht wurde.«

»Und dafür bin ich mehr als dankbar, Seraphiel.« Xenophon neigte den Kopf zur Bekundung seines Respekts.

»Zu wissen, was man weiß, und zu wissen, was man tut ...« Der Erzengel unterbrach sich selbst.

»... das ist Wissen«, beendete Xenophon das Sprichwort.

»Genug geschwafelt. Kommen wir zu meinem eigentlichen Anliegen: Jesajah. Bist du noch immer der Ansicht, dass wir die richtige Wahl getroffen haben, sie zu einer Guardian auszubilden? Sie erscheint mir etwas unorthodox.«

Ohne den Blick zu heben, beantwortete Xenophon die Frage.

»Nun, Jesajah ist in der Tat eher unangepasst. Doch die Aufgabe, für die sie vorgesehen ist ... Dazu braucht es diese Individualität.«

Seraphiel nickte, doch Xenophon bemerkte es nicht.

»Wie macht sie sich im Unterricht? Ist sie eine gute Anwärterin für die Guardians? Du weißt, dort werden nur die besten Absolventen verzeichnet.«

»Nun, Seraphiel«, der Chronist kam ins Stocken, »Jesajah hat so ihre Eigenarten.«

»Das bedeutet?«

Es war nicht gut, dem Erzengel etwas vorzumachen, zumal Seraphiel die Fähigkeit besaß, Gedanken zu lesen.

»In den theoretischen Fächern ist sie immer ganz vorn, zeigt starkes Interesse. Sie lernt fleißig, doch in den praktischen Unterrichtsstunden ...« Kurz überlegte er. Unvermittelt schnippte er mit dem Finger, sodass Seraphiel überrascht die Augenbrauen hob.

»Nehmen wir zum Beispiel Dämonenkunde. Darin ist sie immer bemüht. Die Zuweisung der niederen bösartigen Kreaturen kennt sie aus dem FF. Auch die Abwehrsprüche gegen höhere Dämonen lernt sie eifrig auswendig. Im Unterricht hat sie die Sprüche jedes Mal parat. Nur wenn es darum geht, die Zaubersprüche in der Praxis anzuwenden, wird sie unsicher. Letztens hat sie gegen eine Chimäre kämpfen sollen. Ein Teil der Beschwörungsformel war ihr entfallen. Jesajahs Spruch machte die Chimäre zwar kleiner, dafür aber auch stärker. Ihr Gegner ging zum Gegenangriff über. Trotzdem sie nicht größer als ein Feldhamster war, schaffte die Dämonin es, Jesajah mit einem gezielten Schlag gegen die Wand zu schleudern und setzte sie damit außer Gefecht. Die Guardian-Änwärterin trug einige Blessuren davon.«

»Diese kleinen Hitzköpfe. Immer wollen sie zuerst mit dem Kopf durch ...« Er legte die Fingerspitzen aneinander, als suchte er darin die Vollendung des Satzes.

»... die Wand«, entgegnete der Chronist.
Seraphiel schien amüsiert. Dennoch konnte er den Ernst der Lage nicht verleugnen. Es war ein offenes Geheimnis, dass die Hölle sich auf einen Gegenschlag vorbereitete.

»Immer wieder geschieht es, dass diese Kreatur der Unterwelt sich unschuldiger Seelen bemächtigt, um eine Armee aufzustellen. Ich möchte ungern noch mehr meiner Guardians an irgendeinen Dämon verlieren. Der letzte Krieg hat genug Opfer hervorgebracht. Der Tag der Vergeltung wird kommen. Das ist so sicher wie das Amen ...«

»... in der Kirche«, beendete Xenophon den Satz wie gewohnt.

»Unsere Armee muss bereit sein. Dafür benötigen wir jeden Erzengel und die Schutzengel.« Sein Finger schnellte nach oben, um seine Warnung theatralisch zu unterstreichen.

»Je mehr wir haben, desto besser werden wir aufgestellt sein.« Langsam senkte sich der Arm des Erzengels, als ihm klar war, dass sich - außer den beiden - sonst niemand im Raum befand.

»Nun ja. Und was noch?«
Xenophon druckste herum.

»In Gefahrenabwehrkunde hat Jesajah gerade mal sechzig Punkte erreicht.« Die Zahl sprach er nur sehr leise aus, doch Seraphiel konnte sie laut und deutlich vernehmen.

»Sechzig? Habe ich richtig gehört? Jesajah hat gerade einmal sechzig Punkte erkämpft? Wie viele Tests hat sie noch zu absolvieren, damit sie die Eintausend erreicht?«

»Sie hat noch sieben Aufgaben zu bewältigen. Danach folgt die Abschlussprüfung.«

Seraphiel plumpste auf den Sessel, allerdings gab der Stuhl unter seinem Gewicht keinen Millimeter nach. Nur das typische Ledergeräusch war zu hören.

»Der Weg ist ...« Ein hellblaues Licht begann den Erzengel einzuhüllen.

»... das Ziel«, beendete Xenophon.

»Wie will sie das alles denn überhaupt bewältigen?«

»Den physischen Herausforderungen ist Jesajah zwar nicht gewachsen, dennoch gibt sie nie auf. Seraphiel, ich glaube an Jesajah. Du solltest dasselbe tun.«

»Was macht deinen Glauben so stark?«

»Du hast doch selbst gesagt, bevor Jesajah starb, war sie ein aufgewecktes Mädchen von acht Jahren. Sie wollte die Welt verändern, ohne jemandem dabei wehzutun. Sie wuchs in einer schweren Zeit auf, verlor dabei ihren Vater. Jesajah hat immer hart gearbeitet, damit sie, ihre Mutter und ihr kleiner Bruder einigermaßen zurechtkamen. Sie war ein gutes Mädchen, trotz harten Umfelds. Nie hat sie die Fröhlichkeit verlassen. Sie ist mehrmals gestolpert, doch sie kam jedes Mal wieder auf die Beine. Nie hat sie die Hoffnung verloren. Wir sollten das nicht vergessen. Gib ihr eine Chance. Wenn jemand diese Gelegenheit verdient hat, dann Jesajah.«

»Dein Wort in ...« Seraphiel schien keineswegs überzeugt, obwohl er von Xenophons Ausführung und Lobpreisung über Jesajah mehr als nur angetan wirkte.

»... Gottes Gehörgang.«

Der Erzengel hatte eine Schwäche für Sprichwörter, nur konnte er sich nie an den letzten Teil erinnern. Dabei half ihm immer Xenophon oder eines der anderen himmlischen

Geschöpfe, denen diese Schwäche bekannt war. Er versuchte, einen weiteren Ansatz zu finden, doch noch etwas Positives über den weiblichen Schutzengel in Erfahrung zu bringen.

»Und wie steht es mit ihren Flugkünsten?«

»Also, mit dem Fliegen hat sie es nicht so …«, entgegnete Xenophon geknickt.

Himmlische Prüfungen

»Guardian-Anwärter und Guardian-Anwärterinnen!« Der Schall der Stimme schoss über die Köpfe der Schutzengel hinweg.

In diesem Moment war jeder Einzelne von ihnen froh, noch keine Aureole erworben zu haben, die ihm oder ihr bei dieser Heftigkeit nur so um die Ohren geflogen wäre.

Ihren Heiligenschein bekamen die Schutzengel erst nach erfolgreicher Beendigung des Studiums verliehen.

Gemeinsam mit neunhundertfünfundneunzig weiteren Schutzengeln standen Cerviel, Mihr, Zuphlas und Uzza kerzengerade nebeneinander in der ersten Reihe. Nur eine Schutzengel-Anwärterin fehlte.

Jesajah rannte so schnell sie konnte. Wieder einmal kam sie zu spät zum Unterricht. Um nicht aufzufallen, hielt sie sich geduckt. Eine Unruhe entstand, während die Schutzengel-Anwärterin sich ihren Weg durch die Masse zur vorderersten Reihe bahnte. Da männliche Schutzengel grundsätzlich einen Kopf kleiner als weibliche waren, erwies es sich als nahezu unmöglich, nicht ins Visier des Lehrkörpers zu geraten. Es stand fünfundsiebzig zu fünfundzwanzig – drei Viertel männliche und ein Viertel weibliche Schutzengel.

Erleichtert stellte sie fest, dass der Erzengel mit dem Rücken zu ihr stand, während er die Reihe abschritt. Sie zwängte sich zwischen Cerviel und Mihr – ihr üblicher Platz in der ersten Reihe –, hoffend, dass sie noch einmal davongekommen war. Mihr, der zu ihrer Linken stand, schaute hoch. Kurz schenkte er ihr ein knappes Nicken zur Begrüßung, bevor er seinen Blick wieder nach vorne richtete. Jessy mochte Mihr. Als Schutzengel der Freundschaft wollte er mit jedem immer gut auskommen.

»Hmpf.« Ein gepresster Laut entfleuchte Jessys Mund, als sie Cerviels Ellenbogen in ihrer Seite spürte. Gleichzeitig knickte ihr Oberkörper leicht nach rechts, sodass sie direkt in sein Grinsen starrte. Bevor Jessy ihn angiften konnte, kam der Guardian-Anwärter ihr zuvor.

»Wieso verspätest du dich denn schon wieder, Jesajah?«, zischte Cerviel vorwurfsvoll durch die Zahnlücke zwischen den oberen Schneidezähnen hindurch.

»Habe ich euch erlaubt zu sprechen?« Penuels Stimme war von einer Tiefe, dass die Empathieknoten der Schutzengel zu vibrieren begannen, als würden sie vor einem monströsen Lautsprecher bei einem Rockkonzert stehen, bei dem der Bassist sein Solo hinlegte.

»Sieh an, unsere Flugente hat auch endlich den Weg in die Stunde gefunden.« Von einer Millisekunde zur anderen stand der Engel vor Jesajah.
Penuel war einer der höchsten Erzengel der Throne. Nun beäugte er sie spöttisch von oben herab.
Verschämt senkte Jessy den Kopf und kreuzte ihre nackten Füße. Ihr Blick blieb auf dem Boden haften. Der Untergrund fühlte sich weich an, dabei sah er aus wie gepresste grüne Zuckerwatte.

»Welche Ausrede haben wir denn heute für unser spätes Erscheinen?« Penuels Fußspitze tippte mehrmals auf den Boden, während er auf ihre Antwort wartete.

»Nun. Äh …« Jessy knetete den Stoff ihres weißen Seidenkleidchens – die Uniform der E.n.G.E.l.-Akademie.

»Ich … äh …«

»Was, Jesajah? Fällt dir keine Ausrede mehr ein? Ist

dein Geist etwa überfordert?« Die Geschwindigkeit des Klopfens des Fußes auf dem Boden nahm zu. Wurde lauter. Drängender.

»Haamiah«, platzte es aus Jessy heraus.

Ein tiefes V grub sich in Penuels Nasenrücken ein.

»Dein Professor in Gefahrenabwehr und Dämonenkunde?« Er legte den Kopf in den Nacken, als wollte er um göttlichen Beistand bitten.

Als Erzengel der Throne und einer der höchsten in der Triade machte ihm niemand ein X für ein U vor. Schon gar nicht eine Guardian-Anwärterin, deren Leistungen auf der Akademie im mittleren Segment lagen.

Zum Unterricht nahmen Erzengel immer die Erscheinung eines Menschen an. Nur Kinder, die vor ihrem neunten Lebensjahr verstarben, konnten das Amt eines Schutzengels belegen. Damit sprach man ihnen eine zweite Chance zu, da Sprösslinge nie vor ihren Eltern sterben sollten. Es lag in der Natur der Sache, dass sie nicht über ausreichende Lebenserfahrung verfügten. Daher war es notwendig, dass die Erzengel in menschlicher Gestalt erschienen, da das Erscheinungsbild eines Schutzengels ebenfalls dem eines menschlichen Wesens gleichkam, wenn auch nur viel kleiner. Zudem wurde so gewährleistet, dass die Schutzengel-Anwärter ihnen im Unterricht besser Folge leisteten. Als himmlische Lichter waren die Erzengel zwar wunderschön anzusehen, doch die ersten Erfahrungen hatten gezeigt, dass Kinder ihnen weniger Aufmerksamkeit schenkten, da sie von der Farbenpracht abgelenkt wurden.

»Was ist mit ihm? Hat er dir etwas Böses angetan, kleine Anwärterin?« Seine Worte trieften vor Sarkasmus.

Jessy mochte es nicht, wenn der Fluglehrer ihr alle Schuld zuwies.

»Bitte, Jesajah. Du machst dich schon wieder lächerlich«, entgegnete Penuel spöttisch.

»Haamiah bereitet euch nur auf das Schlimmstmögliche vor. Ihr könnt nicht mehr sterben. Also, stell dich gefälligst nicht wie ein kleines dummes Ding an. Deine Zeit an der Akademie ist nun bald beendet. Sieh zu, dass du endlich den Schutzengel in dir erweckst. Sonst sehe ich schwarz für deine Zukunft.«

Der letzte Satz ließ Jessy zusammenzucken. Sie strengte sich an. Mehr als viele andere von ihnen. Sie wollte so gern ein Schutzengel werden, versuchte immer, alles richtig zu machen, doch in ihrem Eifer ging es oftmals schief. Erschwerend kam hinzu, dass Fortuna nicht zu ihren engeren Freundinnen gehörte. Dieses eitle Wesen suchte sich immer nur die Besten der Besten aus und brachte ihnen noch mehr Glück, als sie sowieso schon benötigten. Für Jessy hatte Fortuna nicht mehr als ein müdes Lächeln übrig, was sie lediglich vor dem größten Unheil bewahrte, sodass die Guardian-Anwärterin gerade noch die Kurve kriegte. Wie gern hätte Jesajah dieser eingebildeten Zicke eins ausgewischt, doch das wagte sie nicht. Sich gänzlich gegen Fortuna zu stellen, hätte bedeutet, komplett vom Glück verlassen zu sein. Und das wollte Jessy auf keinen Fall riskieren. So blieb ihr nichts anderes übrig, als in den sauren Apfel zu beißen, härter zu arbeiten, um ihr Ziel zu erreichen. Denn ›Aufgeben‹ kam in Jessys Wortschatz nicht vor.

Viele der Schutzengel-Anwärter in den acht Reihen konnten sich das Grinsen nicht verkneifen.

»Sssie wird ihrem Ssspitsnamen ›Nutsssslosssengel‹ immer gerechter«, lispelte Uzza. In seinem glatten schwarzen Haar spiegelte sich das Licht. Die olivfarbene Haut kam durch den weißen Anzug gut zur Geltung. Das

Erste, was dem Betrachter an ihm auffiel, waren die spitze Nase und die dunklen Augen, die unter buschige Augenbrauen hervorblitzten.

Als Jessy das hörte, platzte ihr der Kragen. Ihre Hände ballten sich zu Fäusten.

»Jesajah. Bleib ruhig.« Mihr packte ihr Handgelenk, als sie auf Uzza losgehen wollte.

»Konzentrier dich auf die Flugstunde. Du hast bereits den ersten Teil versäumt«, mahnte er sie freundschaftlich.

»Hör besser auf Mihr«, forderte Penuel sie barsch auf.

Jessy ließ die Schultern sacken. Sie war unschuldig. Ihrer Ansicht nach hatte der Lehrer in Dämonenkunde es diesmal übertrieben. Ganz im Gegensatz zur theoretischen Prüfung war die praktische Prüfungsaufgabe mehr als gepfeffert gewesen. Das Ergebnis zermürbte Jesajah. Im Ring sollte sie gegen den Engel Cheriour antreten. Anfangs sträubte sie sich, bis Cheriour ohne Vorwarnung einen Feuerball nach ihr warf. Sie tauchte ab, doch in der Hektik fiel ihr die Wortendung des Bannspruchs nicht schnell genug ein. Cheriour, der auch den Beinamen ›Schreckensengel‹ trug und zudem noch Haamiahs bester Schüler war, wischte ihr ordentlich eins aus. Er ließ Jessy keine Chance mehr, sodass sie mehrmals wie die Kugel in einem Flipperautomaten gegen die verstärkten Seile prallte, bis sie letztendlich gegen einen leicht gepolsterten Eckpfosten knallte, auf den Boden aufschlug, um dort benommen das höhnische Lachen ihrer Mitstreiter über sich ergehen zu lassen. Ihren Stolz hatte sie schon längst in ihrem Zimmer tief in der Truhe zurückgelassen, doch an ihrem Ehrgeiz krallte sie sich fest, als wäre es das Letzte, was ihr noch geblieben war. Es dauerte einige Zeit, bis sie wieder zu sich kam. Die Schmerzen waren noch immer nicht verstummt, als sie sich endlich, unter dem Gelächter der anderen, aufrappelte.

Zwar entschuldigte sich Cheriour für die Heftigkeit, doch Haamiah tat dies nur mit einer abwertenden Geste ab.

»Im Ernstfall wird der Dämon auch keine Rücksicht nehmen. Merk dir das, Jesajah.« Mit diesen Worten hatte er die Prüfung beendet, ohne sich noch weiter um sie zu kümmern.

Jessy war der Verzweiflung nahe. Das Schutzengeldasein gestaltete sich viel komplizierter und schmerzhafter, als sie ursprünglich angenommen hatte. Viel Zeit, darüber zu sinnieren, ob sie diesen Job überhaupt noch ausüben wollte, blieb ihr nicht. Plötzlich erinnerte sie sich daran, dass die Flugstunde bereits im vollen Gange war. Nun stand sie in einer Phalanx von eintausend Schutzengeln und überlegte, wie sie antworten sollte. Egal, was sie sagte, es würde gegen sie verwendet werden. Penuel hatte sie auf dem Kieker. Da war sie sich ganz sicher.

»Wie ihr wisst, sind heute Prüfungen angesagt.« Sein Bass ließ die Guardian-Anwärter aufmerksam zuhören.

»Es ist der letzte Test, den ihr zu bestehen habt, um den begehrten Heiligenschein zu erwerben. Ohne diesen werdet ihr nicht als Schutzengel tätig sein können.«

Jessy seufzte. Es gab bisher nur zwei Prüfungsfächer, in denen sie mit Auszeichnung bestanden hatte, und das waren Himmelshierarchie und Dämonenkunde. Es waren reine Lernfächer, bei denen keine körperlichen Kapriolen oder Anstrengungen gefordert wurden. Hier fragte der Professor das Erinnerungsvermögen ab.

Nun stand sie vor ihrem persönlichen Armageddon: der Flugprüfung.

»Ich rufe …« Penuel machte eine bedeutungsschwangere Pause, als er den Blick über die Heerschar an Guardian-Anwärtern schweifen ließ.

Sie alle hielten die Luft an, während sie darauf warteten, wen der Erzengel als Erstes zur Prüfung aufrufen würde. Niemand wollte den Anfang machen. Jeder Einzelne von ihnen betete insgeheim, dass dieser Kelch an ihm vorübergehen möge.

»… Jesajah zur Flugprüfung auf.«

Jessy zuckte zusammen, als sie ihren Namen hörte, während die anderen um sie herum erleichtert den Atem ausstießen. Plötzlich kam sie sich so klein vor wie die männlichen Guardians neben ihr, obwohl sie sie um einen Kopf überragte.

»Tritt vor, Jesajah.«

Sie glaubte, einen hämischen Unterton zu vernehmen. Ihre meerblauen Augen wurden groß, ihre Wangen rot. Jessy wirkte wie ein Kind, das man dabei erwischt hatte, wie es - trotz Verbots - gerade in die prall gefüllte Keksdose langte. Nervös kaute sie auf der Unterlippe, wagte jedoch nicht, aus der Reihe zu treten.

»Was ist los, Jesajah? Jeder kommt heute noch dran. Du wirst dich nicht vor der Prüfung drücken können.«

Zögernd trat sie hinaus. Ein Raunen ging durch die Reihen, sodass Jessy ein Schauder über den Rücken lief. Der Stoff ihres Kleides war an einer Stelle bereits total zerknittert, da sie ihn noch immer knetete, um ihre Aufregung unter Kontrolle zu halten.

Penuel machte ausladende Bewegungen, während er die Prüfungsaufgabe erklärte.

»Ich persönlich habe den Parcours auf der Spezialscheibe vorbereitet. Diesmal schicke ich euch nach Paris. Allerdings habe ich der Stadt ein etwas anderes Aussehen verpasst, um die Prüfung interessanter zu gestalten.« Bedächtig legte er die Fingerkuppen aneinander. Eine fromme Geste, die bei ihm wirkte, als könne er kein

Wässerchen trüben.

»Es gibt darin Hindernisse, die ihr bewältigen müsst. Darauf befinden sich Bäume, Flüsse, Straßen, Gebäude – einige von monumentalen Ausmaßen, wie sie noch nicht vorhanden sind. Aber wer weiß, vielleicht werden sie eines Tages auf der Erde von einem Architekten erdacht und erbaut werden …« Er ließ den Blick bis in die letzte Reihe schweifen, um sicher zu gehen, dass keiner der Prüflinge auch nur ein Wort seiner Ansprache verpasste.

»Dazu menschenähnliche Gestalten, ebenso einige«, er wandte sich nun Jesajah zu, die ihn aus ängstlichen Augen anstarrte. Um seiner nächsten Erläuterung einen harmlosen Tenor zu geben, versuchte er zu lächeln. Es misslang. Um überhaupt freundlich zu wirken, hätte der Erzengel erst einmal selbst die Schulbank drücken müssen. Lachen war bei ihm verpönt. Wer lachte, nahm das Leben nicht ernst, konzentrierte sich nicht auf die Aufgabe, die vor ihm lag. Aus dieser Einstellung heraus, sah man den Erzengel der Throne weder lachen, noch konnte er lächeln.

»Nennen wir es einfach ›böse Überraschungen‹, die ihr erkennen sowie bekämpfen müsst.«

Man hätte das Aufprallen einer Stecknadel auf einer Wolke hören können. Keiner der Guardian-Anwärter wagte es, etwas zu sagen.

»Diese Prüfung bereitet euch auf das Schlimmste vor, was einem Schutzengel zustoßen kann.« Der rechte Zeigefinger schob sich in die Luft. Dort verharrte er, für alle sichtbar wie ein Mahnmal.

»Einen Kampf mit einem Dämon.«

Ein Raunen ging durch die Reihen.

Jessy schnürte es die Kehle zu. Schon wieder sollte sie gegen eine Kreatur der Hölle bestehen. Ihre Knie wurden weich. Zitternd hob sie den Zeigefinger, wie in der Schule, um sich zu melden.

Penuel schaute herunter.

»Was gibt es, Jesajah?« Er klang genervt.

»Kann nicht jemand anderes den Anfang machen? Ich habe gerade eine schwere Prüfung hinter mir und ...« Weiter kam sie nicht.

»Das kommt nicht infrage! Mein Ziel ist es, euch alle auf die Realität vorzubereiten. Eure Zeit im Exil naht. Schon sehr bald werdet ihr voller Wehmut an die Zeit auf der Oberen Ebene zurückblicken.« Der Erzengel beugte sich so weit zu ihr herunter, dass sich ihre Gesichter auf derselben Höhe befanden.

»Solltest du diese Akademie als Schutzengel verlassen, dann glaube mir, Jesajah, wird diese Prüfung dir immer in Erinnerung bleiben. Das verspreche ich dir«, raunte er ihr zu.

Jessy spürte einen Kloß in ihrem Hals anwachsen.

»Und auch ihr anderen werdet stolz auf euch sein, wenn ihr diese Prüfung bestanden habt!« Er schritt die Reihe entlang, bis er am Ende angekommen war. Trotz der Entfernung klangen seine Worte in Jessys Ohren wie ein defekter Gongschlag, sodass alle Alarmglocken in ihr laut tönten.

»Jesajah, los!«

Als das Kommando kam, begann Jessy zu rennen. Vor ihr tat sich ein massives Gespenst aus Stahl mit einer Höhe von über dreihundert Metern auf, das auf vier riesigen Füßen stand. Als sie hinaufsah, entdeckte sie zwei Plattformen. Die erste war sehr breit, während die zweite, die das obere Drittel des Turms einleitete, eher klein wirkte. Auf dem zweiten, kleineren Plateau entdeckte sie ein Mädchen, das fürchterlich weinte. Jessy wusste, das war ihr Schützling, den sie vor allem Übel bewahren musste. Neben dem Kind tauchten plötzlich zwei Jungs auf. Sie bedrohten die Kleine, schubsten sie herum. Das Mädchen beugte den Oberkörper über die Brüstung, dabei rief sie nach Hilfe. Dann stieß sie sich mit den Händen von dem Geländer ab und versuchte, den beiden Jungs auszuweichen. Hinterrücks suchten ihre Finger nach Halt. Immer wieder machte sie einen Schritt rückwärts, wollte den Abstand zu den Jugendlichen so groß wie möglich halten. Als einer der Jungs plötzlich einen Energiestrahl abschoss, zerbarst der die Brüstung mit einem krachenden Laut. Riesig, wie ein hungriges Drachenmaul, klaffte ein Loch, das jeden, der sich ihm näherte, zu verschlingen drohte.

Hektisch wandte Jessy den Kopf in alle Himmelsrichtungen. Gerade fuhr ein Lift wieder nach oben. Sie hatte ihre Mitfahrgelegenheit verpasst. Sie sah sich nach einer anderen Möglichkeit um, nach oben zu gelangen. Irgendwo musste eine Treppe sein.

»Flieg, Jessy«, rief Mihr.

Doch Jessy hörte ihm nicht zu. Sie entdeckte einige Stufen. Sofort rannte darauf zu, als einige der Stahlstreben von der Brüstung vor ihr auf den Boden knallten. Sie stieß einen spitzen Schrei aus, taumelte zurück, stolperte und fiel hin. Hastig rutschte sie auf den Po zurück, um nicht unter dem Stahl begraben zu werden.

»Setz endlich deine Flügel ein«, hörte sie Cerviels Stimme.

Ein flüchtiger Blick nach oben, dann zur Treppe, die nun von Stahlteilen versperrt wurde. Erneut schaute sie nach oben. Das Mädchen hatte noch Platz für vier Schritte, vielleicht auch nur drei, dann würde es hinunterstürzen. Über die Treppe würde Jessy es nicht mehr rechtzeitig nach oben schaffen. Mit den Handflächen fuhr sie über ihre rosigen Wangen, die zu glühen schienen. Jessy schüttelte den Kopf.

»Nein, nein, nein. Ich muss ... diese ... Prüfung ... bestehen. Ich kann das«, sprach sie sich selbst Mut zu.

Die Guardian-Anwärterin raffte sich auf, strich ihr Kleid glatt und setzte an.

Als die anderen Prüflinge sahen, wie Jessy abhob, brachen sie in Jubel aus und applaudierten frenetisch. Ein Sprechchor erklang, der immer wieder ihren Namen rief: »Jessy! Jessy! Jessy!«

Plötzlich fühlte sie sich frei. Der Wind pustete ihre Locken nach hinten. Selbst die widerspenstige Strähne musste der Fliehkraft weichen. Sie hatte bereits die Hälfte hinter sich gebracht, als sie den Sprechchor vernahm. Kurz wurde sie davon abgelenkt und schaute sich um – da passierte es.

Das Mädchen fiel schreiend von der Plattform.

Jessy riss die Augen auf, als sie sah, wie ihr Schützling auf sie zu stürzte. Kurz überlegte Jessy, ob sie einen Bann aussprechen sollte, um die beiden Jungs von weiteren Missetaten abzuhalten. Ein verzweifelter Schrei ließ sie umdrehen, einen Schlenker machen, auf das Mädchen zufliegen, um es am Bein zu greifen. Die beiden Jugendlichen lachten diabolisch. In letzter Sekunde schaffte sie es, das Kind am Socken zu packen, bevor die Fallgeschwindigkeit siegte.

»Keine Angst, ich rette dich. Ich gleite jetzt langsam nach unten, um dich dort abzusetzen.«

Die Kleine nickte nur ängstlich.

Plötzlich stieß Jessy ein Ächzen aus, als etwas Hartes sie am Rücken traf. Vor Schreck ließ Jessy das Mädchen los, das seinen Weg zum Boden im freien Fall fortsetzte.

»Oh!«, stießen neunhundertneunundneunzig Stimmen erschrocken aus. Der größere der beiden Jungs hatte ein

Stück Stahl nach ihr geworfen und ihren Flügel getroffen.
Jessys Arme wirbelten herum. Sie versuchte, sich auszutarieren. Nun wurde sie von beiden Jungs attackiert. Der Kleinere feuerte Blitze ab, die Jessy, dank ihrer unvorhersehbaren Flugaktionen, knapp verfehlten. Der andere beschoss sie mit Feuerbällen. Ein wahrer Regen aus Lichtblitzen und Flammen hüllte sie ein.

»Benutze den Motus-Tardior-Bann, Jesajah!«, rief Mihr ihr zu, der vor Aufregung am liebsten in die Luft gegangen wäre, um ihr zur Hand zu gehen.

Der Zeitlupenbann. Das ist eine gute Idee. Danke Mihr. Jessy formte die Worte in ihrem Kopf, während sie sich so drehte, damit sie die beiden Jungen direkt anvisieren konnte, als drei weitere Strahlenblitze folgten. Einer traf ihr Bein. Vor Schmerz schrie die Guardian auf. Wie ein Luftballon, aus dem die Luft entwich, flog Jessy kreuz und quer über Häuserdächer, Baumkronen und Straßen.

»Aaaah! Hilfeeeee!« Inzwischen hatte sie komplett die Kontrolle verloren.

»Kann mich mal jemand stoppen?«
Anthriel – Engel der Harmonie, Ruhe und Gelassenheit – beugte sich hinab, um eine Feder aufzuheben, als Jessy wie eine Kanonenkugel mit Karacho nur wenige Zentimeter über ihm hinwegschoss. Als er »Mir wird schlääääächt« hörte, richtete er sich auf, doch Jessy war bereits aus seinem Sichtfeld verschwunden.
Die anderen Schutzengel lachten vor Schadenfreude.

»Autsch!«, schrie Jessy, als sie gegen ein weiteres Bauwerk stieß, das einen weißen Triumphbogen darstellte, auf dem Boden aufschlug und dabei wie ein Wasserball bei Sturm quer über einen breiten Platz polterte. Immer wieder war ein »Autsch!«, »Herrschaftszeiten!«, »Aua!« zu hören, dann ein Platschen, als ihr geschundener Körper in die kalte Seine, den Fluss, fiel.

Augenblicklich erlosch das Lachen der Prüflinge, die sich wie eine Meute Jagdhunde in Bewegung setzte. Um schneller zu sein, flogen sie zum Fluss. Die Anwärter drängten sich über der Stelle, an der sie Jessy vermuteten. Sie hielten Ausschau nach ihr, riefen ihren Namen, doch Jesajah blieb verschwunden.

Mit dem Rücken an einen Baum gelehnt, saß Jessy in einem Garten, die Knie an den Körper gezogen, den Kopf darin vergraben. Sie schämte sich, so kläglich versagt zu haben. Sie blickte noch nicht einmal auf, als jemand in die Hände klatschte, sondern ließ ihrer Traurigkeit freien Lauf.

»Das hat bisher noch kein Prüfling geschafft. Diese … Darbietung sucht nach ihresgleichen.« Es war Penuel, der auf sie zuging.

Sie beachtete ihn erst, als er vor ihr zum Stehen kam. Dicke Tränen kullerten ihre Wangen herunter.

»Ich muss zugeben ...«, er blickte über die Schulter, »du hast einen ganz beachtlichen Weg zurückgelegt. An Ausdauer scheint es dir nicht zu mangeln«, bemerkte er verblüfft, während er die Umgebung begutachtete.

»Ganze vier Kilometer bist du durch die Gegend gepurzelt. Und das ohne Unterlass.«

Jessy blieben die Worte im Hals stecken. Am liebsten hätte sie ihm einige Verwünschungen an den Kopf geworfen, doch sie wusste, dass sie damit nichts erreichen würde. Die Prüfung war für sie gelaufen. Ihr Schützling war in den Tod gestürzt.

Vorbei. War der einzige Gedanke, der immer wieder gegen ihre Stirn hämmerte, als wolle er sich darauf verewigen.

Ihr Traum, ein Schutzengel zu werden, hatte sich in Luft aufgelöst.

 # Ankunft in London - 1430 A.D.

»Canwyke Street. Die Straße der Kerzenmacher ist wie geschaffen für unsere Niederlassung.« Sie hatten sich bereits zwei Mietobjekte angesehen, doch keines davon kam infrage.

Nun wartete das ungleiche Paar vor einem gelben Haus, das diesmal zum Verkauf ausgeschrieben war. Das diffuse Licht der Kerzen in den angrenzenden Fenstern sorgte dafür, dass der flackernde Lichtstrahl, welcher der Öffnung ihres Beutels entwich, kaum auffiel. Er verlieh dem Muster ihres Kleides ein gespenstisches Aussehen.

Es regnete in Strömen. Die wenigen Passanten, die es nach draußen getrieben hatte, huschten eilig an ihnen vorbei. Während dieser Jahreszeit waren die dicken Stoffe eh schon schwer genug. Die Roben und Gehröcke saugten sich voll, sodass die Kleidung nass am Körper klebte. Jeder Schritt auf den matschigen Wegen kam einer Herausforderung gleich.

Sie schauten sich das Gebäude genauer an. In jedem der drei Stockwerke schimmerte Licht, sodass es bewohnt wirkte. Sie betätigten den Türklopfer, doch niemand öffnete. Sie lauschten, dann machten sie einige Schritte rückwärts. Einen Moment lang beobachteten sie, ob sich hinter der Tür etwas tat, doch noch immer bewegte sich nichts.

Unermüdlich peitschte der Wind lange Fäden an Regen in ihre Gesichter. Auf der gegenüberliegenden Straßenseite suchten sie Schutz unter einem Bogen, der zu einem Hof

führte, um dort auf den Besitzer zu warten.
Niemand nahm Notiz von dem Paar.

Gemeinsam mit ihrem Begleiter Kaleb war Zalmona erst kürzlich nach London gereist. Besondere Umstände hatten sie dazu gezwungen, von Frankreich nach England zu fliehen, damit sie ihren Plan fortsetzen konnten.
Sie war in den Mittzwanzigern, gertenschlank und mit einem Meter vierundachtzig hochgewachsen. Ihr langes braunes Haar trug sie offen, das sich in Kaskaden bis zu ihrem Hintern ergoss. Jetzt hing es tropfend vor Nässe herunter. Es war unüblich für eine Frau, keine Haube zu tragen, dennoch schien sich niemand daran zu stören.
Er war in den Dreißigern, und mit einem Meter siebzig entsprach er der Durchschnittsgröße. Ein kleiner Bauchansatz machte sich bemerkbar. Der Mode entsprechend trug er einen schwarzen Vollbart. Was jedem Betrach-ter sofort auffiel, waren treu dreinblickende Augen.
Ein Mann um die fünfzig näherte sich ihnen. Für die örtlichen Verhältnisse war er gut gekleidet: helle Kniebundhose, dunkle Stiefel, dazu ein sandfarbener Umhang, den er fest um sich geschlungen hatte. Dazu ein schwarzer Hut, dessen Fasanenfeder von der Nässe an Ansehnlichkeit eingebüßt hatte. Man sah ihm an, dass er zur oberen Schicht gehörte. Er hastete die vier Stufen hinauf, den Schlüssel bereits in der Hand, um schleunigst ins Trockene zu gelangen.
»Heute gießt es wieder wie aus Kübeln«, murmelte er zu sich selbst. Die Beschwerde ging im lauten Regen und in dem Geklapper des Schlüssels, den er mit zittrigen Händen ins Loch bugsierte, unter. Es klackte. Kraftvoll stieß er die Tür auf. Er schaute sich um, als er das Pärchen unter dem Torbogen entdeckte. Sofort vermutete er in ihnen die

interessierten Käufer.

Er winkte sie zu sich.

»Kommt rein, meine Dame, mein Herr.«

Die beiden huschten über die Straße.

»Verzeiht, doch schneller war es mir nicht möglich zu kommen. Ich hoffe, Ihr habt nicht zu lange warten müssen.« Er ließ ihnen den Vortritt. Nachdem sie den Korridor betreten hatten, klopften die Besucher sich das Wasser aus der Kleidung.

In einer Tonschale im Flur brannte eine Kerze. Er nahm sie, um damit jeweils eine weitere Kerze, die in einer Halterung an jeder Seite der Wand steckte, anzuzünden.

Nun erkannten sie, dass daneben jeweils eine Tür abging. Am Ende des Korridors führte eine schmale Stiege ins nächste Stockwerk.

»Man nennt mich Aaren Harold. Ich war einst Kerzenmacher, doch nun, da meine Frau schwer erkrankt ist, habe ich das Geschäft aufgegeben. Eine Erbschaft war unser einziges Glück, denn Kinder blieben uns verwehrt. Nun möchte ich das Haus veräußern, damit wir uns auf das Land zurückziehen können.«

Zalmona spitzte die Lippen. Sie hatte kein Mitleid mit diesem Mann. Er schien bisher gut mit den Geschäften zurande gekommen zu sein. Obwohl er klapprig wirkte, litt er sichtlich keinen Hunger.

»Mit wem habe ich die Ehre? Der Spross der Nachbarin hatte leider versäumt, Euch um den Namen zu bitten.«

»Kaleb und Zalmona Plantagenet«, entgegnete der Mann knurrend, als würde ein Hund um seine Beine schleichen, der sein Herrchen vor Fremden beschützen wollte.

Aaren Harold senkte sofort das Haupt.

»Hoher Herr, hohe Dame! Verzeiht mein Unwissen …«

Er verbeugte sich noch tiefer, während er gleichzeitig einige Schritte rückwärts machte.

»Bitte folgt mir. Ich zeige Euch sogleich die Räumlichkeiten.«

Der Kerzenmacher witterte ein einträgliches Geschäft mit dem Verkauf. Wohnraum im aufstrebenden London war heiß begehrt. Besonders bei gut betuchten Familien. Eine davon hatte soeben Interesse an seinem Haus bekundet.

»Woher kennt Ihr uns?« Zalmonas misstrauischer Ausdruck schien Aaren Harold kurz zu verwirren.

»Ich habe hier nur einmal den Namen vernommen. Nichts von größerer Bedeutung … Wenn Fremde vom Kontinent eine adäquate Unterkunft in London suchen, macht diese Nachricht schnell die Runde. Ich fühle mich geehrt, dass Ihr mir Euer Vertrauen schenkt, obwohl ich nur dieses bescheidene Haus anzubieten habe«, entschuldigte er sich.

»Habt Ihr jemanden von uns erzählt?«, wollte Kaleb wissen.

»Natürlich nicht, hoher Herr. Dazu war keine Zeit«, entgegnete Aaron Harold leicht verwirrt.

»Dann weiß nur noch der Junge Bescheid?«, hakte Zalmona nach.

»Er hat mir nur erzählt, dass ein Ehepaar für mein Haus ihr Interesse bekundet hat, und dass es eilig sei. Ich hatte mich sofort auf den Weg hierher gemacht.« Um seine Gunst zu beweisen, verbeugte er sich noch tiefer.

Kaleb bekam den Eindruck, er würde es nicht mehr aus eigenem Antrieb schaffen, sich wieder aufrecht hinzustellen. Das Pärchen tauschte einen schnellen Blick aus. Im selben Moment fiel die Tür zu. Der Luftzug im Flur ließ das Kerzenlicht erlöschen. Ein grässliches Knurren ertönte, gefolgt von einem erstickten Schrei, der in einem Gurgeln endete.

Zalmona holte den kleinen Lichtball heraus, der nun den Flur erhellte.

Aaren Harold lag röchelnd auf dem Boden, die Hände fest um seinen Hals geschlungen. Er spürte, wie das warme Blut aus seiner Kehle lief. Mit schreckgeweiteten Augen starrte er in das Maul eines riesigen Hundes, der zähnefletschend über ihm stand. Das Biest hatte die Größe eines Löwen. Mit der Pranke drückte es den Hausbesitzer, der unfähig war, auch nur einen Ton von sich zu geben, zu Boden. Das Tier öffnete sein Maul. Speichel tropfte an den Lefzen hinunter. Es knackte, als der Hund den Hals des Besitzers durchtrennte. Schmatzend verschlang er dessen Kopf.

Dann wurde es ruhig.

»Gut gemacht, Kaleb«, lobte Zalmona ihren Partner, der daraufhin wieder seine menschliche Gestalt annahm. Wenige Stofffetzen hingen an dem vom dunkelblauen Fell überzogenem Körper. Blut klebte an seinem Bart. Eine lange lilafarbene Zunge schoss heraus, als er sich über Lippen und Bart leckte. Wortlos reichte sie ihm ein Stofftaschentuch, damit er sich von den letzten Resten Blut säubern konnte.

»Jetzt können wir in Ruhe einziehen und unseren Plan weiterverfolgen. Hier sollten wir erst einmal sicher sein«, bemerkte Zalmona ruhig, während sie zu den Stufen ging.

»Was ist mit dem Jungen? Und die Gerüchte über unsere Ankunft?«, bemerkte Kaleb, der dabei war, die zerfetzten Kleidungsstücke aufzuheben.

»Das alles wird uns nicht aufhalten. Um den Jungen kümmern wir uns heute Abend. Sollte sich sonst noch jemand uns in den Weg stellen, wird es der Person wie diesem neugierigen Taugenichts ergehen.«

Sie folgte der Lichtkugel nach oben.

 # Wer Wind sät

Jesajah hatte es nicht übers Herz gebracht, der Zeremonie beizuwohnen, in der all ihre Kommilitonen ihren Heiligenschein von Eth verliehen bekamen. Eth war der Engel der Zeit. Er trug eine große Verantwortung, da er dafür Sorge tragen musste, dass alles zu seiner rechten Zeit geschah.

Mit gekreuzten Beinen hockte Jessy auf ihrem Bett in der Kammer. Unweigerlich bekam sie mit, wie ein Guardian nach dem anderen namentlich aufgerufen wurde. Nur ihr Name wurde nicht von den himmlischen Chören gesungen. Noch nie war ein Schutzengel durch die Prüfungen gerasselt. Durch ihr Versagen schaffte Jesajah einen himmlischen Präzedenzfall, der so hohe Wellen schlug, dass sogar die erste Triade davon Wind bekommen hatte.

Jessy hatte traurige Berühmtheit erlangt. Sie überlegte, was schief gelaufen war. Ihre gesamten Anstrengungen – alles war umsonst gewesen. Zwei dicke Tränen plumpsten auf ihr Kleid, versanken darin wie ein Wassertropfen im Meer, dabei liefen die Ränder des Tropfens in seichten Wellen aus.

Es klopfte an ihrer Tür.

Jesajah wischte mit dem Unterarm ihre Augen trocken, legte sich auf den Rücken und verschränkte die Hände im Nacken. Ihre Flügel bemerkte sie bereits nicht mehr. Sie hatte sich daran gewöhnt, zudem waren die flauschigen Federn sehr angenehm. Solange sie nicht gebraucht wurden, schmiegten sich die zusammengefalteten Schwingen an ihren Rücken und fielen nicht auf. Traurig starrte

Jessy zur Decke. Himmelblaue Wölkchen kreisten über ihr. Immer wieder veränderten sie ihre Form. Mal sahen sie aus wie ein Teddybär, mal wie eine Katze. Sie sollten die Schutzengel beruhigen, doch in Jessy brachten sie eher Unmut hervor. Sie begann darüber zu sinnieren, was nun mit ihr geschehen sollte. Würde sie jetzt sterben? Sich einfach in Luft auflösen?

Es klopfte erneut.

Ohne auf eine Aufforderung zu warten, wurde die Tür geöffnet. Anhand des Geruchs nach Opium wusste Jesajah bereits, wer sie besuchte.

Anthriel betrat das Zimmer. Der Engel liebte die Harmonie. Bei ihm bekam jeder schnell den Eindruck, er hätte zu viel von dem Opium konsumiert, was besonders dadurch unterstrichen wurde, dass er sehr langsam sprach, wobei er zusätzlich die Worte noch in die Länge zog. Er trug ein übergroßes buntes Hemd, lässige sandfarbene kurze Hosen, die über den Knien endeten, dazu helle Leder-sandalen. Braunes welliges Haar reichte ihm bis zu den Schultern. Er hatte ein schmales kantiges Gesicht, die vollen Lippen immer leicht geöffnet. Vielen Engeln war sein Outfit ein Dorn im Auge. Niemand konnte zu dieser Zeit ahnen, dass Anthriel seiner Zeit weit voraus war, als er diese Mode für sich entdeckte.

Obwohl er nicht zu den Guardians zählte, wurde er oftmals für einen gehalten. Dies war seiner Körpergröße geschuldet, die der eines männlichen Schutzengels gleichkam. Um nicht mit ihnen verwechselt zu werden, trug er mehrere Ketten um den Hals, deren Holzperlen bei jeder Bewegung klackerten.

»Hi Jesajah«, begrüßte er sie mit einer Gelassenheit, die Jessy die Tränen in die Augen trieb.

»Was willst du, Anthriel?« Ein leises Schniefen war zu

hören.

»Kommst du, um mich auch noch zu verhöhnen?«

»Ich? Nein. Habe von deinem Unglück gehört.« Gemächlich schlenderte er zu ihr herüber.

»Mach dir nichts draus. Alles wird gut.«

Jessy würdigte ihn keines Blickes. Ihr war jetzt nicht nach reden zumute. Sie wollte einfach nur mit ihrem Kummer allein sein.

»Manches braucht halt mehr Zeit.« Mit einem Satz saß er bei ihr auf der Bettkante.

Perplex über diese Dreistigkeit blinzelte Jessy ihn an.

»Dein Wort in Gottes Gehörgang«, erwiderte sie verbittert.

»Bist du gekommen, um mich zu trösten? Wenn ja, vielen Dank. Doch das ist vergebens.« Mit einem Ruck drehte sie sich auf die Seite, Anthriel den Rücken zugewandt.

Sanfte legte er die Hand auf Jessys Schulter. Der Engel der Harmonie spürte, wie ihr Körper unter leisen Schluchzern erbebte.

»Wurde zu dir geschickt. Soll dir ausrichten, dass Seraphiel dich in seinem Büro erwartet. Hey, Mann, Jessy! Unser oberster Boss will mit dir palavern. Wie ich hörte, empfängt er dich schon zum zweiten Mal.« Er stieß einen lauten Pfiff der Anerkennung aus.

»Das geschieht nur sehr selten.« Er überlegte, ob es überhaupt schon einmal vorgekommen war, konnte sich jedoch an keinen Vorfall erinnern.

»Du scheinst mächtigen Eindruck hinterlassen zu haben.«

Unvermittelt drehte sich Jessy um, die Augen weit aufgerissen. Anthriel nickte nur leicht wie der Kopf eines Wackeldackels im Rauschzustand.

Sie wollte nicht allein in die Höhle des Löwen.

»Kommst du mit mir?« Mit dem Engel der Harmonie an ihrer Seite würde sie sich sicherer fühlen.

»Nee. Das packst du schon. Zurzeit ist viel los auf der Erde. Die sind totaaal unentspannt da unten. Muss runter und einiges dafür tun, damit es mal wieder etwas ausgeglichener wird. Du solltest jetzt gehen. Bin nicht sicher, ob du nicht Ärger bekommst, wenn du zu spät dran bist.«

»Noch mehr Ärger?«, frotzelte sie.

Mit schief gelegtem Kopf schaute Anthriel sie an. In seinem Blick lag etwas Ermutigendes. Der Engel der Harmonie hatte oftmals diese Wirkung. Und das nicht nur auf Menschen.

Jessy wischte sich die widerspenstige Strähne aus der Stirn und verzwirbelte sie mit den anderen Locken, bis sie nicht mehr störte.

Mit hängenden Schultern verließ sie ihr Zimmer.

Anthriel schaute ihr mit verklärtem Blick nach.

»Setz dich bitte, Jesajah. Es dauert noch einen kleinen Augenblick«, wurde sie im Vorzimmer von einer lieblichen Stimme begrüßt.

Jessy schaute sich um, doch außer ihr gab es niemanden hier. Ihr war nicht wohl bei der ganzen Sache, somit kam sie der Aufforderung nach, ohne Fragen zu stellen. Sie hatte eine Ahnung, weshalb man sie in das Büro des Erzengels bestellt hatte. Seraphiel war der Bürokrat unter den hohen Engeln. Zudem gehörte er, neben dem Erzengel Tigernmas, der Judikative an.

Sie saß bereits eine Weile auf dem viel zu hohen Stuhl.

Gelangweilt ließ sie die Beine vor und zurück baumeln, während sich ihre Finger in den Rand der Sitzfläche krallten. Im Zimmer dahinter hörte sie mehrere Stimmen, doch es war unmöglich, dem genauen Wortlaut zu folgen. Sie schob die Unterlippe vor und pustete die Locke aus ihrer Stirn, die immer wieder herunterfiel. Jessy überlegte, ob sie der widerspenstigen Strähne einen Namen geben sollte. So langsam entwickelte es sich bei ihr zu einem Ritual.

Nach weiteren fünf Minuten konnte sie diese ewige Warterei nicht mehr ertragen. Mit den Händen stieß sie sich ab und sprang vom Stuhl hinunter. Ihre Flügel flatterten leicht, damit sie nicht das Gleichgewicht verlor. Sie drehte den Kopf, so weit es ging, nach hinten.

»Ihr elenden Verräter. Haltet euch bloß zurück«, maulte sie ihre Schwingen an, die sich sofort wieder an ihren Rücken schmiegten. Wie alle Engel hatte sie sehr schöne Federn. Deren Weiß schien zu leuchten, während die Spitzen in einem zarten Rosé endeten. Jessy hätte ihre Flügel gemocht, wenn nur nicht diese Angst vor dem Fliegen wäre, die bei ihr immer eine Übelkeit hervorrief. Dieses Handicap verwehrte dem Schutzengel den Spaß daran, in die Luft zu steigen. Gemeinsam mit den anderen Guardians kühne Flugmanöver auszuprobieren. Jessy war froh, wenn sie wenigstens einen Meter vom Boden abheben konnte, ohne gleich zum Gespött der himmlischen Heerscharen zu avancieren. Sie hasste das Fliegen wie die Pest.

Während sie durch das Zimmer ging, kam sie an vielen Bildern vorbei. Jedes davon wurde von ihr in Augenschein genommen. Es waren allesamt Porträts mit himmlischen Lichtern, die vor den Wänden schwebten. Jessy erkannte jedes einzelne von ihnen, konnte alle beim Namen nennen.

In Himmelskunde war sie die Klassenbeste. Zwischen zwei Porträts klaffte eine Lücke. Ein Bild schien zu fehlen. Sie blieb stehen.

Ob dieser Platz für jemand Besonderen freigehalten wird?, überlegte sie. Dann malte sie sich aus, wie es wäre, wenn dort ein Bild von ihr hängen würde. Mit einem Kopfschütteln verscheuchte sie den Gedanken, aus ihr könnte einmal ein Erzengel werden. Dieser Traum schien nach ihrer letzten Prüfung, die einem Desaster gleichgekommen war, in weite Ferne gerückt.

Das Getuschel im anderen Raum wurde intensiver, doch die Wände ließen keine klaren Sätze durchsickern, noch nicht einmal Wortfetzen, sodass sie sich wenigstens ein kleines Bild hätte machen können.

Vorsichtig legte Jessy das Ohr gegen die Tür, um zu lauschen.

»Es ist ein Skandal! Wie konnte uns das passieren?« Seraphiel schien außer sich zu sein.

»Eine Guardian-Anwärterin, die die Prüfung nicht bestanden hat?« Sein Blick traf den von Penuel, der sich keiner Schuld bewusst war. Voller Desinteresse begutachtete er seine Fingernägel.

»Das ist bisher noch nie geschehen.«

Obgleich beide Erzengel dem Thron angehörten, bekleidete Seraphiel einen höheren Rang. Unruhig lief er hinter dem Schreibtisch auf und ab.

Durch Xenophons Anwesenheit hatten beide Engel ihre menschliche Gestalt angenommen. Penuel lehnte mit dem Rücken gegen die Wand, das rechte Knie abgeknickt, die Fußfläche ebenfalls an der Wand abgestützt. Lässig verschränkte er die Arme vor der Brust, während er, in Gedanken versunken, vor sich hin schmunzelte.

Xenophon blieb das nicht unbemerkt.

»Du hast Jesajah absichtlich in die Falle laufen lassen.« Der Vorwurf wog schwer.

Penuel blickte noch nicht einmal auf, während er sprach.

»Das ist absoluter Unsinn. Bisher hat jeder Anwärter und jede Anwärterin die Prüfung bestanden«, erwiderte er im selbstgefälligen Ton.

»Nur, dass Jesajah sich gleich zwei Jungen mit dämonischen Kräften stellen musste.«

»Es ist ja noch nicht einmal zu einem Kampf gekommen. Die Kleine hatte sich gleich wie ein Sonntagsbraten abschießen lassen«, konterte Penuel.

»Hört auf«, fuhr Seraphiel dazwischen.

»Sollten unsere Guardians nicht in der Lage sein, mit zwei Dämonen gleichzeitig fertigzuwerden, so gibt mir das sehr zu denken. Stimmt's nicht, Penuel?« Plötzlich durchzuckte ihn ein Gedanke.

»Werden wir bereit sein, wenn die Zeit gekommen ist?« Sorge trat an die Stelle des Ärgers.

»Ich will nicht, dass es wieder so endet wie bei Sodom ...« Er suchte nach den richtigen Worten.

»... und Gomorrha«, half Xenophon aus.

Der Chronist legte seine Papyrusrolle auf dem Tisch.

»Das wissen wir nicht mit Bestimmtheit, da die anderen«, Xenophons Blick traf den von Penuel, »alle nur gegen einen einzigen Widersacher kämpfen mussten. Penuel sollte seinen Lehrplan besser noch einmal überdenken. Wenn er die Guardians so einseitig ausgebildet hat ...« Er verstummte abrupt, als Penuel sich mit dem Fuß von der Wand abstieß.

Während der Professor für Flugkunde auf den Chronisten

zuging, begann er, seine Größe zu verändern. Als er vor ihm zum Stehen kam, war Penuel auf drei Meter angewachsen.

»Unterstellst du mir etwa, dass mein Unterricht nicht gut genug ist? Schließlich sollen diese Winzlinge sich hauptsächlich um diese Menschen kümmern. Zu mehr sind die Guardians nicht gemacht. Zuvor waren sie Menschen, die in sehr jungen Jahren gestorben sind. Kinder, die eine weitere Chance erhalten. Für etwas anderes taugen sie nicht. Wenn ich sie nicht ausbilden würde ... Weshalb muss ich mich rechtfertigen? Mein Unterricht hat bisher immer seinen Zweck erfüllt. Die Guardians haben gelernt, in schwierigen Situationen wirksam zu handeln, bis hin zur eigenen Aufopferung. Das ist ihre Aufgabe!« Er hob das Bein. Es wäre ein Leichtes, den Chronisten unter dem Fuß zu zerquetschen.

Penuel besann sich. Das würde bedeuten, dass keiner da wäre, um seine Geschichte zu schreiben. Niemand würde je von ihm hören und ihn für seine herausragenden Taten bewundern, die noch folgen sollten. Dennoch passte es ihm nicht in den Kram, von diesem chronischen Krankheitssymptom vorgeführt zu werden.

»Jesajah ist nun einmal anders. Sie hat ... besondere Qualitäten.«

»Qualitäten?«, prustete Penuel.

»Ach wirklich?« Er schrumpfte wieder auf eine normale Größe. Langsam schob er sein Gesicht vor Xenonphons, bis sich ihre Nasenspitzen fast berührten.

»Dann muss mir was entgangen sein«, brummte der Erzengel.

»Hört auf zu streiten«, fuhr Seraphiel erneut dazwischen.

»Wovon genau sprichst du, Xenophon? Welche

60

Qualitäten?«

»Ja, das würde mich auch brennend interessieren.« Penuel warf dem Chronisten einen hochtrabenden Blick zu, bevor er sich auf die Tischkante setzte. Dabei klemmte er die Papyrusrolle zwischen sich und der Tischplatte ein.

Die Panik, etwas könnte der Papyrusrolle zustoßen, ließ Xenophon ebenfalls auf den Tisch zueilen.

»Bitte, Penuel.« Er versuchte, die Rolle herauszuziehen.

»Übe Vorsicht. Dieses Dokument ...«

Der Engel grinste ihn nur höhnisch an.

»Penuel«, forderte Seraphiel ihn forsch auf. Schnaubend erhob sich der Erzengel.

Sofort packte Xenophon die Rolle. Hastig begann er sie zu untersuchen, dabei rollte er das über zwei Meter lange Papierstück auf dem Tisch aus. Mehrmals wischte er mit der Handkante darüber, um die Falten zu entfernen. Kein leichtes Unterfangen, da sich das Dokument immer wieder zusammenrollte.

Während Penuel den Chronisten dabei beobachtete, zog er den rechten Mundwinkel hoch. Die Narbe, die sich über seinen Nasenrücken zog, gab ihm ein verwegenes Aussehen. Wie auch die anderen Engel hatte er sehr feine Züge. Schlohweißes Haar, das bei jeder Bewegung wie ein fließender Wasserfall wirkte, reichte ihm bis zum Schultergürtel. Er war einer der wenigen Erzengel, die ihre Gestalt am ehesten einem menschlichen Wesen angleichen konnten, bis hin zur Hautfarbe.

Die Narbe war ihm einst von einem Dämon zugefügt worden. Beim ersten großen Kampf, als es darum ging, den Himmel zu verteidigen. Seitdem trug er die Narbe mit Stolz, da sie ihn und jeden anderen Himmelsbewohner daran erinnern sollte, wie hart er damals gekämpft hatte, als er mit drei weiteren Engeln den Thron Gottes verteidigte. Ein Kampf, den er nie mehr vergessen würde, da das Schicksal fast zugunsten der anderen Seite ausgefallen wäre, hätte er sich nicht Morrigan entgegengestellt. So hatte es sich in sein Gedächtnis gebrannt. Eine Erinnerung, die sich im Laufe der letzten Jahrhunderte gewandelt hatte, je öfter er den Guardian-Anwärtern die Geschichte erzählte. Die meisten dieser Frischlinge hatten seinen Namen noch nie gehört. Penuel war im Begriff, in Vergessenheit zu geraten. Dies musste er unter allen Umständen verhindern. Er wollte sogar noch mehr. Er, Penuel, Erzengel der Throne, wollte ebenso bekannt werden wie die Erzengel Michael oder Gabriel.

»Es muss etwas an Jesajah sein, was ER in ihr sieht«, entgegnete Seraphiel wenig überzeugend. »Weshalb sonst hätte ER sie zu einem Schutzengel ausbilden wollen?« Seine Frage richtete sich an Penuel, der ihm nicht zugehört hatte.

»Penuel? Wie denkst du darüber?«, holte ihn Seraphiel aus den Gedanken heraus.

»Ich kann nicht sagen, weshalb ER so entschieden hat. Wenn ihr etwas in diesem kleinen Wesen seht, so ist es eure Angelegenheit. Ich habe meine Aufgabe erfüllt. Ihr Schicksal liegt ab jetzt in ihren Händen.« Ohne noch etwas hinzuzufügen, verließ Penuel den Raum.

Jesajah hatte die Diskussionen mit angehört. Wie sie vermutet hatte, war Penuel die ganze Zeit über gegen sie gewesen. Sie konnte sich nur nicht erklären, weshalb er etwas an ihr auszusetzen hatte. Nie widersprach sie ihm. Immer hatte sie versucht, seinen Anordnungen Folge zu leisten.

Als die Tür aufgerissen wurde, erschrak Jessy. Um den Schrei zu unterdrücken, presste sie die Hände vor den Mund. Rasch huschte sie zur Seite, in der Hoffnung, dass niemand im anderen Zimmer mitbekommen hatte, dass sie die ganze Zeit über gelauscht hatte.

Mit stolz erhobenem Haupt, schritt Penuel an ihr vorbei. Jessy tat so, als würde sie die Bilder bestaunen. Als er abrupt stehen blieb, erröteten ihre Wangen.

»Weshalb betrachtest du mein Porträt? Gefällt es dir nicht?«

Jessy hatte das Gefühl, etwas schnüre ihr den Hals zu. Sie tat zwar so, als würde sie das Bild betrachten, in Wahrheit hatte sie Penuel aus dem Augenwinkel beobachtet. Ihr war nicht aufgefallen, dass sie vor seinem Bild stand.

»Ich … äh … nun, ich …«

»Was denn, kleines Mädchen?« Penuel beugte sich zu ihr herunter, den kritischen Blick nicht von ihr abwendend.

»Jesajah! Du darfst jetzt hereinkommen.«

Ihr fiel ein Stein aus dem Empathieknoten, als sie Xenophons freundliche Aufforderung vernahm.

»Entschuldige bitte, Penuel. Man hat nach mir gerufen.«

Jessy hatte den Satz noch nicht beendet, da war sie bereits in den anderen Raum geschlüpft.

 # Der Spatz in der Hand ...

»Nimm bitte Platz, Jesajah«, wurde sie von Seraphiel mit einer eindeutigen Handbewegung aufgefordert.

Jessy stand vor dem Schreibtisch. Unentwegt kaute sie auf ihrer Unterlippe herum, unsicher, ob sie der Bitte nachkommen sollte. Sie war viel zu nervös, um ruhig auf einem Stuhl sitzen zu können.

Seraphiel bemerkte ihr Zögern.

»Du musst nicht, wenn du nicht möchtest. Ich kann nachvollziehen, was in dir vorgeht. Es kommt nicht oft vor ...« Seraphiel hielt abrupt inne, um zu überlegen.

»Nein, das stimmt nicht. Bisher ist noch nie ein Guardian-Anwärter durch die Prüfungen gerasselt.« Er legte den Kopf leicht nach links, während sein Blick versuchte, Jessy zu durchdringen, um in ihren Gedanken irgendetwas zu finden, was ihr Versagen rechtfertigte. Doch außer tiefster Traurigkeit konnte er nichts entdecken. Seraphiels Büro befand sich auf der hellblauen Scheibe. Nicht weit entfernt tollten die anderen Schutzengel herum. Cerviel und Melvin spielten Frisbee mit ihren frisch verliehenen Heiligenscheinen. Sobald einer der Schutzengel die Aureole des anderen fing, erlosch das gelbe Licht. Auch die anderen Schutzengel erfreuten sich ihrer Errungenschaft. Sie tanzten und sangen, denn viel Zeit blieb ihnen dafür nicht. Schon sehr bald sollten die nächsten Babys das Licht der Welt erblicken. Jeder Guardian würde einen Schützling zugeteilt bekommen. Dann wäre es mit der Leichtigkeit vorbei. Eine schwere

Aufgabe stand ihnen bevor, denn sie mussten alles daransetzen, um ihren Schützling vor dem größten Übel zu bewahren. Also nutzten sie die verbleibende freie Zeit und genossen jeden Flügelschlag.

Cerviel hatte beobachtet, wie Jesajah das Haus verließ. Sie sinnierte vor sich her, nahm kaum die Umgebung wahr, während sie trödelnd auf das Büro des Erzengels zusteuerte.

Wenig später verließ Anthriel die Unterkunft. Er schlenderte auf ein viereckiges Stück vom Regenbogen zu, das einer Tür von der Größe einer auf der Seite liegenden Kommode gleichkam. Ohne zu zögern, trat er hindurch. Der Regenbogen begann an Intensität zu verlieren, nachdem der Engel hindurch gewandert war.

»Ob das der Weg ins Exil ist?«, wollte Sachluph wissen. Er freute sich schon darauf, endlich den Himmel zu verlassen. Er liebte Blumen und Bäume. Ganz besonders dann, wenn sie in voller Blüte standen. Aus dem Knopfloch seines weißen Anzugs lugte ein zartes Gänseblümchen heraus, das er liebevoll hegte und pflegte. Zu seinem Bedauern existierte kein botanischer Garten im Himmel, um den er sich fürsorglich gekümmert hätte. Selbst das Gras der grünen Platte, auf der sich ein Park befand, war von derselben Beschaffenheit wie der Boden. Es fühlte sich wie festgetretene Zuckerwatte an. Leider duftete es nach nichts. Kein Lavendel- oder Rosenduft, den Sachluph so gern mochte. Er wusste zwar nicht, weshalb er sich nach diesen Aromen sehnte, doch irgendwie fehlten sie ihm.

Uzza kratzte sich an der Stirn.

»Denke son. Seint auf jeden Fall smersfrei su sein.« Sein Lispeln sorgte immer für Heiterkeit bei den anderen.

»Ansriel, der Engel der Harmonie und Gelassenheit, hatte noch nicht einmal gesuckt, geschweige denn einen

Pieps von sich gegeben, als er durch diese komise Tür gesprungen ist.« Seine dunklen Augen begannen plötzlich zu leuchten.

»Willst du es ausprobieren?« Ohne Vorwarnung schob er Sachluph zum Portal, als dieses sich vor seinen Augen aufgelöste.

»Hey! Lass mich los!« Sachluphs Protest ging im allgemeinen Gelächter unter. Fast wäre er gestolpert, als Uzza unvermittelt von ihm abließ.

»Was is denn jets los?« Kopfschüttelnd starrte Uzza auf die Stelle, an der soeben noch die Regenbogentür gewesen war. Seine kleinen Hände tasteten ins Leere. Die anderen Schutzengel begannen noch lauter zu lachen. Unverzüglich nahmen Uzzas Ohren eine dunkelrote Färbung an. Sofort startete er einen Senkrechtflug. Von oben erhoffte er sich Aufklärung, zog ein paar Kreise hoch über den anderen Schutzengeln, doch das Portal blieb unauffindbar. Uzza konnte hervorragend fliegen. Während seiner Kapriolen erhaschte er einen Blick durch das Fenster. Dort entdeckte er Seraphiel, Xenophon und Jesajah, die total steif vor dem Schreibtisch stand. Das musste er sofort den anderen erzählen. Er war gespannt, was die davon halten würden.

»Kommt! Das sehen wir uns genauer an«, forderte Cerviel die anderen Schutzengel auf, ihm zu folgen.

Im Tiefflug stürzten sie zum blauen Container, in dem sich Seraphiels Büro befand. Wenige Meter davor setzten sie zur Landung an. Je näher sie dem Fenster kamen, desto vorsichtiger wurden ihre Schritte. Dennoch reckte immer wieder mal ein Schutzengel den Hals, um kurz einen Blick ins Büro zu erhaschen.

»Los, alle runter! Sie dürfen uns nicht sehen«, zischte Uzza.

Alle Guardians kamen seiner Aufforderung nach.

Plötzlich begann ein großes Gedränge und Geschiebe unter dem Fenster, da jeder von ihnen etwas sehen wollte. Jesajah – der Nutzlosengel, wie sie von den anderen immer beschimpft wurde – bei einem der obersten Erzengel, das war eine Sensation. Nur wenige hatten bisher bei Seraphiel eine persönliche Audienz bekommen.

»Lass mich auch mal«, rief ein männlicher Schutzengel aus der hintersten Reihe.

»Ey, jetz mog i«, keifte eine Guardian mit bayrischem Dialekt.

»Du hast genug gehört, nun bin ich dran«, erwiderte ein anderer.

»Wehe, du schubst mi nochamoi«, zischte sie zurück.

»Pssst!«, mahnte Cerviel, doch das Gezeter verstummte nicht, sondern ging in gedämpfter Lautstärke weiter.

Xenophon hörte es Tuscheln. Er tat so, als benötigte er frische Luft, ging zum Fenster und öffnete es. Alle Guardians duckten sich. Keiner wagte es, einen Laut von sich zu geben.

Der Chronist lehnte sich hinaus, um die Aussicht zu genießen. Nebenbei schaute er hinunter.

»Glaubt ihr, ich kann euch nicht sehen? Schließlich seid ihr hier oben nicht unsichtbar.«

Er hatte sie erwischt. Uzza blickte ihn von unten herauf an. Neben Cerviel war er einer der mutigsten Schutzengel in Jesajahs Klasse.

»Was hier besprochen wird, geht nur Jesajah etwas an. Es dauert nicht mehr lange, dann werdet ihr alle euren Schützling zugesprochen bekommen. Haltet euch besser bereit.«

Ein allgemeines Gemurmel entstand. Enttäuscht traten die Schutzengel den Rückzug an. Einige flogen, andere liefen zu Fuß, während sie ihren Nachbarn zur Seite stießen, verärgert darüber, dass sie aufgeflogen waren.

Seraphiel hatte auf dem Sessel Platz genommen. Mit steif wirkender Haltung saß er da. Jessy starrte ihn die ganze Zeit über an, fasziniert von seiner Schönheit. Ihre Gesichtsfarbe wechselte in ein zartes Rosa, dazu gesellte sich ein verschmitztes Lächeln. Verstohlen knetete sie ihre Finger. So stand sie wortlos da, um der Dinge zu harren.

»Jesajah. Du weißt, ohne Heiligenschein bist du kein Schutzengel.«

Jessy starrte ihn mit verknalltem Blick an, während sie im Klang seiner Stimme versank. Auch wenn seine Worte sie eigentlich treffen müssten, so verspürte sie nur Sorglosigkeit. Dieser Erzengel war Liebe pur. Er konnte ihr nichts Böses anhaben, dafür war er viel zu schön und viel zu lieblich in seiner Erscheinung.

»Hörst du mir überhaupt zu, Jesajah?« Seraphiels Versuch, sie aus der Schwärmerei zu holen, scheiterte.

»Hm?« Jessy grinste schief. Zu mehr war sie nicht imstande.

Xenophon seufzte laut auf. Als er gerade zum Sprechen ansetzen wollte, erfüllte ein lautes »Halleluja« den Raum. Immer wieder und überall schallte aus unsichtbaren Lautsprechern »Halleluja!«

Jessy hielt sich die Ohren zu. Sie sah, wie Seraphiel und Xenophon wild gestikulierten. Dann rannten die beiden zur Tafel, die neben der Tür stand. Auf dem Schiefer tauchten unentwegt Zahlen auf. Erst eine 1, dann eine 2, es folgten 3, 4, 5, 6, und so ging es immer weiter. Die Halleluja-Rufe verstummten, als aus der 999 eine 1000 wurde.

»Was?« Seraphiel starrte perplex auf die Zahl. »Das darf nicht sein! Wieso tausend? Wir haben nur neunhundertneunundneunzig ausgebildete Guardians. Ich habe Armisael extra gesagt, dass nicht mehr als neunhundertneunundneunzig Kinder geboren werden dürfen. Wieso hört der Engel der Geburt nicht auf mich? Die nächste Generation an Guardians wird erst mit den kommenden Flügelschlägen fertig. Wie haben keinen übrig.« Er ging zu seinem Schreibtisch und drückte auf den Schalter für die Gegensprechanlage.

»Leilah! Ich muss mit Armisael sprechen. Sofort«, bellte er.

Er sah aus dem Fenster. Dabei sah er zu, wie wild umherhüpfende Schutzengel voller Eifer ihr Regenbogentor aufsuchten, das sie auf die Erde zu ihrem Schützling brachte. Dieses heillose Durcheinander glich dem, was sich in Seraphiels Kopf gerade abspielte.

Lange musste er nicht warten. Binnen weniger Sekunden stand der dickbäuchige Engel vor ihm. Er trug einen knielangen weißen Mantel, ähnlich dem eines Arztkittels. Der mittlere Knopf über seinem Bauchnabel drohte durch die Spannung abzuspringen.

»Du hast nach mir gefragt?« Trotz seiner Leibesfülle erklang die Stimme des Engels für Geburtenkontrolle piepsig.

»Siehst du das, Armisael?« Seraphiels Finger deutete unmissverständlich auf die blinkende 1000.

Armisael kniff die Augen leicht zusammen. Es brauchte einen Moment, als er begriff.

»Die Zahl kann nicht stimmen. Du wolltest doch ein Baby weniger haben?« Seine Handfläche strich über den ergrauten Haarkranz.

»Und dennoch bleibt die Frage, wie das geschehen konnte.« Der Vorwurf in seiner Stimme wog schwer.

»Ich hatte doch … Weshalb ein Kind mehr geboren wurde, kann ich nicht sagen. Zumindest nicht zu diesem Zeitpunkt. Das muss geprüft werden. Ich werde sofort alles

Notwendige veranlassen. Sobald ich etwas herausgefunden habe, gebe ich dir Meldung, Seraphiel.« Damit verschwand der Engel der Geburten.

»Und was machen wir jetzt?« Unruhig wanderte der Erzengel im Zimmer auf und ab. Immer wieder schaute er nach oben, überlegte, wie er diesem Problem beikommen könnte, als er ein Räuspern hörte. Abrupt verharrte er.

Als könnte er den Kopf nicht oben halten, wies Xenophon mit einem seitlichen Nicken mehrmals auf den weiblichen Schutzengel im Raum. Noch immer lagen Jessys Hände auf ihren Ohren, da ihr das Halleluja unangenehm im Kopf surrte. Ohne Heiligenschein klang es wie das Krächzen eines heiseren Raben und nicht wie der himmlische Gesang, den die anderen Guardians als ihren Ruf vernahmen. Da Xenophon hinter ihr stand, bekam sie zudem nichts von seinen Andeutungen gegenüber Seraphiel mit.

»Ich bin mir nicht sicher, ob das richtig ist. Doch im Moment habe ich wohl keine andere Wahl.« Seraphiel ergriff Jessys Hand.

Sie erschrak so heftig, dass sie beinahe auf den Hintern geplumpst wäre. Stattdessen stieß sie gegen Xenophon. Seraphiel konnte sie gerade noch festhalten, bevor sie, gemeinsam mit dem Chronisten, gegen die Wand geprallt wäre.

»Es ist alles in Ordnung. Folge mir, Jesajah.«

»Aber wohin gehen wir?« Jessy spürte plötzlich Angst in sich aufsteigen. Was würde nun mit ihr geschehen?

»Xenophon?«, rief sie verzweifelt, während der Erzengel sie an der Hand hinausführte.

»Hab Vertrauen, Jesajah«, rief der Chronist ihr hinterher.

Als sie draußen ankamen, beobachtete Jessy, wie ein

Guardian nach dem anderen durch die kleine viereckige Regenbogentür schlüpfte. Traurig sah sie ihnen nach.

Ohne Vorwarnung trat Seraphiel vor und sah in Jessys meerblaue Augen. Er spürte ihre Panik und schrumpfte auf Jessys Größe, um sich auf Augenhöhe mit ihr zu begeben. Zwischen Daumen und Zeigefinger hielt er mit beiden Händen einen Heiligenschein.

Jessy wunderte sich, woher er den so schnell geholt hatte. Und vor allem, was er damit wollte.

»Ich bin nicht so gut im Redenschwingen wie Eth, doch das muss reichen.«

Jessys Augen verfolgten seine Bewegung, als der Erzengel die Aureole äußerst vorsichtig über ihren Kopf führte.

»Jesajah. Mit der mir verliehenen Macht überreiche ich dir deine Aureole.« Ganz langsam löste er die Finger von dem Heiligenschein. Erleichtert atmete er auf, als die Aureole über ihrem Kopf schwebte und nicht wie ein Stein zu Boden fiel.

Jessys Kehle schnürte sich zu. Sie wollte etwas sagen, bekam jedoch kein Wort heraus.

»Willkommen bei den Guardians.« Mit diesen Worten schüttelte er ihre Hand. Der Heiligenschein begann zu strahlen.

Jessy wagte es kaum, den Kopf zu bewegen. Sie verdrehte die Augen, versuchte so, einen Blick auf die Aureole zu erhaschen, doch der Heiligenschein befand sich an ihrem Hinterkopf, sodass dieses Unterfangen ihr Gesicht nur in seltsame Grimassen verwandelte. Ein wildes Klatschen war zu hören, das von Xenophon kam, der voller Begeisterung applaudierte.

»Herzlichen Glückwunsch, Jesajah! Ich wusste, du würdest es schaffen.« Seine Freude war nicht geheuchelt. Hüpfend wie ein Kleinkind kam er auf Jessy zu, umarmte sie, dann schob er sie etwas von sich weg, um sie genauer anzusehen.

»Der steht dir prächtig«, entschied er mit einem Augenzwinkern.

Jessy konnte es noch immer nicht fassen. Mit offenem Mund stand sie da, als wäre gerade ein Wunder geschehen. Es dauerte einige Zeit, bis sie begriff, was aus ihr geworden war.

Ein Räuspern ertönte.

Sofort ließ Xenophon von ihr ab.

»Verzeih, Seraphiel.« Er machte zwei Schritte rückwärts, um dem Erzengel Platz zu machen, der nun wieder seine normale Größe angenommen hatte.

»Herzlichen Glückwunsch auch von mir, Jesajah, Schutzengel Erster Klasse.«

Jessys Hände klatschten gegen ihre Wangen.

»Kann mich mal jemand zwicken?«

»Jesajah, für Unfug haben wir keine Zeit. Du musst los. Dein Schützling erwartet dich bereits«, mahnte Seraphiel zur Eile.

Nur wenige Schritte neben ihnen, öffnete sich eine Regenbogentür. Sie schauten zu, wie Mihr da hindurch verschwand. Die Farben der Tür verblassten, genau wie zuvor bei Anthriel.

Fünfzig Meter von ihn entfernt flackerte eine weitere Tür. Da sonst kein Guardian mehr anwesend war, musste es ihre Tür sein. Jessy hechtete darauf zu, doch in diesem Tempo würde sie es nicht mehr rechtzeitig schaffen.

»Flieg, Jesajah! Dann bist du schneller«, rief ihr Seraphiel hinterher.

Jessy tat, was der Erzengel von ihr verlangte. Sie wollte ihn nicht schon wieder enttäuschen. Sie biss die Zähne zusammen und setzte zum Sprung an. Das Gefühl der

Übelkeit machte sich bemerkbar. Der Boden unter ihren Füßen schien sich aufzulösen. Um sicher zu sein, schaute sie hinunter. Das hätte sie besser lassen sollen. Als sie sah, dass sie flog, wurde ihr schlecht.

»Ich glaub ... ich muss ...« Sofort presste sie die Hände vor den Mund. Das Schlagen der Flügel wurde unregelmäßig. Sie begann zu schlingern.

»Sie stürzt ab!« Seraphiel war entsetzt über Jesajahs Unzulänglichkeit, was das Fliegen anbelangte.

»Breite die Arme aus, Jesajah«, rief nun auch Xenophon, als er sah, wie die Guardian ins Trudeln kam. Vorsichtig streckte sie den linken Arm aus, doch es reichte nicht. Wie ein schlaffer Luftballon, aus dem die restliche Luft entwich, stürzte Jessy auf die Regenbogentür zu, die nur noch aus dem blauen und dem roten Streifen bestand. Alle anderen Farben waren in der Zwischenzeit verschwunden.

»Sie wird doch nicht ...« Bevor der Erzengel den Satz beenden konnte, wurde er Zeuge, wie Jessy mit dem Kopf gegen die obere Kante der Tür knallte. Sie stieß einen kläglichen Schrei aus, als sie auf dem Boden aufschlug, dabei löste sich die Aureole von ihrem Kopf und blieb flackernd vor dem Tor liegen. Zu ihrem Entsetzen rollte Jessy ein paar Meter zurück.

»Los, Jesajah! Beeil dich. Die Tür schließt sich gleich«, mahnten Seraphiel und Xenophon im Chor. Jessy fasste sich an den Kopf, schüttelte ihre Locken, raffte sich auf, dann hechtete sie auf das Tor zu. Nur noch ein dünner blauer Streifen des Regenbogens leuchtete matt. Mühsam quetschte sie sich durch, während ihre Hand gleichzeitig nach der Aureole fischte. Ihr Heiligenschein flackerte und zischte wie eine defekte Neonröhre. Dann war Jesajah verschwunden.

Für eine Sekunde lag eine himmlische Ruhe, die niemand stören wollte, über dem Platz, als diese durch ein hörbares Einatmen von Seraphiel unterbrochen wurde.

»Hat sie gerade ihre Aureole zerbrochen? Was ist das nur für eine Guardian?« Er legte die Stirn in Falten.

»Meinst du, sie hat es noch rechtzeitig geschafft?«

»Wir werden es bald erfahren«, erwiderte der Chronist achselzuckend.

 # Ein Gefäß für die Schwester

Es pochte an der Tür.
Zalmona schaute von ihrem Kartentisch auf, um sich Kalebs Aufmerksamkeit zu versichern. Der Mann saß in einem Schaukelstuhl. Vertieft in die Bibel, paffte er genüsslich an einer Pfeife, als eine Stelle seine Neugierde weckte. Er sah auf, um mehr darüber in Erfahrung zu bringen. Sie fixierte seinen Blick. Sofort wusste er, dass seine Partnerin ihn die ganze Zeit über beobachtet hatte.

»Ist es so weit, Zal?«, fragte er sichtlich betreten, da er ihren Blick nicht bemerkt hatte. Dermaßen unaufmerksam zu sein, lag nicht in seiner Natur.
Zalmona tippte mit der Spitze des Zeigefingers auf die Tarotkarten, die vor ihr ausgebreitet auf dem Tisch lagen. Immer wieder wiegte sie den Kopf hin und her.

»Es ist noch nicht der perfekte Zeitpunkt«, entgegnete sie ruhig.

»Mrs Plantagenet! Meine Frau Katharina … sie bekommt ihr Kind! Sie hat starke Schmerzen. Eure Hilfe wird dringend benötigt!« Die Männerstimme vor der Tür klang außer Atem, sehr jung und voller Verzweiflung. Das Klopfen an der Tür wurde heftiger.

»Bitte helft mir! Ihr seid meine letzte Hoffnung!«
Zalmona schaute zum Fenster.

»Soll ich ihm öffnen?«, fragte Kaleb im gemächlichen Tonfall.
Weder Zalmona noch Kaleb hatte es eilig. Zeit war ein Gut, das die beiden im Übermaß besaßen.

Erneut ließ sie ihren Blick über die Karten schweifen.

»Öffne ihm. Ich hole die Sachen.«

Kaleb legte die Pfeife auf dem Untersetzer aus Messing ab, bevor er das Wohnzimmer verließ.

»Vielen Dank, Mr Plantagenet. Ist Eure Frau im Hause? Unsere Hebamme hilft gerade bei einer anderen Geburt. Bitte! Meine Frau … Sie hat fürchterliche Schmerzen. Etwas scheint mit dem Kind nicht in Ordnung zu sein«, plapperte der Mann in einem fort, ohne dabei Luft zu holen.

»Nun beruhigt Euch erst einmal. Meine Frau packt gerade alles Notwendige zusammen.«

Er hatte den Satz noch nicht beendet, da schritt Zalmona durch die Tür. In der Hand trug sie einen ledernen Beutel.

»Ich ...«, sie stockte.

»Wir sind bereit«, setzte sie Kaleb mit einem kaum wahrnehmbaren Nicken in Kenntnis, dass der richtige Zeitpunkt unmittelbar bevorstand.

»Wo müssen wir hin?« Auch ihr sah man keine Aufregung an.

»Bitte, folgt mir. Ich werde Euch den Weg weisen.«

Keine zwanzig Minuten später erreichten sie ein kleines Haus. Die Fassade bröckelte bereits. Einen weiteren Sturm würde das Dach nicht mehr aushalten. Dieses junge Pärchen gehörte der untersten Schicht an. Sie hatten nichts vorzuweisen. Ob sie die Dienste einer Hebamme bezahlen konnten, stand auf einem anderen Blatt.

Es gab nur zwei kleine Zimmer. Die Küche war der wärmste Raum im Haus. Darin stand ein Bett, in dem die hochschwangere Katharina lag, das Gesicht schweißgetränkt. Tränen strömten über ihre Wangen. Die nackten Beine hatte sie aufgestellt, die Zehen in der Decke vergraben. Ihre Hände verkrampften sich fest am Rand des

Bettes.

»Mein Baby! Bitte rettet mein Baby«, schluchzte sie, als sie Zalmona unter dem Tränenschleier erblickte.

Der junge Mann sank vor Zalmona auf die Knie.

»Wie Ihr seht, haben wir nicht viel.« Seine Hände griffen nach ihrem Rock. Verzweifelt, krallten sich die zittrigen Finger in den Stoff.

»Ich werde alles tun, damit Ihr Euren Lohn erhaltet.« Der Schweiß stand ihm auf der Stirn. Sollte die Hebamme ihm keinen Glauben schenken und einfach gehen, so würde seine geliebte Frau sterben. Und mit ihr das Kind.

Zalmona straffte ihren Rücken.

»Alles?«

Mit einem heftigen Nicken beteuerte er sein Angebot immer und immer wieder.

»Wie ist dein Name?«

»Eadgar«, entgegnete er hastig.

»Wir brauchen heißes Wasser, Eadgar«, gab sie ihm den Befehl, damit er endlich von ihr abließ.

Wie es üblich war, befand sich das Toilettenhäuschen außerhalb. Eadgar musste in den kleinen angrenzenden Garten. Blumen suchte man vergeblich, das Gras war weit entfernt von dem, was man unter einem gepflegten englischen Rasen verstand. Auf halber Entfernung stand auf der linken Seite ein Verschlag von gerade mal einem Quadratmeter mit dem Urinal.

Das Einzige, was dieses Haus wertvoll machte, war ein kleines Rinnsal Wasser, das über ein Rohr aus Ton in ihren Garten floss. Bedingt durch das poröse Kaolin versickerte der Großteil im Erdboden, bevor er das Ende erreichte.

Es dauerte eine Weile, bis der Krug ausreichend Wasser aufgenommen hatte.

Zalmona sah sich um. Sie fand einige gebrauchte Lappen

über einen Stuhl drapiert. Behutsam hängte sie den Lederbeutel an die Lehne. Dann nahm sie die Tücher an sich, indem sie sie über ihre Schulter warf. Anschließend entfachte sie das Feuer am Herd. Es wurde Zeit, dass der Ehemann mit dem Krug Wasser zurückkam.

Katharina schrie auf. Die Presswehen setzten ein. Die Geburt stand unmittelbar bevor.

»Autsch!«

Damit hatte Jessy nicht gerechnet. Ihre Reise auf die Erde fand ein ebenso schmerzhaftes Ende wie ihre Abreise aus der Oberen Ebene, als sie in einem verwahrlosten Garten auf dem Boden aufschlug. Dabei verlor sie den Heiligenschein, der wie ein Kreisel über den Rasen rollte, bis er mit einem Knacksen liegen blieb. Gerade noch sah sie, wie ein junger Mann eilig durch die Hintertür ins Haus verschwand.

»Oh je. Hoffentlich ist der nicht kaputt.« Sie schüttelte sich den Staub zuerst aus den Locken, schließlich aus ihrem Kleid, bevor sie die flackernde Aureole über ihrem Kopf hielt. Langsam löste sie die Hände, dabei kniff sie die Augen zu. Als nichts geschah, legte sie den Kopf in den Nacken, drehte ihn nach recht, dann nach links. Erleichtert stellte sie fest, dass der Heiligenschein an der vorgesehenen Stelle verblieb.

Im Nachbargarten trat ein älterer Mann aus der Küche, um sich draußen zu erleichtern. Obwohl er in ihre Richtung sah, schien er sie nicht zu bemerken.

Mit einem Achselzucken schaute sie auf die Hintertür des alten Hauses. Als sie den Schrei eines Kindes hörte, nahm sie die Beine in die Hand. Sie durfte keine Zeit verlieren.

Zum Glück hatte der Mann die Tür nicht verschlossen.

Jessy trat ein und stand in einer Küche. Gerade wurde sie Zeugin, wie eine Frau ein Baby gebar. Es war ein Mädchen. Erfreut über dieses Wunder, musste Jessy grinsen.

»Marietta«, flüsterte die frischgebackene Mutter.

»Sie kommt ganz nach der Mutter«, versicherte Zalmona mit einem beruhigenden Lächeln.

Jessy lutschte an ihrem Zeigefinger, unsicher, was sie jetzt machen sollte.

Die Hebamme legte das Neugeborene in die Arme der Mutter. Durch die Geburt sichtlich geschwächt, lächelte die Frau, als das Kind auf ihrer Brust lag. Ihre Haare klebten vom Schweiß im Gesicht, überall auf dem Bett verteilt war Blut.

Die Hebamme wusch sich die Hände in einer Schüssel.

»Lass mich dir Marietta kurz abnehmen. Ich werde sie in Tücher wickeln, damit sie sich nicht erkältet.«

Der junge Mann kniete neben dem einfachen Bett. Immer wieder strich seine Hand über das Haupt der Frau. Auch er wirkte erschöpft, doch noch nicht erleichtert.

Zur Hebamme gesellte sich ein Mann um die Dreißig. Er öffnete den Ledersack, aus dem eine kleine goldene Kugel emporschwebte.

Als das Baby den Mund weit öffnete, um zu schreien, verschwand die Kugel darin. Kurz lächelte das Mädchen, bevor es schließlich losbrüllte.

Mit offenem Mund stand Jessy da. Eigentlich sollte sie das kleine Mädchen beschützen. Bis eben hatte sie noch eine Verbundenheit gespürt – glaubte sie zumindest.

Nachdem die Kugel in das Neugeborene eingedrungen war, spürte sie nichts mehr. Als wäre ein Faden gerissen, fühlte Jessy sich mit einem Mal leer.

Kaleb überreichte das Mädchen dem frischgebackenen

Vater, der es nur hilflos anstarrte.

Vorsichtig näherte sich Jessy dem Bett. Dabei erntete sie einen wütenden Blick von Zalmona.

»Was willst du denn hier?«, fauchte sie.

Erschrocken darüber, dass sie für Zalmona sichtbar war, wich Jessy einige Schritte zurück.

»Soll ich sie beseitigen?«, kläffte Kaleb.

»Nein, ich brauche dich hier«, zischte die Hebamme.

Eadgar war überglücklich. Marietta kam ganz nach ihrer Mutter. Seine Gedanken kreisten um das Neugeborene und die Zukunft der Familie, sodass er den Gesprächen nicht folgte.

Jessy schaute sich um, als sie in der hinteren Ecke eine andere weibliche Guardian entdeckte.

»Was machst du hier?«, fragten beide Schutzengel gleichzeitig.

»Dieses Mädchen wurde mir zugeteilt«, rief die andere Guardian. Sie war dünn, mit matten langen Haaren, die ihr strähnig ins Gesicht hingen.

Jessy war verwirrt.

»Und wer bist du?« Die ganze Situation schien außer Kontrolle zu geraten.

»Ich bin Aethel, und Marietta ist mein Schützling. Sieh her. Das ist unsere Verbindung.« Stolz zeigte ihr schmutziger Finger auf ihren Empathieknoten. Erst jetzt entdeckte Jessy das zartviolett leuchtende Lichtband, das vom Bauchnabel des Mädchens bis zu Aethels Empathieknoten reichte.

Traurig blickte Jessy an sich herunter, denn sie hatte keine Verbindung zum Neugeborenen aufbauen können. Sie war zu spät gekommen.

»Und was mache ich dann hier?« Jessys Neugierde wuchs ins Unermessliche.

Aethel zuckte nur mit den Schultern. Für sie war die Sache erledigt, denn sie hatte ihren Schützling erhalten.

Alle Köpfe wandten sich der Mutter zu, als diese erneut herzzerreißend aufschrie.

»Sie bekommt Zwillinge«, stellte Zalmona beherrscht fest.

Katharina schrie, als würde sie aufgespießt werden, während das zweite Baby den Kopf heraussteckte.

Immer wieder wanderte Eadgars Augenmerk von dem Mädchen zu seiner Frau, aus deren Körper ein weiteres Leben entschlüpfte. Sie hatten kaum genug, um ein Kind über die Runden zu bringen. Nun war ein zweites kurz davor, das Licht der Welt zu erblicken.

Die Geburt verlangte Katharina die letzten Kraftreserven ab.

»Du hast es gleich geschafft. Noch einmal pressen. Ja, das machst du gut!« Die Aufmunterung der Hebamme schien von Erfolg gekrönt. Das Kind rutschte heraus, direkt in Zalmonas Hände.

»Es ist ein strammer Junge.« Stolz hielt Zalmona das zweite Baby vor die Mutter.

Jessy starrte perplex auf den Säugling.

Aethel hingegen gesellte sich zu dem Mädchen und strich ihr sanft über die Wangen. Keiner der Anwesenden, außer Jessy, nahm Notiz von ihr. Die Guardian schien überglücklich über ihren Auftrag, dieses Kind beschützen zu dürfen.

»Es muss doch irgendwo noch der männliche Schutzengel auftauchen, der auf den Jungen achtgeben soll«, gab Jessy zu bedenken. Sie öffnete die Tür zur Vorratskammer, doch nirgends entdeckte sie einen weiteren Guardian.

»Wie soll er denn heißen?«, wollte Kaleb wissen.

»Wendel, nach meinem Großvater«, hauchte Katharina

mit ihrem letzten Atemzug.

»Kat? Kat! Bitte, du darfst mich nicht verlassen!«
Wendel begann zu schreien. Als Zalmona sich von der toten Mutter abwandte, blickte der kleine Junge in Jessys Richtung. Er gluckste, als er den Schutzengel sah.

Jesajah taumelte zurück, bis die Wand sie stoppte. Ein warmer Druck durchfuhr ihren Empathieknoten. Als sie an sich herunterschaute, entdeckte sie das türkisfarbene Band, das Wendel und sie miteinander vereinigte. Ein Gefühl unendlicher Liebe breitete sich in ihrem Körper aus.

»Aber … aber … das ist unmöglich.« Aus weit geöffneten Augen starrte sie das blutige Baby an. Zu Jessys Überraschung begann das Neugeborene zu grinsen, was ihr ein verunsichertes Lächeln entlockte. Als er sein kleines Ärmchen hob und mit dem Finger auf sie zeigte, erfüllte ein herzzerreißendes Brüllen den Raum.

»Du hast sie umgebracht!« Eadgars Kopf glühte vor Wut, als er auf den kleinen Jungen in Zalmonas Arm zeigte.

»Das wirst du mir büßen!« Er wollte gerade auf die Hebamme zu stampfen, als Kaleb sich zwischen seine Partnerin und den wütenden Vater stellte.

»Es war nicht ihre Schuld. Sie hat getan, was sie konnte. Katharina war zu schwach, um zwei Kinder zu gebären.«

»Ich meine nicht deine Frau, alter Mann! Ich rede von dem Balg in ihren Armen. Ich … Ich werde …«
Jessy erkannte die Gefahr. Sofort meldete sich ihr Beschützerinstinkt.

»Schnell! Gib mir das Baby. Ich werde es schützen!« Sie tapste auf Zalmona zu, die jedoch nur den Kopf schüttelte.

»Wartet!«, mahnte sie alle zur Ruhe.

»Ich weiß, wie du mich bezahlen kannst, Eadgar.«
Verblüfft schaute der Vater sie an. Sein Atem beschleunigte sich, denn Wendel hörte nicht auf zu weinen.

Zalmona wickelte ihn schnell in ein paar Tücher, bevor sie den Jungen behutsam auf den Tisch legte.

Sofort war Jessy bei ihm und begann mit ihm zu spielen. Sie kitzelte ihn mit ihren Locken und steckte ihren Zeigefinger in seinem Mund, sodass er daran lutschen konnte. Das brachte Wendel zur Ruhe, der kurz darauf mit Jessys Zeigefinger im Mund friedlich einschlief.

»Du gibst Wendel die Schuld an Katharinas Tod. Nun gut. Ich werde den Jungen wie meinen eigenen Sohn aufziehen, wenn es dir genehm ist. Das ist deine Bezahlung für meine Dienste.«

»Nimm ihn mit.« Eadgar machte eine abwertende Bewegung. Er war froh darüber, dass er kein Kind umbringen musste, was eine der größten Sünden darstellte. Es passte ihm gut, dass dieser Teufelsbraten nicht in seinen vier Wänden wohnen, sondern ein anderes Zuhause haben würde. Eines, das weit von seinem Haus entfernt lag, sodass er wenig Kontakt zu dem Unglücksbengel pflegen musste. Denn einer Sache war Eadgar sich gewiss: Dieser Junge konnte nicht von ihm stammen.

»Dann sind wir uns einig?«, hakte Zalmona sicherheitshalber nach.

Eadgar stimmte einmal nickend zu.

 # Neue Wege

»Das ist ein Skandal«, rief Seraphiel. Er konnte den Blick nicht von dem Monitor an der Wand – der aus Eis bestand und einen Durchmesser von drei Metern hatte – abwenden. Gemeinsam mit Xenophon stand er da, um das Geschehen von der Oberen Ebene aus zu verfolgen. Kurz wedelte er mit der Hand. Der Bildschirm flimmerte, dann verwand er spurlos. Seraphiel stützte sich mit den Fäusten auf dem Tisch ab. Ruckartig beugte sich der Erzengel zu Xenophon, der ihm gegenübersaß.

»Ein weiblicher Schutzengel und ein menschlicher Junge! Das ist noch nie vorgekommen. Wie soll das funktionieren?« Schnaubend wandte er sich ab. Er hielt es auf dem Sessel nicht mehr aus. Unruhig begann er im Büro auf und ab zu wandern.

Xenophon sah ihm schweigend dabei zu. Der Chronist hielt sich zurück, um den Erzengel, der diesen Missstand erst einmal verdauen musste, nicht noch mehr zu reizen. Mühsam zwang Seraphiel sich zur Ruhe.

»Also, was machen wir nun?«

»Du fragst tatsächlich mich, Seraphiel? Ich fühle mich geehrt«, erwiderte der Chronist sichtlich entzückt.

»Blödsinn!«, schleuderte der Engel ihm entgegen.

»Wie können wir das ungeschehen machen?«

Xenophon kräuselte die Stirn.

»Weshalb willst du es rückgängig machen?«

Bevor Seraphiel antworten konnte, fuhr der Chronist fort.

»Das war der Grund, weshalb statt neunhundertneunundneunzig Kindern nun doch tausend geboren wurden. Es war Schicksal ...« Weiter kam er nicht.

»Morrigan?«, rief Seraphiel fast schon panisch.

»Wo ist sie? Hast du sie gesehen?« Sein Kopf fuhr wild umher, während er das Zimmer absuchte.

Mit einem Mal stand er so dicht vor Xenophon, dass dieser sich mit dem Oberkörper gegen die Rückenlehne des Stuhls presste.

»Nein«, entgegnete er verwirrt.

»Nicht, dass ich wüsste. Wer ist Morrigan?«

Seraphiel winkte ab.

»Das ist jetzt auch egal. Was passiert ist, ist passiert. Wie können wir das korrigieren?« Dieser Umstand machte ihm sichtlich zu schaffen. Veränderungen waren nicht erstrebenswert. Niemand holte das Segel ein, wenn das Schiff gut im Wind lag.

»Auf die Gefahr hin, mich zu wiederholen: Weshalb sollten wir es ändern?« Xenophon begann beruhigend auf dem aufgebrachten Erzengel einzureden.

»Ich glaube nicht, dass wir daran noch etwas korrigieren können. Die Verbindung zwischen Jesajah und Wendel hat bereits stattgefunden. Sie wird sich um ihn kümmern, dafür wird das Lebensband sorgen. Auch er hat sie als seinen Schutzengel akzeptiert. Das sollte dir nicht entgangen sein.«

Seraphiel horchte auf. Natürlich konnte der Erzengel nicht leugnen, dass der Junge Jesajah regelrecht für sich auserkoren hatte. Es musste geklärt werden, wie ein Säugling so etwas überhaupt anstellen konnte. Der umgekehrte Fall war die Norm. Das Band kam immer vom Schutzengel, der auf diese Weise eine Brücke mit dem Schützling schlug.

»Himmel Herrschaftszeiten«, stöhnte er.

»Was geschehen ist ...«

»... kann nicht mehr rückgängig gemacht werden«, vollende Xenophon den Satz mit Nachdruck.

»Äh. Richtig.« Der Erzengel wirkte außer Fassung.

»Daran können wir jetzt nicht mehr rütteln. Doch ich warne dich, Xenophon«, ein Finger zeigte anklagend auf den Chronisten, »ich werde dich zur Verantwortung ziehen, sollte dieses Missverhältnis zu einem größeren Problem heranwachsen.«

Xenophon hob beide Hände, als wollte er sich ergeben.

»Ich bitte dich, Seraphiel. Lass uns beobachten, was sich daraus entwickelt. Ich gebe zu, es ist ungewöhnlich, dass ein weiblicher Schutzengel sich um einen Jungen kümmert – dennoch, Jesajah ist nicht auf den Mund gefallen. Sie wird sich durchsetzen.« Der Chronist drehte den Kopf zur Seite und schaute aus dem Fenster. Draußen tobte bereits die nächste Heerschar zukünftiger Guardians herum.

»Hoffentlich«, sprach er so leise, dass Seraphiel es nicht mitbekam.

Sie bogen um die nächste Ecke.

»Deine Dienste werden nicht gebraucht. Du kannst dich verziehen, Schutzengel«, knurrte Kaleb. Mit erhobener Brust, einer grimmigen Miene und geballten Fäusten machte er einige Schritte auf sie zu, als wäre sie eine lästige Taube, die er verscheuchen wollte.

Als Jessy den wütenden Mann auf sich zukommen sah, stoppte sie abrupt. Nur wenige Meter hinter ihr gab es eine Seitengasse. Sie rannte dort hinein, blieb nach der Hälfte des Weges stehen und schaute, ob Kaleb sie weiterhin jagte. Nach einigen Minuten ging sie zurück zur Hauptstraße. Zalmona, Kaleb und Wendel waren verschwunden. Sie irrte durch die Straßen, immer bemüht, nicht mit den anderen Passanten zusammenzustoßen, die sie nicht sehen konnten. Ihr erster Auftrag erwies sich als kompliziert. Ihr kam es seltsam vor, einen Jungen als Schützling zu haben, da weibliche Schutzengel sich ausschließlich für Mädchen verantwortlich zeigten. So war es zumindest in der Vergangenheit immer gelaufen. Sie überlegte, was der Grund für diese Veränderung sein könnte. Vielleicht, weil sie der einzige Guardian im Zimmer gewesen war, der noch keinen Schützling hatte? Oder weil sie sich um eine Sekunde verspätet hatte? Daran war nur ihre blöde Flug-angst schuld! Sobald sie ihre Flügel einsetzte, sie auch nur einen halben Meter über dem Boden schwebte, begann Übelkeit in ihr aufzusteigen.

Oh Gott!, dachte sie. *Wieso tust du mir das nur an? Wenn ich zum Regenbogentor geflogen wäre ... Ich hätte es nie rechtzeitig schaffen können.* Da war sich Jessy hundertprozentig sicher.

Mein Magen ... Er dreht sich immer um ... Schlimmstenfalls verliere ich die Besinnung, wie es bei der Prüfung passierte. Du bist doch allwissend. Das Tor war dabei, sich vor meiner Nase zu schließen.

Jessy war so in Gedanken versunken, dass sie gar nicht mitbekam, wie sie ihr Ziel erreichte. Nur am Rande hörte sie, wie sich eine Tür schloss. Auf der anderen Straßenseite, gegenüber dem gelben Haus, blieb sie stehen. Wie eine Statue gaffte sie die Haustür an, da sie nicht wusste, wie sie sich verhalten sollte.

Die Eltern wollten sie nicht hineinlassen. Sie mochten es nicht, wenn sie sich in Wendels Nähe aufhielt. Das war so sicher wie das Amen in der Kirche. Natürlich hätte Jessy sich wehren können, sich einfach Zugang verschaffen, um an Wendels Seite zu wachen, doch dieses Pärchen kam ihr seltsam vor. Sie hatte den Eindruck, es waren keine gewöhnlichen Menschen, da diese nicht in der Lage waren, sie zu sehen.

Als Jessy Wendels Geburtshaus betreten hatte, war ihr irgendetwas merkwürdig erschienen. Durch die Aufregung und das ganze Hin und Her, bedingt durch die Anwesenheit einer anderen Guardian, hatte es keine Möglichkeit für sie gegeben, dies auf die Schnelle zu spezifizieren. Dennoch war sie der Meinung, etwas gesehen zu haben, was niemand hätte sehen dürfen. Anfangs hielt sie es für eine Sinnestäuschung, verursacht durch das Schwindelgefühl nach ihrem Flug, gefolgt von der harten Landung. Nun versuchte sie, sich alles wieder ins Gedächtnis zu rufen. Je härter sie überlegte, desto lauter ertönte das Knacken über ihrem Kopf. Ihre Aureole flackerte in einem fort. Genervt nahm sie den Heiligenschein und beäugte misstrauisch das unruhige Aufleuchten, während sie sich eine Szene in Erinnerung rief.

Die Hebamme hatte dem Mädchen etwas verabreicht. Tu ich der Hebamme Unrecht? Vielleicht hat sie dem Baby nur etwas gegeben, damit es gesund bleibt? Eine besondere Medizin vielleicht? Die Mutter war zu schwach, war den Strapazen einer Geburt nicht gewachsen. Sie schob die Ideen in ihrem Kopf von links nach rechts wie die Perlen eines Abakus. Eine Antwort auf ihre Frage erhielt sie nicht. Dazu müsste sie die frischgebackenen Eltern befragen.

Ein Regentropfen platschte auf ihre kleine Nase, der sie blinzeln ließ. Es kitzelte, ihr Nasenrücken kräuselte sich. Kichernd wischte sie den Tropfen mit dem Handrücken weg.

Der Regen wurde kräftiger. Jessy begann zu laufen. Nun musste sie erst einmal das Heim für Schutzengel aufsuchen. Dort würde sie ihr Zimmer beziehen, damit sie weitere Pläne schmieden konnte.

Eine Familie für Wendel

Stolz trug Zalmona ihren kleinen Wendel im Arm.

»Schau her, Wendel.« Sie drehte das Baby so, dass es alles sehen konnte. Natürlich wusste sie, dass es noch viel zu klein war, um überhaupt etwas wahrzunehmen.

»Das ist jetzt dein Zimmer. Auch wenn du eines Tages erwachsen bist, wirst du noch bei uns bleiben können, denn Platz haben wir mehr als ausreichend.«
Kaleb richtete ein weiches Bett für den Jungen her. Als er fertig war, sah er zu ihnen hinüber.

»Wir werden alles tun, damit Wendel sich bei uns wohlfühlt«, ordnete Zalmona an.
Wendels Gesichtszüge verzogen sich zu einer Grimasse. Er gluckste, dann begann er zu schreien. Während sie ihn im Arm hin und her wiegte, zog ein unangenehmer Geruch in ihre Nase. Sie legte das Baby ins Bett. Viel Erfahrung mit Säuglingen hatte sie nicht. Zwar gab sie sich als Hebamme aus, doch das war eher der Sache geschuldet.
Sie benötigte einen Körper für ihre Schwester, den sie nun in Marietta gefunden hatte. Dort konnte Nagual, eine Dimensionswandlerin, die in ihrer Heimat als weißer Schatten bekannt war, in den nächsten zwanzig Jahren heranwachsen, ohne dass es jemand bemerken würde. Noch nicht einmal Marietta wäre in der Lage, den weißen Schatten in sich auszumachen, selbst dann nicht, wenn sie ins Teenageralter kam.

Wie bereits bei Mariettas Vorgängerin ernährte sich

Nagual von nun an von der Energie des Mädchens. In zwei Jahrzehnten würde sie die notwendige Kraft gewinnen, um an Mariettas zwanzigstem Geburtstag herauszubrechen. Möglich, dass Wendels Schwester kräftig genug sein würde, damit die beiden in einer Koexistenz leben konnten, doch dabei stand außer Frage, dass Nagual die Oberhand behalten würde. Mariettas menschlicher Körper diente Nagual als Hülle, der Geist hingegen würde unterdrückt werden. Ihr Plan schien perfekt ausgearbeitet zu sein.

Zwanzig Jahre müssten sie durchhalten. So lange brauchte die Dimensionswandlerin, bis sie wieder zu ihren vollständigen Kräften gelangt war. Sollte es anders kommen, das Mädchen zu wenig Kraft besitzen, dann blieb dem armen Ding ein schöner Tod versagt, das wusste Zalmona. Eadgar und seine Familie würden ab sofort unter ständiger Beobachtung stehen. Ein rasches Eingreifen musste gewährleistet werden, sollte die Familie eines Tages am Hungertuch nagen. Mit Nagual hatte das Mädchen eine Chance, bis zu ihrem zwanzigsten Geburtstag zu überleben. Ansonsten wären ihre Aussichten gegen Null gesunken. Nach den jetzigen Gegebenheiten war ihr Vater nicht in der Lage, anständige Medizin zu kaufen, sollte die Tochter einmal ernsthaft erkranken.

Krank. Das war ihr Stichwort. Etwas stank hier gewaltig.

»Kaleb?« Um das Gebrüll des Babys zu übertönen, musste sie laut rufen.

»Hast du den Leichnam von diesem Aaron nicht entsorgt?«

Sie suchte den Raum genauer ab, ob irgendwo ein totes Tier in einer hinteren Ecke lag, fand aber nichts. Je näher sie dem Bett kam, desto intensiver stieg der unangenehme Geruch in ihre Nase.

Währenddessen schrie Wendel immer weiter, bis sein Kopf rot anlief.

Kaleb hechtete ans Bett.

»Natürlich. Solch einen Leckerbissen lasse ich mir doch nicht entgehen.« Bei dem Gedanken schnellte eine lilafarbene Zunge aus seinem Mund hervor, mit der er sich genussvoll über die Lippen leckte. Auch ihm stieg der Geruch in seine empfindliche Nase.

Zalmona verharrte vor dem Bett, die Hände in den Hüften. Vehement schüttelte sie den Kopf.

»Ich weiß es nicht. Ich weiß es wirklich nicht.« Verzweiflung stand ihr ins Gesicht geschrieben.

»Das ist doch ...« Er beugte sich über den weinenden Jungen.

Wendel bekam kaum noch Luft. Er schrie so heftig, als wollte er die Mauern von Jericho einreißen.

»Er hat die Hosen gestrichen voll«, rief Kaleb seiner Partnerin amüsiert zu.

Jetzt erst begriff Zalmona.

»Wie kann er denn in die Hose machen, wenn er noch gar nichts gegessen hat?« Ihr fragender Blick traf den von Kaleb.

»Woher soll ich das wissen? Ich bin keine Mutter, und erst recht kein Baby mehr«, konterte er.

»Du wolltest ihn haben, also kümmere dich darum. Diese Menschenkinder, sie stinken gewaltig!«

Zalmona nahm das Baby. Suchend schweifte ihr Blick durch das Zimmer. Der Tisch schien ihr am geeignetsten. Mit einer Hand fegte sie die beiden in Leder gebundenen Bücher hinunter, um für ausreichend Platz zu sorgen. Behutsam platzierte sie Wendel auf das Holz, begann ihn zu wickeln, bevor sie ihm frische Kleidung anlegte, die sie in einer Kommode im Haus gefunden hatte. Danach legte sie das Kind zurück ins Bett. Wendel wurde ruhig.

»In diesem Zustand gefällst du mir am besten. Schlaf jetzt, kleiner Wendel.« Sanft strich ihre Hand über den Kopf des Babys.

Wendel nahm den linken Daumen, steckte ihn in den Mund, schloss die Augen und schlief ein.

In den nächsten Jahren kümmerten sich Zalmona und Kaleb um den kleinen Wendel, als wäre es ihr eigener Sohn.

 # *Das Shelter*

Jessy war fremd in der Stadt, dennoch wusste sie, wohin der Weg sie führte. Ihr Instinkt leitete sie zur Mercery Lane. Dort befand sich das ›Shelter‹ – eine Unterkunft, gleich einem Hotel, für Schutzengel. Das ›Shelter‹ wirkte klein im Vergleich zu den angrenzenden Häusern, trotz seiner vier Etagen.

Es gefiel Jessy nicht, von Wendel getrennt zu sein, doch sie wusste, sollte Zalmona ihrem Schützling etwas antun, würde sie es sofort mitbekommen. Das türkisfarbene Band zwischen ihr und Wendel hatte Bestand, seitdem er sie anerkannt hatte. Solange sie keinen Stich verspürte und es ihr gut ging, erfreute sich ihr Schützling bester Gesundheit. Sie musste nur ab und an mal nach ihm sehen. Sofern seine Adoptiveltern nichts Böses mit ihm im Schilde führten, brauchte sie sich keine Gedanken zu machen. Alles war in Ordnung, und Jessy konnte eine ruhige Kugel schieben.

Es dämmerte bereits, als sie das ›Shelter‹ betrat. In den Händen hielt sie ihre Aureole. Sie stand in einem Empfangsraum von ungefähr zwanzig Quadratmetern. Wurzelholz bestimmte das Ambiente der Inneneinrichtung. Hinter dem Tresen gab es ein Regal mit Fächern, in denen die Zimmerschlüssel aufbewahrt wurden. Jessy hatte nach Hundert aufgehört, die Unterteilungen zu zählen. Es waren immens viele. In der Hälfte von ihnen befanden sich kleine Federn unterschiedlichster Farbschattierungen. Neben der Theke stand ein runder Tisch mit drei Stühlen, die die Höhe von Kinderstühlen hatten. Jessy zuckte kurz zusammen, als plötzlich hinter dem Tresen eine Frau auftauchte, die ebenso groß war wie Jessy. Sie flog an der Wand hoch, um in den obersten Fächern zwei Zimmerschlüssel einzusortieren. Noch schien die Empfangsdame sie nicht bemerkt zu haben. Die Guardian vermutete, dass sie die Verantwortliche für das Hotel sein musste.

Nachdem sie wieder gelandet war, schlug sie ein Buch auf, um darin einige Eintragungen zu machen.

Der Heiligenschein gab ein lautes Knistern von sich, während Jessy ihn nervös zwischen ihren Fingern gleiten ließ, als würde sie einen Rosenkranz beten.

Überrascht schaute die Empfangsdame auf. Gebannt starrte sie auf die flackernde Aureole in der Hand ihres neuen Gastes. Schließlich besann sie sich.

»Oh! Ich habe dich gar nicht bemerkt. Himmel! Wo war ich nur mit meinen Gedanken? Verzeih mir bitte.« Ihr Lächeln wirkte einladend.

»Willkommen im ›Shelter‹«, wurde Jessy sogleich herzlich begrüßt.

»Ich bin Astara. Ich leite dieses Hotel für Schutzengel.« Schulterlanges braunes Haar floss in seichten Wellen über Astaras Schultern. Darin waren Zöpfe eingeflochten, die ihr schmales Gesicht unterstrichen. Durch ihre Ausstrahlung wirkte sie zwar älter als Jessy, doch das sah man dem Schutzengel nicht an. Wie Jesajah war Astara mit acht Jahren gestorben. An ihr Schicksal konnte sie sich jedoch nicht erinnern — genauso wenig wie alle anderen Guardians.

Jessy blickte in freundliche braune Augen. Astara war ihr sofort sympathisch.

»Hi. Ich bin Jessy. Hast du eine Kemenate für mich?«

Astara schloss kurz die Lider zur Bestätigung.

»Sicher. Zimmer 7 im ersten Stock ist frei.«

Sie kam hinter dem Tresen hervor, dabei langte sie nach

einem länglichen Schlüssel aus Eisen, der in einem der Fächer in der untersten Reihe lag und viel zu groß in ihrer kleinen Hand wirkte. Sie ging auf Jessy zu. Beherzt griff sie in den Ausschnitt von Jessys Kleid, dabei packte ihre Hand eine Feder von Jessys Flügel, die sie mit einem heftigen Ruck herauszog.

»Autsch! Was tust du da?« Dieser verrückte Schutzengel hatte ihr gerade eine Feder ausgerupft! Kurz kam Jessy der Gedanke, das Hotel sofort wieder zu verlassen.

»Entschuldige. Ist wohl dein erstes Mal? Ich hätte dich vorwarnen sollen. Ich benötige eine deiner Federn zur Legitimation.« Die Feder in zartem Rosa verschwand im Fach, aus dem sie zuvor den Schlüssel genommen hatte.

»Folge mir, Jesajah.«

Jessy stockte der Atem. Überrascht starrte sie die Empfangsdame an.

»Du kennst meinen richtigen Namen?«

Astara warf einen kessen Blick über ihre linke Schulter.

»Natürlich. Ich erhalte immer eine Nachricht, welcher Guardian hier eintrifft. Gerade war ich dabei, deinen Namen in das Gästebuch einzutragen. Der Angel's Channel hatte mir die Information übermittelt.« Mit einer Geste bat Astara ihren neuen Gast, ihr zu folgen.

»Schutzengel Erster Klasse wohnen im Hochparterre. Deine Kemenate«, Astara kicherte, »ist bereits hergerichtet. Ich zeige dir alles. Komm mit.«

Es war mehr eine Aufforderung als eine Bitte, die Jessy veranlasste, sich in Bewegung zu setzen.

Sie gingen durch eine Tür, die in einen schmalen Korridor von circa vier Metern Länge führte. Es gab weder Möbelstücke noch Bilder, die dem Flur etwas Wohnlichkeit verliehen hätten. Nur eine Fackel an der Seite der sandfarbenen Wand tauchte den Gang in ein warmes Licht. Astara öffnete eine weitere Tür, hinter der sich ein Absatz befand, von dem sieben Stufen nach oben führten.

Jessy staunte, als sie in den Vorraum eintrat. Von hier aus erreichte man jede Kemenate, entweder über weiß marmorierte Treppen oder über hölzerne Leitern.

»Die Zimmer mit den Stufen sind den Schutzengeln Erster Klasse vorbehalten.«

Vor ihnen auf dem Hochparterre ragten drei Türen auf. Astara flog nach oben, während Jessy die sieben Treppen emporstieg. Das sonderbare Verhalten ihres neuen Gastes verwunderte die Empfangsdame, doch sie sagte nichts. Als beide vor Tür Nummer 7 standen, steckte Astara den Schlüssel in das goldene Schloss der Eichentür.

»Du hast das mittlere Zimmer. Es ist eines der schönsten, die wir haben«, verkündete Astara überzeugt.

Jessy war so fasziniert, dass sie nur mit einem Nicken antwortete. Eine Tür im oberen Segment wurde abrupt aufgerissen. Sofort drehte der Schutzengel sich um. Über ihr entdeckte Jessy einen männlichen Guardian, der hektisch heruntergeflogen kam.

»Hallo, Jezalel«, grüßte Astara den Gast.

»Wieder in Eile?«

»Diese Menschenkinder sind viel zu unbedarft. Sie haben keine Ahnung, in welcher Gefahr sie schweben. Muss los!« Erst im Korridor setzte er zur Landung an. Elegant berührte er mit den Füßen den Boden und lief die letzten Schritte, bis er bei der Tür war. Er stoppte nur kurz davor, um sie zu öffnen, dann verschwand er aus ihrem Sichtfeld.

Neidvoll schaute Jessy ihm hinterher.

Auf diesem engen Raum … mit solch einer

Geschwindigkeit zu fliegen ... Seine Flugfähigkeiten hatten einen bleibenden Eindruck bei ihr hinterlassen.

»Wer war das?« Mit dem Daumen zeigte sie über die Schulter in Richtung Korridor, in dem der männliche Schutzengel verschwunden war.

»Oh! Jezalel, meinst du?«

Jessy nickte schnell.

»Ihr werdet euch bestimmt noch öfters über den Weg fliegen. Sprich ihn am besten selbst darauf an. Er mag es nicht, wenn man hinter seinem Rücken über ihn redet.«

»Okay«, entgegnete Jessy mit einer für sie unüblichen Zurückhaltung.

»Ich habe gehört, du hast einen Jungen zugeteilt bekommen.« Astara versuchte, neutral zu wirken, doch ganz konnte sie ihre Verwunderung nicht verbergen.

»Du weißt davon?«

»Ich bin über einiges informiert, Jesajah«, entgegnete sie mit einer Überzeugung, die Jessy verblüffte.

»Ich soll dir ausrichten, dass du dich gut um den Jungen kümmern sollst. Es ist zwar ungewöhnlich, doch ich glaube, dies dient einem höheren Zweck. Was für einer das genau ist, wollten sie mir aber nicht verraten.«

»Schade. Ich hatte gehofft ...«

»Das ist deine Kemenate«, wurde sie von Astara unterbrochen. Sie grinste, als die Tür lautlos aufglitt. Schließlich machte sie einen Schritt zur Seite, damit ihr neuer Gast eintreten konnte.

»Du meine Güte!«, rief sie verwundert aus.

»Kemenate ist vielleicht ein wenig untertrieben«, entfuhr es Jessy, der die Verblüffung quer über das Gesicht geschrieben stand.

»Das ist ja ein riesiges Zimmer, das schon einem Palast gleicht!«

Als Erstes sprang ihr das Himmelbett ins Auge, das den Raum beherrschte. Der Baldachin war mit Chiffon verhängt, dessen zartes Rosa jedem jungen Mädchen Freudentränen in die Augen getrieben hätte. Sofort rannte sie zur Schlafinsel hinüber. Die knisternde Aureole legte sie in die Mitte des Bettes, bevor sie mit den Handflächen den Weichheitstest startete. Wie ein Wattebausch gab die Matratze unter dem seichten Druck nach. Zwei Kissen, prallgefüllt mit Wolkengespinst, sowie eine flauschige Decke luden zum sofortigen Kuscheln ein. Schnell wischte Jessy sich mit dem Unterarm die Feuchtigkeit aus den Augenwinkeln.

»Es freut mich, dass es dir zusagt.« Nun trat auch Astara ein. Zufrieden verschränkte sie die Arme vor der Brust, sichtlich glücklich darüber, dass ihr Gast sich über das Zimmer freute.

»Ein paar Dinge noch«, fuhr sie fort, ohne abzuwarten, ob Jessy ihr überhaupt Gehör schenkte.

»Klar doch!«

Solch ein Zimmer gab noch nicht einmal auf dem Campus der E.n.G.E.l. Dort hatten sie wirklich in Kemenaten von der Größe einer Besenkammer gelebt. Wie in Trance tanzte Jessy durch den Raum, während sie ihn weiterhin inspizierte.

Die Wände waren in einem changierenden Orange gehalten, als würde die Sonne direkt in diesem Zimmer aufgehen. Zu ihrer Linken gab es eine Kommode in dunklerem Rosa, deren Schubladen ein Blumenmuster zierte. Ein runder Tisch mit zwei Stühlen stand unter dem Fenster, das den Blick auf die Hauptstraße freigab. An der gegenüberliegenden Wand entdeckte sie einen Kühlschrank, daneben gab es eine Pantry mit zwei Kochstellen, über denen ein Hängeschrank schwebte.

Auch wenn Schutzengel ohne Essen und Trinken auskamen, so nahmen sie gelegentlich Nahrung zu sich, um bei den Menschen nicht aufzufallen. Es konnte nie gänzlich ausgeschlossen werden, dass sie nicht doch von einem Kind oder einem rechtschaffenen Bürger als das gesehen wurden, was sie waren. So hatten die Guardians reichlich damit zu tun, dass niemand ihre Flügel entdeckte, die sie oftmals unter weiter Kleidung und dem typischen Kapuzenumhang versteckten. Ein angepasstes Leben zu führen, war zwingend erforderlich, um die Scharade aufrechtzuerhalten.

»Du bist ja erst kürzlich auf die Erde gekommen, daher findest du eine Schutzengel-Erstausstattung im Kühlschrank.«

Auf der himmelblauen Tür des Kühlschranks zogen weiße Schäfchenwolken vorbei. Mittendrin schwebte ein Kühlschrankmagnet mit dem Bildnis von Seraphiel in seiner gesamten Pracht als hellblaue Lichterscheinung.

»Der Kühlschrank wurde von der Oberen Ebene direkt bestückt«, erklärte Astara.

»Die Tür öffnet sich, indem man auf den Magneten tippt.« Sie führte es vor. Zischend glitt die Tür auf. Weißer Rauch quoll hervor und bedeckte wabernd den Fußboden. Kurz darauf löste er sich auf, dabei hinterließ er einen funkelnden Teppich.

»Vollmilch, Brot, heute frisch gefangener Fisch aus dem Fluss«, mit dem Finger deutete Astara auf die Speisen in den Holzschalen, während sie alles aufzählte, »Getreide für Haferbrei und ein paar Früchte der Saison.« Sie wischte über den Magneten. Die Kühlschranktür schloss sich.

»Wenn alles aufgebraucht ist, musst du dir selbst helfen. Zweimal in der Woche kommen die Händler in die Stadt und bieten ihre Waren auf dem Marktplatz an. Dort bekommst du alles Nötige. Um von den Menschen nicht als Guardian erkannt zu werden, hilft dir dieses Cape.« Mit der Hand deutete sie auf einen goldenen Garderobenständer, der aufrecht wie ein Soldat auf drei Beinen neben der Tür stand. Daran hing ein Umhang aus heller Wolle.

»Damit können die Menschen dich sehen. Wir wollen ja nicht, dass du gleich zu einer Diebin avancierst und verurteilt wirst.« Astara ging zur Kommode.

»Und hier ist deine Goldene Boni-Karte.« Sie zog die obere rechte Schublade auf.

»Die kannst du im Pub benutzen, sollte dir nach Unterhaltung zumute sein. Die Milkstreet ist nur ein paar Straßen von hier entfernt. Dort befindet sich das ›Heaven's Gate‹, in dem sich die Guardians nach getaner Arbeit – oder wenn sie gerade nichts Wichtiges zu tun haben – treffen. Es ist der einzige Ort, von dem aus du in die Obere Ebene gelangst, sollte dich der Ruf ereilen. John, der Barkeeper, ist ein guter Freund von mir. Richte ihm einfach Grüße aus, dann weiß er Bescheid.«

Jessy stand mit heruntergeklappter Kinnlade in der Mitte des Zimmers und konnte ihr Glück kaum fassen.

 # Jessys Tagebuch

Jessy lag bäuchlings auf dem Himmelbett in ihrem Zimmer. Vor ihr befand sich ein kleines Buch. Eine Sonne zierte die Vorderseite des Einbands aus silbernem Metall. Auf der Rückseite leuchtete ein Halbmond, auf dessen Sichel ein Schutzengel saß, den Blick nach unten gerichtet. In ihrer linken Hand hielt Jessy eine Schreibfeder. Sie tauchte die Spitze in ein Gefäß mit braunroter Farbe und ließ die Tinte abtropfen, bevor sie zu schreiben begann.

März 1430

Liebes Tagebuch!
Mein Name ist Jessy. Na ja, eigentlich Jesajah. Doch diesen Namen mag ich nicht so gern. Du fragst, weshalb nicht? Das weiß ich gar nicht. Es ist so ein Gefühl. Er fühlt sich nicht richtig an.
Ich schreibe dir, weil ich heute in London angekommen bin. Ich bin totaaal aufgeregt, kann ich dir sagen, denn der Grund, weshalb ich hier bin, ist mein erster Auftrag als Schutzengel. Noch weiß ich nicht, was mich erwartet. Natürlich hoffe ich, dass ich meine Sache gut machen werde.
Ich habe einen Jungen namens Wendel zugeteilt bekommen. Sein Leben begann mit der Trauer und Wut seines Vaters, der ihn verstoßen hat. Das hat mich sehr geschockt. Der Vater wollte ihn sogar umbringen. Zum Glück haben die Hebamme Zalmona und ihr Partner Kaleb sich Wendels angenommen. Sie waren sehr angetan von dem Jungen, sodass sie ihn gleich adoptiert haben. Ob das

wohl an meiner Anwesenheit lag?

Habe ich – nur durch mein Dasein - bereits die erste Handlung erwirkt, damit Wendel ein gutes Leben hat? Da ich noch neu in diesem Geschäft bin, kann ich es nicht mit Gewissheit sagen. Sicher ist nur, dass es Wendel bisher gut geht. Das ist doch schon ein schöner Beginn. Denkst du nicht?

September 1430

Wendel nervt! Er ist ein elender Schreihals. Dadurch tyrannisiert er nicht nur seine Eltern, sondern auch mich. Immer wieder drückt dieser Empathieknoten in meiner Brust, als würde ein Felsen darauf lasten. Astara erklärte mir, dass es an der Verbindung zwischen Wendel und mir liege, die sich bei unserer ersten Begegnung gebildet hat. Na ja, eigentlich bin ich froh, dass ihm nichts fehlt. Leider habe ich nur wenig Kontakt zu den anderen Guardians, die ebenfalls hier im ›Shelter‹ wohnen. Entweder haben sie viel zu tun, oder treiben sich im ›Heaven's Gate‹ herum. Ich selbst habe noch keine Möglichkeit gefunden, dort einmal hinzugehen. Es liegt daran, dass ich Wendel mehrmals täglich besuche. Seine Eltern dürfen es aber nicht mitbekommen. Sie wollen nicht, dass ich ihn sehe. Also mache ich es heimlich. An einigen Tagen muss ich mich immer beeilen, nämlich wenn er wieder einmal das Haus zusammenbrüllt. Dann zieht ein stechender Schmerz durch meine Brust. Ich kann nicht anders und muss wissen, ob es ihm gut geht. Doch immer, wenn ich bei ihm bin, fehlt ihm gar nichts. Was diesem Flegel durch den Kopf geht, vermag niemand zu sagen. Ich glaube, es ist nur der Hunger, der ihn schreien lässt, oder er hat die Hose voll. Doch das sind *lediglich Vermutungen, da er nur unverständliche Worte vor sich hin brabbelt, die keiner versteht. Noch nicht einmal seine Eltern. Lieber Gott! Bitte mach, dass er bald sprechen kann, damit wir alle mal ein wenig Ruhe bekommen.*

Dezember 1430

Weihnachtszeit! Heute war ich mit Zalmona und Kaleb in der Kirche. Natürlich wussten sie nicht, dass ich ebenfalls dort war. Das erschwert meine Aufgabe, Wendel zu beschützen. Doch ich komme zurecht. Sie mögen es noch immer nicht, wenn ich mich in der Nähe von Wendel, der nun bereits neun Monate alt ist, blicken lasse. Alt? Das ist wohl eher subjektiv. Anfangs dachte ich, das Schreien würde weniger werden. Nun zahnt er, und alles beginnt wieder von vorn. Gott! Hat das denn nie ein Ende? Sind alle Babys so laut und unberechenbar?

Als die Weihnachtsmesse vorbei war, bin ich der Familie heimlich gefolgt. Allerdings ist mir unklar, weshalb Zalmona und Kaleb mich sehen können, ganz besonders dann, wenn ich kein Cape trage. Leider habe ich dafür noch keine Antwort gefunden. Doch ich bin sehr geschickt im Versteckspiel geworden. Es macht mir sogar riesigen Spaß. Hi. Hi.

Weihnachten ist das Fest der Liebe – das hat der Priester erzählt. Nach der Messe habe ich auf der anderen Straßenseite gewartet, doch sie haben mich nicht hineingebeten. Dabei wollte ich so gern mit Wendel spielen. Damit sie mich nicht wieder davonjagen, hielt ich mich in der Seitenstraße versteckt, bis die Dämmerung einsetzte. Dann habe ich durch ihr Fenster gespickt. Du weißt, dass ich Fliegen nicht mag. Also suchte ich mir ein

Fass, das ich gegen die Hauswand stellte. Es war gar nicht leicht, sich daran hochzuhangeln. Ich hatte große Mühe, mich danach am Fenstersims festzuhalten, denn draußen gibt es Eis. Du glaubst nicht, was ich gesehen habe … Sie haben einen Paradiesbaum aufgestellt! Daran hängen wundervolle Äpfel! Wendel kann sich wirklich glücklich schätzen, solche Eltern bekommen zu haben. Obwohl sie Geld haben, führen sie ein bescheidenes und zurück-gezogenes Leben. Nur wenn jemand an ihrer Tür klopft, werden sie oftmals ungehalten, sofern es kein Mann ist, der die Hebamme ruft.

Juni 1431

Hier im ›Shelter‹ ist die Hölle los. Oh! Tschuldigung! So war das nicht gemeint, Herr!

Viele Guardians sind abgereist, andere sind dafür neu eingezogen. Es ist seltsam, doch jeder Guardian scheint nur mit sich selbst und seinem Schützling beschäftigt zu sein. Ich habe darüber nachgedacht, in den Pub zu gehen. Doch jedes Mal, wenn ich mich auf den Weg machte, schrie Wendel, sodass ich nach ihm sehen musste. Der Junge ist ziemlich schwierig. Astara erzählte mir, dass nicht jeder so einen problematischen Schützling hat. Meiner ist da wohl die Ausnahme. Nur Jezalel scheint ebenfalls viel zu tun zu haben. Ihn wollte ich gern mal ausfragen, doch nie hat er Zeit. Man sagt, er hätte sogar zwei Schützlinge. Ich weiß gar nicht, wie ich zwei von Wendels Sorte handhaben sollte …

Der Sommer hier in der Stadt ist unerträglich heiß. Wendel entwickelt sich prächtig. Er wächst und wächst und wächst. Gott, auch wenn du nicht persönlich mit mir sprichst, so glaube ich, du hast meine Stimme vernommen, denn der Junge brüllt weniger. Dafür danke ich dir. Doch nun mache ich mir Sorgen, da er Fieber bekommen hat. Ich müsste bei ihm sein, aber man erlaubt es mir nicht. Als ich an der Haustür klopfen wollte, schien mich eine unsichtbare Wand davon abzuhalten. So etwas kannte ich nicht. Ich habe in meinem ›Handbuch für Schutzengel‹ nachgelesen, doch dort konnte ich keinen Hinweis finden, wie man solche Barrieren überwindet. Woher kommt sie überhaupt? Und vor allem: Wer hat sie errichtet? Wie soll ich Wendel helfen, wenn ich noch nicht einmal durch die Tür gehen kann? Nun verbringe ich immer einige Stunden auf der gegenüberliegenden Straßenseite. Um ihn zu sehen, muss ich eine List anwenden. Also klopfe ich beim Nachbarn an die Tür. Die gucken immer lustig, wenn sie öffnen und niemand ist da. Hi. Hi. Ich trage ja nicht das Cape, sodass sie mich nicht sehen können. Dann schleiche ich mich durch ihre Wohnung in den Garten. Der Zaun, der die beiden Grundstücke voneinander trennt, ist zum Glück nicht so hoch. Es ist leicht, darüber zu klettern. Allerdings muss ich immer noch sehr vorsichtig sein, wenn ich durch die Küchentür ins Haus schlüpfe. Ich darf ja niemanden anrempeln, oder irgendetwas umreißen. Das wäre fatal, wenn jemand herausfinden würde, dass eine Fremde in der Wohnung ist.

Gestern ging es Wendel nicht gut. Viel Zeit konnte ich nicht mit ihm verbringen, da Zalmona öfters nach ihm sah. Um nicht aufzufliegen, bin ich - wie üblich – durch die Hintertür geschlüpft. Gerade noch rechtzeitig, bevor Zalmona mich entdeckte. Ich verstecke mich im Garten. Dort musste ich dann mehrere Stunden ausharren, bis ich wieder nach Hause konnte, da jemand die Tür verschlossen hatte. Ich vermute, die Nachbarin war auf dem Markt, um einzukaufen. Zalmona verließ ebenfalls das Haus, gemeinsam mit meinem Schützling. Wohl, um einen Arzt aufzusuchen, der die Ursache für das Fieber herausfinden soll. Erst drei Stunden später kamen sie zurück. Währenddessen war ich die ganze Zeit über im Garten allein. Sicherlich, ich hätte hinausfliegen können, doch ich will nicht fliegen. Davon wird mir noch immer übel, und meine Flugkünste sind … na ja, halt kaum der Rede wert. Diese Heimlichtuerei geht mir ziemlich gegen den Strich. Doch das ist die einzige Möglichkeit, um Wendel überhaupt zu Gesicht zu bekommen.

Nachtrag: *Astara hat mir gesagt, dass ein Schutzzauber über die Haustür gelegt wurde, der böse Mächte fernhalten soll. Bin ich denn böse?*

November 1433

Als Schutzengel Erster Klasse hat man eine tolle Zeit. Wendel hat einen Freund gefunden. Ich bin so stolz auf ihn! Er ist viel mit Joseph zusammen. Den beiden beim Spielen zuzusehen, macht riesigen Spaß. Heute haben sie eine Schneeballschlacht gemacht. Dabei hat Wendel ein Fenster eingeschlagen. Kurz hatte ich den Verdacht, er hätte es mit Absicht getan. Als die Kerzenmacherin herausstürzte, um ihn zur Rede zu stellen, begann Wendel fürchterlich zu weinen. Mir zog es den Brustkasten zusammen. Es war so herzzerreißend, zusehen zu müssen, wie die Tränen bei ihm flossen. Als die Kerzenmacherin im Haus verschwunden war, hörte er sofort mit dem Weinen auf. Er machte sich wohl Sorgen um seinen Freund Joseph, der zuvor Reißaus genommen hatte. Aber Wendel wusste, wo er suchen musste. Doch er hat Joseph nicht zur Rede gestellt.

Stattdessen haben die beiden einen Schneemann gebaut, den sie danach mit Schneebällen bewarfen, in die sie kleine Steine gepackt hatten. Als man Wendel zum Abendessen rief, traten die beiden gegen den Schneemann, bis der nur noch eine undefinierbare graue Masse war. Immer wieder sind sie darauf herumgehopst und haben laut gelacht und geschrien. »Nimm das, du Bastard!«, oder: »Das geschieht dir recht, du Kanalratte!« Ob das die richtige Ausdrucksweise für einen anständigen Jungen ist? Wer hat ihm diese Worte überhaupt beigebracht?

September 1436

Heute war Wendels erster Schultag. Nicht nur mir bubberte der Empathieknoten, auch Wendel schien total aufgeregt zu sein. Er hat neue Kleidung von seinen Eltern bekommen. Voller Stolz kann ich sagen, dass mein Schützling der am besten gekleidete Junge war. Anfangs habe ich mich versteckt gehalten, damit Zalmona mich nicht sieht. Zum Glück stehen vor der Schule ein paar Bäume, die mir Schutz boten. Zur Sicherheit habe ich das Sichtbarkeitscape zu Hause gelassen. Auf dem Vorplatz wurden die Namen der Kinder aufgerufen, um die sechzig Schüler auf zwei Klassen aufzuteilen. Wendels Lehrerin scheint eine nette Frau zu sein. Sie mag Kinder. Das ist toll und freut mich für ihn. Nachdem jeder wusste, welcher Klasse er zugeteilt war, ging es in den Klassenraum. Ich musste noch warten, denn Wendels Eltern blieben so lange auf dem Vorplatz, bis alle Kinder ihre Klassenräume aufgesucht hatten. Erst dann konnte ich mich aufmachen, um Wendel zu suchen. Anfangs bin ich im falschen Zimmer gelandet. Fast wäre ich aufgeflogen. Der Lehrer hat zur Tür geschaut, als ich gerade eintreten wollte. Dann sagte er: »Nanu? Ich habe die Tür doch geschlossen!« Ich hatte nur wenig Zeit, einen Blick zu riskieren. Doch Wendel war im anderen Raum. Ich wollte nicht erwischt werden. Deswegen wollte ich wieder nach draußen gehen, um durch das Fenster zu schauen. In dem Moment öffnete sich die Tür. Ein Junge musste sein Geschäft erledigen. Ich habe die Gelegenheit ergriffen, mich geduckt und bin dann durch den Türspalt ins Klassenzimmer geschlüpft. Hi. Hi. Ich brauchte einen Moment, bis ich meinen Schützling entdeckte. Er sitzt in der vorletzten Reihe.

Die Lehrerin hat den Schülern ein Stück Papier gegeben. Stell dir vor, Tagebuch, Wendel hat sogar ein Spielzeug mitgenommen. Es hat die Form eines Ypsilons. An den oberen Enden ist ein dünnes Band gespannt. Das ist sogar elastisch. Wie kommt der Junge nur immer auf solche Ideen? Und woher hat er diese Materialien? Dem nicht genug, hat er Papier gekaut und die nassen Kügelchen mit Hilfe des Spielzeugs einem anderen Schüler in der ersten Reihe in den Nacken geschossen! Dieser Junge heckt auch immer etwas aus. Hoffentlich ändert er sich bald. Diese ewigen Hänseleien tun seinem Karma nicht gut. Hinterher habe ich dafür gesorgt, dass er keinen Ärger bekommt. Ich habe die Eintragungen, die die Lehrerin gemacht hat, einfach versteckt. Es hat schon etwas für sich, wenn die Menschen einen nicht sehen können.

April 1437

Wendel und Joseph gehen gemeinsam durch dick und dünn. Allerdings vergeht kaum ein Tag, an dem sie keinen Streich aushecken. Langsam wird die Aufgabe, Wendel vor

Bösem zu bewahren, zur Herausforderung. Kürzlich hat er versuchte, das Rad einer Kutsche zu lockern. Wie gut, dass ich in der Nähe war. Ich wollte ihn zur Rede stellen, doch er tat so, als wäre ich gar nicht anwesend, obwohl ich mein Cape trug. Das war echt gemein von ihm! In der Schule ist er nicht gerade der Beste. Wie er es dennoch schafft, die Prüfungen zu bestehen, habe ich noch nicht herausfinden können. Allerdings werde ich die Vermutung nicht los, dass etwas faul im Staate Dänemark sein könnte.

Hm … Ob man mich eines Tages mal zitieren wird …?

März 1438

Wendel ist ein richtiger Feger. Immer muss er jemanden ärgern. Sein Freund Joseph ist nicht viel besser. Joseph hat es nicht leicht. Ich wollte mal ein Wörtchen mit seinem Schutzengel Jezalel reden, doch der schien mal wieder sehr beschäftigt zu sein. Er findet kaum Zeit, sich um Joseph zu kümmern, weil sein anderer Schützling ihm ebenfalls viel abverlangt. Kaum war ich in seiner Kemenate, musste Jezalel auch schon los. Er stürzte zur Tür hinaus mit den Worten: »Jesajah, ich kann jetzt nicht über Joseph sprechen. Enders braucht gerade meine Hilfe.«

Damit war er aus der Tür gehechtet. Ich konnte ihn noch nicht einmal fragen, wer Enders war. Überhaupt scheint Jezalel ein wenig unter Spannung zu stehen. Er kommt kaum zur Ruhe. Sobald ich ihn wieder antreffe, muss ich ihn unbedingt danach fragen. Hoffentlich kann er mal einige Minuten aufbringen, damit wir reden können.

Nachtrag: *Ich habe erfahren, dass Jezalel ein Schutzengel Zweiter Klasse ist. Das fand ich sehr spannend, denn ich wusste gar nicht, dass es so etwas gibt. Jeder Guardian,* *der die Akademie verlässt, ist ein Schutzengel Erster Klasse, so wie ich auch. Astara erklärte mir, dass diesen Schutzengeln viel mehr Verantwortung auferlegt wird, da sie immer mindestens zwei Schützlinge betreuen. Nun ist mir klar, weshalb Jezalel immer so in Eile ist. Als ich Astara danach fragte, wie man ein Schutzengel Zweiter Klasse wird, schwieg sie und tat sehr geschäftig. Vermutlich weiß sie es nicht. Ich glaube, man muss etwas ganz Besonderes sein, um diese Position zu bekommen. Nur wundert es mich, weshalb man uns das nie auf der E.n.G.E.l. erzählt hat ... Auch im Handbuch für Schutzengel konnte ich keinen Eintrag darüber finden. Das ist seltsam ...*

Nachtrag 2: *Zu seinem achten Geburtstag bekam Wendel von seinen Eltern einen Hund geschenkt. Einen ziemlich großen Hund. Um nicht zu sagen, einen riesigen Hund. So einen habe ich noch nie gesehen! Auch habe ich nicht mitbekommen, wann sie dieses Biest beschafft haben. Er hat jede Menge scharfer Zähne. Mir ist sofort seine Zunge aufgefallen. Die ist nämlich lila. Doch das Biest scheint Wendel zu mögen. Die beiden haben zusammen gespielt. Das war schön mitanzusehen. Hoffentlich beschützt der Hund ihn auch. Denn Schutz kann Wendel sehr gut gebrauchen.*

Wendels Geburtstag

»Wendel! Kommst du bitte mal herunter!«
Es war keine Bitte, das hatte Wendel dem Tonfall seiner Mutter angehört.
Mit angewiderter Miene starrte er sich im Spiegel an, der das Zerrbild seiner Gedanken war. Unter der weit geschnittenen Hose, die über dem Knie endete, ragten dünne Beine in hellen Strümpfen hervor. Das braune Wams mit dem breiten weißen Kragen war eng und behagte ihm nicht. Er sollte sein Haar kämmen. Seine Mutter sah es gern, wenn die fast schulterlange hellblonde Pracht mit einem Seitenscheitel geteilt wurde. Doch er hatte keine Lust dazu. Er mochte sein blondes Haar wild. Das verlieh ihm ein Stück Freiheit, auch wenn die nur in seiner Einbildung existierte. Immerhin hatte er es gewaschen, sodass seine Mähne golden leuchtete, wenn das Sonnenlicht darauf traf. Um seinen Unmut zu unterstreichen, fuhr er mit den Händen durch das Haar, beugte den Kopf vorn über, schüttelte das Haupt, sodass die Haare noch wilder in alle Richtungen standen.

»Ich komme, Ma!« Er zog sich die schwarzen Schuhe an, deren silberne Schnalle glänzte. Ein letzter Blick in den Spiegel, ein Seufzen, dann eilte er die Stufen hinunter.

Im Wohnzimmer wurde er von seiner Mutter bereits erwartet.

»Alles Gute zu deinem achten Geburtstag, mein Sohn.« Zalmona schritt auf ihn zu. Mit den Händen fuhr sie über seinen Schopf, glättete das Haar, nahm Wendel in den Arm und gab ihm einen Kuss auf die Stirn.

Das Geburtstagskind verzog das Gesicht. Diese Lieb-kosungen der Mutter fand er widerlich. Überhaupt stand er nicht auf Umarmungen und Küsse. Das wider-strebte ihm gewaltig, allerdings nur, wenn es von seiner Mutter kam, die ihn sehr viel Zuwendung zukommen ließ. Sein Vater hingegen war eher zurückhaltend. Zwar streng mit Worten, dennoch ließ sich Kaleb nie zu übereifrigen Liebkosungen hinreißen. Wie der Vater, so der Sohn. Wendel kam wohl mehr nach Kaleb. Darauf war er stolz. Er wollte kein Weichei in dieser rauen Welt sein.

Wendel wusste, seine Eltern liebten ihn, doch irgendetwas hatte sich im letzten Jahr zwischen sie gestellt. Er konnte auch genau beschreiben, woran es lag. An dem Geruch. Es war weder das Parfüm, noch das Puder, das sie benutzten. Sowohl seine Mutter Zalmona, als auch sein Vater Kaleb hatten einen ungewöhnlichen Eigengeruch entwickelt, den er bei keiner anderen Person wahrnahm. Jedes Mal, wenn Zalmona ihn in den Arm nahm, umhüllte ihn ein modriger Duft. Das Gefühl, der Tod würde ihn umschlingen ließ ihn immer wieder erschaudern.

Bei seinem Vater hingegen, war es gänzlich anders. Er roch unentwegt nach nassem Fell. Wendel hoffte, dass er sich eines Tages an diese Gerüche gewöhnen würde, doch seine Nase war zu fein ausgebildet, um auch nur einen winzigen Teil dieser Nuancen auszublenden.

»Mama, nicht. Du weißt, ich mag das nicht so gern«, quengelte er und drückte seine Mutter von sich.

»Du bist undankbar, Wendel«, bemerkte sie ent-täuscht. Der Junge blickte verstohlen auf den Boden, so-dass Zalmonas Züge sich wieder normalisierten.

»Ich weiß, du bist nun ein großer Junge, der nicht mehr in den Armen seiner Mutter gesehen werden möchte. Doch du musst auch verstehen, dass es mir nicht leichtfällt, dich einfach so gehen zu lassen.«

Wendel presste die Lippen aufeinander. Er wollte seiner Mutter keinen Kummer bereiten. Sie stand immer hinter ihm, selbst wenn er Dummheiten gemacht hatte. Sie und sein Vater hielten die Hände schützend über ihren Sohn. Das konnten andere Kinder nicht von sich behaupten, das wusste er nur zu gut.

»Wendel. Sieh mich an.«

Ohne zu zögern, schaute er auf. Zalmona sah ihren Sohn aus warmen braunen Augen an. Heute, zur Feier des Tages, hatte sie ihr langes Haar zu einem Zopf geflochten, der bis zum Steißbein reichte. Das Ende zierte eine blutrote Seidenschleife. Durch den Zopf wirkte ihr Kopf nicht ganz so klein, der im Kontrast zur langen schmalen Statur stand. Es hatte den Anschein, als wäre es nicht ihr eigener.

»Heute machen dein Vater und ich dir ein ganz besonderes Geburtstagsgeschenk.«

Wendels hellblaue Augen begannen zu leuchten.

»Dreh dich um«, forderte seine Mutter ihn freundlich auf.

Das Geburtstagskind gehorchte.

Vor ihm stand ein riesiger Hund, dessen Augen auf derselben Höhe waren wie die von Wendel. Feuchter, heißer Atem schlug dem Jungen entgegen.

»Mama!«, rief er ängstlich, während er erschrocken einige Schritte zurückwich, bis er seine Mutter im Rücken spürte.

»Keine Angst, mein Sohn.« Behutsam legte sie die Hände auf Wendels Schultern.

»Ich dachte, du magst Tiere?«

Wendels Herz schlug bis zum Hals. Er mochte es, Tiere zu quälen. Immer, wenn sich die Gelegenheit ergab, eine Ratte oder gar ein Huhn aus einem der benachbarten

Gärten in die Finger zu bekommen, packte ihn ein Reiz, den er nicht unterdrücken wollte. Ein Tier zu misshandeln, entfachte in ihm ein Glücksgefühl, dass er, einmal erlebt, nicht mehr missen wollte. Woher diese Anwandlung kam, konnte er sich nicht erklären. Er wusste nur, dass er sich dabei stark fühlte.

Der Hund blaffte einmal, dann machte das Tier einen Schritt auf den Jungen zu. Wendels Finger krallten sich in den Rock seiner Mutter.

»Vielleicht sollten wir ihn nicht zu sehr ängstigen, Kal«, sprach sie zu dem Hund.

Wendel runzelte die Stirn. Er hoffte, dass sein Vater jeden Moment zur Tür hereinkommen würde, um dieses Tier in Schach zu halten, doch nichts geschah. Schließlich dämmerte es ihm.

»Du hast den Hund nach Papa benannt?« Noch immer ließ das mulmige Gefühl ihn nicht los.

Zalmona lachte einmal laut auf.

»Nein. Doch du bist nun alt genug, dass wir dir dieses Geheimnis anvertrauen können. Allerdings musst du uns versprechen, dass du niemandem etwas davon erzählen wirst. Auch Joseph nicht.«

Wendel nickte fast beiläufig, während er den Blick nicht von dem Tier lösen konnte.

Wenn sein Herzschlag zuvor schon beschleunigt gewesen war, so begann er nun zu rasen. Wendel hielt den Atem an, als er mitansehen musste, was sich vor ihm abspielte.

Der Hund stellte sich auf die Hinterbeine, dabei verkürzten sich die Vorderläufe. Statt Krallen waren dort auf einmal Finger. Die Rute zog sich zusammen wie ein zu lang gedehntes Gummiband und war mit einem Mal verschwunden. Die Hinterläufe verwandelten sich in menschliche Beine, es folgten der Torso und ein Kopf.

Wendel war sprachlos. Vor ihm stand jetzt Kaleb. Sein Vater.

»Herzlichen Glückwunsch zum Geburtstag, mein Sohn.« Kaleb schlüpfte in den Morgenmantel, der über dem Stuhl hing, dann öffnete er die Arme, um seinen Sohn zu drücken, doch Wendel klammerte sich noch immer an den Rock der Mutter, während er zu verarbeiten versuchte, was gerade geschehen war. Hatte er geträumt?

»Du brauchst dich nicht zu fürchten, Sohn. Es ist alles in Ordnung. Wir möchten dir heute ein ganz spezielles Geschenk machen, indem wir dich in unser Familien-geheimnis einweihen.« Kalebs sanftes Lächeln zog sich über sein gesamtes Antlitz.

»Weißt du, es ist ein besonderes Geheimnis.« Er kniete nun vor dem Geburtstagskind, um ihm die Angst zu nehmen.

»Du darfst wirklich mit keiner Menschenseele darüber reden. Und selbst wenn du es tust, niemand wird dir Glauben schenken.«

Mit einem Mal erwachte Wendel aus seiner Erstarrung.

»Das ist ja fantastisch!«, rief er freudig aus.

»Du kannst dich verwandeln? Geht das immer? Zu jeder Zeit? Wann du willst?«, sprudelte es aus ihm heraus.

Kaleb hatte keine Gelegenheit zu antworten, da war ihm der Junge bereits in die Arme gelaufen und hatte ihn auf den Boden geworfen. Die beiden tollten lachend über den Teppich. Währenddessen verwandelte sich Kaleb wieder in den Hund, dessen lilafarbene Zunge den Jungen ab-schleckte.

Sie waren alle so mit sich selbst beschäftigt, dass sie nicht mitbekamen, als ein Augenpaar sich gerade so weit hochschob, dass es neugierig durch das Fenster schauen konnte.

 # *Kundschaft*

»Herr! Au! Herr! Verflucht! Meister! Autsch! Gnade, Gebieter!«

Die unansehnliche Gestalt humpelte den mit rostigen Nägeln, Sägeblättern, Knochensplittern, Messern sowie scharfen Glasscherben gespickten Weg entlang. Je schneller sie den Pfad der Qual hinter sich lassen konnte, desto eher würden die Schmerzen nachlassen. Thoralf musste, ob er wollte oder nicht, dem Fürsten der Unterwelt die Botschaft bringen. Er war dazu auserkoren worden, dem Herrscher sofort davon zu berichten, sobald eine neue Seele in Aussicht stand.

Die Beine über die Armlehne gelegt, den Kopf auf die Handfläche gestützt, lag Samael quer über dem Thron. Gelangweilt trommelte er mit dem Finger vor sich auf der Sitzfläche herum, darauf wartend, dass endlich etwas Aufregendes passierte. Die letzten Seelen hatte er Lilith, seiner Gespielin, überlassen. Es waren arme Seelen gewesen, die ihn nicht kümmerten. Für ihn kamen nur die besonders hinterhältigen Individuen infrage.

Thoralf stieß abwechselnd Flüche und Schmerzensschreie aus. Langsam begannen Samaels Mundwinkel sich nach oben zu biegen, sodass sich seine ohnehin schon schmalen Augen in Schlitze verwandelten. Er hatte eine neue Schikane auf dem Weg zum Thron eingebaut. Nun war er mehr als gespannt, ob Thoralf diese meistern würde.

Die vielen Folterungen, die Thoralf seit der Ankunft in der Hölle hatte erleiden müssen, hatten ihn in der Zwischenzeit in einen Klumpen Fleisch verwandelt. Der Kopf saß direkt auf dem Oberkörper. Das Haupt war mit fünf schlampigen Stichen darauf befestigt worden. Immer wieder riss einer der Fäden, sodass der zur Seite abgeknickte Kopf wortwörtlich am seidenen Faden hing. Aus eigener Kraft konnte er ihn nicht mehr aufrecht halten. Vier vereinzelte speckige Haarsträhnen, deren Sinnen und Trachten es war, ihm immer wieder in das eine funktionierende Auge zu rutschen, ließen ihn unentwegt blinzeln. Das zweite Auge war nach außen gerutscht, dabei starrte es jeden an, der sich in dessen Blickfeld begab. Sein linker Oberarm sowie die Hand, mit der er das Haupt stützte, waren kräftiger ausgeprägt als die rechte Seite. Das rechte Bein bestand nur noch aus dem Stumpf des Oberschenkels. Eine behelfsmäßige Krücke aus Holz war sein ständiger Begleiter, um nicht das Gleichgewicht zu verlieren. Sein Oberkörper wirkte, als hätte er gerade ein paar Bauchaufzüge gemacht, als der letzte Versuch ihm einen Krampf bescherte, der ihn für immer in der nach vorne gebeugten Haltung fixierte.

Samael setzte sich auf, die Hände an den Lehnen des Blutthrons. Der Höllenfürst konnte es kaum noch abwarten. Unruhig rutschte er auf der Sitzfläche hin und her, als hätte ihm jemand eine Portion Juckpulver verpasst.

Jeder in der Hölle wusste um den beschwerlichen Weg zu Samael. Nur selten bekamen sie den Fürsten der Unterwelt persönlich zu Gesicht. Thoralf war einer der wenigen, denen diese außergewöhnliche Gunst zugestanden wurde. Ein Privileg, das der Bote am liebsten an jemand anderen in der Hölle abgetreten hätte. Doch es war nicht übertragbar.

»Nicht vom Weg abkommen«, rief der Höllenfürst ihm amüsiert zu.

Sofort hielt Thoralf inne. Er stand mit dem Fuß auf einem

rostigen Sägeblatt, das nun schmerzhaft in seine blanke Fußsohle schnitt. Er benötigte alle Konzentration, um nicht das Gleichgewicht zu verlieren. Er wollte nicht in einem der reißenden Feuerströme landen, die sich auf jeder Seite des Weges befanden.

»Beim Schwanz in meiner toten Mutter«, fluchte er, dabei ruderte er heftig mit dem einen Arm. Als sein verkümmerter Oberkörper kurz nach hinten wankte, schoss eine riesige Doppelaxt an ihm vorbei. Fast hätte sie ihn in zwei Hälften geteilt. Thoralf fiel direkt auf den Hintern, landete in einem Haufen Glasscherben und schrie schmerzerfüllt auf.

»Wie findest du meine neue Errungenschaft?«, fragte der Höllenfürst, enttäuscht darüber, dass sein neues Spielzeug das Versuchsobjekt verfehlt hatte.

»Höllisch fies«, stöhnte Thoralf. Mühsam rappelte er sich auf, froh darüber, das Ende des Weges fast erreicht zu haben.

Samael sprang auf die Sitzfläche des Throns.

»Nicht wahr? Es ist toll!« Der Dämon stemmte die Hände in die Hüfte.

»Und ziemlich gemein«, fuhr er mit vor Stolz erhobener Brust fort.

»Mist nur, dass ich es nicht genießen konnte, weil es dich verfehlt hat«, brummte er so leise, dass Thoralf es nicht mitbekam. Um sich abzureagieren, begann er die Sitzfläche als Trampolin zu missbrauchen, sodass die nächsten Worte stoßweise kamen, immer wenn er mit den Füßen auftraf.

»Welche … Kunde … bringst … du … mir?«

Der Bote wollte gerade ansetzen, als Samael ihm mit einer Geste Einhalt gebot. Thoralf beugte sich so weit hinunter, wie es ihm möglich war.

118

Der Höllenfürst unterbrach das Herumgehopse und blickte den Boten stutzig an. Eine solch tiefe Demut hatte schon lange niemand mehr gezeigt. Und Demut war etwas, das der Fürst der Hölle zutiefst verabscheute. So machte Bestrafung keinen Spaß, wenn der Diener sich seinem Willen beugte. Der Höllenfürst war eindeutig ein Befürworter des Ungehorsams. Vielleicht konnte er Thoralf ja doch zu einer Dummheit überreden.

»Hm. Wenn mir nicht gefällt, was du zu sagen hast ... Welche Strafe steht denn heute darauf?«, überlegte er laut.

»Ha. Ich hab's! Erst tranchiere ich dich in dünne Scheiben. Danach lege ich sie auf der Rennbahn der Zyklopen aus.«

Thoralf bedauerte, dass er sich nicht in Luft auflösen konnte. Er hätte nicht gezögert. Es dem Fürsten der Hölle recht zu machen, grenzte an ein Ding der Unmöglichkeit. Der Gebieter fand immer einen Haken dem Boten das anzutun, was er angedroht hatte. Einen Grund benötigte der Höllenfürst nie. Das musste der Diener bereits mehrere Male am eigenen Leib erfahren.

Thoralf schluckte. Grüner Schleim floss aus einer offenen Stelle am Kopfansatz heraus und lief zäh die vernarbte Brust hinunter, bis er tropfend mit einem zischenden Geräusch auf dem Boden auftraf.

»Nun ...« Zisch. »Ich ...« Zisch. »Äh«, stammelte er, um kostbare Sekunden zu schinden, bevor er als Futter für Zyklopen enden würde. In mehrere Teile geschnitten, von den einäugigen Monstern verschlungen zu werden und in dessen Magen zu landen – wobei jeder wusste, dass Zyklopen unter Verdauungsstörungen litten –, nur um danach als irgendein widerwärtiger Matsch zu enden, war keine erstrebenswerte Aussicht, die Ewigkeit zu verbringen.

»Was?«, fauchte Samael ungehalten, dessen Stimme omnipräsent war, sodass Thoralf zusammenzuckte.

»Eine Seele.« Zisch. »Herr! Eine neue Seele«, schoss es aus ihm heraus, doch Samael schien weder überrascht noch erfreut.

»Ja, und?« Eine tiefe Falte zog sich quer über die Stirn des Höllenfürsten.

»Was ist mit der?« Noch immer auf dem Thron stehend, betrachtete er die Trauerränder der Fingernägel seiner rechten Hand.

»Herr. Ein unflätiger Junge, der nicht nur Tiere zu Tode quält.«

»Das ist doch nichts Besonderes«, schleuderte der Höllenfürst dem Boten entgegen. Samael stemmte die Hände in die Hüften. Sein Brustkorb begann anzuwachsen, als er tief die schwefelhaltige Luft einsog.

Thoralf streckte ihm die kräftige Hand entgegen, als Geste der Besänftigung. Dabei plumpste der Kopf auf seine Brust. Zisch.

»Nein, Meister! Bitte. Hört mich weiter an!« Sein Flehen konnte noch nicht einmal ein mitleidiges Lächeln in Samaels Miene hervorrufen.

»Er ist adoptiert worden. Von einer Seherin und einer Chimäre.«

Zwischenzeitig war Samaels Oberkörper auf die Größe eines Müllcontainers angewachsen, als er abrupt stoppte.

»Name?«

»Wendel, Meister!« Der kräftige Arm schnellte hoch, als der letzte Faden zu reißen drohte. Gerade noch hatte er es verhindern können, dass sein Kopf abriss, bevor der auf dem Pfad der Qualen zerplatzte.

»Dummbatz! Die Eltern! Ich will die Namen der Eltern

wissen«, knurrte Samael.

»Zalmona und Kaleb«, setzte Thoralf hastig hinterher.

»Du verarschst mich!« Samael stieg vom Thron. Auf seinem Huf hüpfte er die dreizehn Stufen hinunter, bis er vor dem Diener stand. Langsam umrundete er den Boten. Es klapperte, wenn der Huf auf dem Boden auftraf. Bei jedem seiner Schritte verwandelte sich die Beschaffenheit des Untergrunds unter dem linken behaarten Fuß in feinen Sand, der sich sofort wieder zu schneidenden Werkzeugen veränderte, wenn der Fuß abhob.

Thoralf versuchte, sich noch kleiner zu machen, doch mehr gab seine Gestalt nicht her.

»Sag mir, woher kenne ich diese Namen?« Mit Daumen und Zeigefinger strich er durch die schwarzen Bartstoppeln.

Thoralf blickte ihn von unten herauf an. Durch seine schmalen Sehschlitze war keine Höllenkreatur in der Lage, den Gemützustand ihres Herrschers zu deuten. Samael liebte dieses Spiel. Er ließ sein Gegenüber immer gern schmoren.

»Gebieter. Zalmona ist die Schwester von Nagual. Und Kaleb …« Weiter kam er nicht.

Von oben sauste ein Fallbeil herab, das den Kopf endgültig vom Rumpf trennte. Das Haupt rollte in den Graben, der Körper fiel mit einem schmatzenden Geräusch auf eine Speerspitze, die sich kurz zuvor aus dem Boden geschoben hatte.

»… ihr Partner«, beendete Samael den Satz.

Bevor der Kopf gänzlich in der Lava verging, wirbelte Samael mit dem Mittelfinger. Vor Magma triefend schwebte Thoralfs Kopf vor ihm. Rotes Muskelfleisch war anstelle der wenigen Haare und der faltigen Haut getreten, der Mund spiegelte die Pein wider, der Thoralf soeben ausgesetzt gewesen war.

»Hast du sonst noch jemandem davon erzählt?«

»Erzählt nicht, Meister« Thoralfs Stimme bestand nur noch aus heiserem Flüstern und blubbernden Tönen, während Lava aus dem Mundwinkel floss.

»Doch Azrael weiß ebenfalls davon. Er hat gerade das Buch des Lebens aufgeschlagen, als die Nachricht sich darin offenbarte. Von ihm habe ich die Information.«
Mit dem Handrücken schlug der Fürst der Hölle den Kopf weg.

»Da hast du ja noch einmal Glück gehabt, Thoralf. Ich werde gnädig mit dir sein, da ich an dieser Nachricht Gefallen gefunden habe.«
Sich genüsslich die Hände reibend, schritt er die Stufen zum Blutthron empor.

 # Der Ausflug

Die ersten wärmenden Sonnenstrahlen trafen auf London, als Jessy sich auf den Weg in die Milkstreet machte. Sie wollte in den Pub gehen. Es war ihr erster Besuch in diesem Etablissement. Zumindest glaubte sie, dass sie noch nie eine Kneipe betreten hatte, da sie sich an ein Leben vor ihrem Schutzengeldasein nicht erinnern konnte. Bereits als sie um die Ecke bog, entdeckte sie das hölzerne Schild, in das in Großbuchstaben der Name ›Heaven's Gate‹ eingebrannt war.

»Hey! Du da!«, rief eine Stimme, doch Jessy schenkte ihr keine Aufmerksamkeit.

»Bist du schwerhörig?«, rief der Junge energischer, sodass Jessy sich nun doch umdrehte.
Wenige Meter hinter ihr stand Wendel. Sie hatte ihn gar nicht bemerkt. Sie deutete mit dem Zeigefinger auf sich selbst, da sie nicht glauben konnte, dass er sie gemeint hatte.

»Genau. Du. Mädchen.« Wendel ging auf sie zu, bis er vor ihr stand. Er war gewachsen und einige Zentimeter größer als sie. Eiskalte blaue Augen musterten sie argwöhnisch. Bevor Jessy ihrem Staunen Ausdruck verleihen konnte, rempelte er sie an.

»Verrate mir, weshalb du mir hinterherspionierst.«
Nun hatte sie Gewissheit. Er war in der Lage, sie zu sehen, obwohl sie das Cape nicht trug.

»Ich spioniere doch nicht«, erwiderte sie gespielt entrüstet.

»Dann stehst du wohl auf mich.« Wendel schien von dieser Idee überzeugt.

Die Locken schüttelnd wollte sie ihn von dieser lächerlichen Anspielung abbringen.

»Nein! Nicht doch!«, wehrte sie vehement mit den Händen ab.

Wendel machte einen weiteren Schritt auf sie zu, sodass die Guardian einen Schritt zurückweichen musste. Das wiederholte sich, bis ihr Rücken eine Hauswand berührte. Er stand noch immer dicht vor ihr. Zu allem Übel drückte er sie mit der Brust noch fester gegen die Wand. Als sie den Versuch startete auszuweichen, setzte er die linke Hand neben ihrem Kopf ab. Zu dieser Seite konnte sie nun nicht mehr weg. Sie drehte den Kopf nach links. Seine rechte Hand machte dasselbe wie die linke, nur diesmal auf der anderen Seite. Das Mädchen war gefangen. So konnte sie ihm nicht mehr entkommen.

»Was dann?« Er wartete auf eine Antwort, doch Jessy knabberte nur auf ihrer Unterlippe.

»Okay. Fangen wir mit etwas Leichterem an.« Noch immer machte er keine Anstalten, seine Umklammerung zu lösen.

»Wie heißt du?«

Der Druck auf ihren Körper verstärkte sich, und ihre Flügel unter der Bluse begannen zu schmerzen.

»Jessy«, kam es erstickt über ihre Lippen. Bisher hatte sie ihrem Schützling nahe sein wollen, doch diese Enge ertrug sie nicht. Zudem war die Guardian auf dieses Treffen nicht vorbereitet.

Die ganzen Jahre über hatten Zalmona und Kaleb es geschickt unterbunden, dass sie Kontakt zu ihm aufnahm. Nie hatte Jessy die Chance gehabt, sich direkt mit seinen gemeinen Kapriolen auseinanderzusetzen. Sie wusste um seine Verfehlungen. Er hatte einen miesen Charakter entwickelt, seit er sechs Jahre alt war. Die Eltern hatten ihn verzogen, da er von ihnen immer abgeschirmt, beschützt und verteidigt wurde, wenn er mal etwas kaputt gemacht hatte. Sie hätte gern früher damit begonnen, ihn von diesen Schandtaten abzuhalten. Nun rannte die Zeit davon. Wendel wurde langsam erwachsen. Ein schwieriges Unterfangen, ihn nach der Pubertät noch zu beeinflussen, denn nicht mehr lange und der Junge würde ohne seine Eltern zurechtkommen. Ab diesem Zeitpunkt hatten Schutzengel nur noch wenig zu melden, doch viel mehr Verantwortung. Mit der Volljährigkeit wäre Wendel nur noch ein junger Mann, den man vor dem größten Übel bewahren musste, da er viel mehr nicht zulassen würde. Erwachsene waren so unvorsichtig. Wie sorglos sie mit sich und ihren Mitmenschen umgingen, wurde den Guardians in der Akademie beigebracht. Die Statistik zeigte eine alarmierend ansteigende Kurve.

»Jessy also. Na bitte. Wenigstens hat es dir nicht komplett die Sprache verschlagen.«
Noch immer hielt er sie zwischen sich und der Wand eingezwängt wie in einem Schraubstock.

»Lass mich frei«, bat Jessy.
Wendel machte keine Anstalten, ihrer Bitte nachzukommen.

»Erst einmal erzählst du mir alles, was ich wissen will. Danach sehen wir weiter.« Ein aufgesetztes Lächeln, dessen Kälte Jessy einen Schauder den Rücken herunter jagte, überzog sein Gesicht.
Die Guardian begann sich zu winden, doch Wendel ließ nicht locker.

»Lass mich endlich frei!«

»Oder was?«, fiel Wendel ihr ins Wort.

»Du bist diejenige, die mich verfolgt! Dafür habe ich Zeugen. Ich kann ja die Gesetzeshüter rufen. Dann werden wir sehen, wer hier wem Glauben schenkt.«

Jessy erstarrte. Aufgrund ihrer Beobachtungen wusste sie, dass man eher Wendels erfundene Geschichte für richtig erachten würde als ihre. Zalmona würde schon dafür Sorge tragen, dass man ihrem Sohn kein Haar krümmte. Seine Eltern hielten immer zu ihm. Zudem waren Zalmona und Kaleb ebenfalls in der Lage, sie zu sehen. Der Schutzengel hatte versucht herauszufinden, wie das überhaupt möglich war, doch all ihre Ermittlungen verliefen ins Leere. Dieses Ehepaar hatte eindeutig ein Geheimnis, das sie sehr gut hüteten.

»Nun? Meine Geduld ist bald am Ende.« Fieberhaft überlegte die Guardian, was sie sagen sollte. Wendel schloss kurz die Augen.

»Du riechst gut«, holte er sie aus ihren Gedanken, während er ihren Geruch einsog. Unverwandt schnupperte er an ihr.

»Was ist das für ein Duft?«

Jessys Stirn legte sich in Falten.

»Jasmin«, entgegnete sie, verwirrt über diesen abrupten Themenwechsel.

Bisher hatte Wendel nur den strengeren Geruch seiner Eltern, den er eher als unangenehm erachtete, gekannt. Dieses Mädchen hingegen roch lieblich.

»Jasmin?«, wiederholte er, da er diesen Duft nicht kannte.

»Das ist eine Blume. Sie blüht viel auf Feldern«, erklärte Jessy.

»Dann bist du also ein Wildfang!« Wendel presste seinen Körper wieder fester gegen ihren.

Eine Träne kullerte über ihre Wange.

»Oh, hat das kleine Mädchen etwa Angst? Vor mir?« Sein Ton nahm eine Sanftheit an, wie sie unter frisch

Verliebten üblich war.

»Aber ich tu dir doch gar nichts.« Er wischte ihr die Träne mit dem Zeigefinger weg. Genüsslich leckte er ihn ab.

Verwirrt riss Jessy die Augen auf.

Was ist nur mit diesem Jungen los? So verhält sich doch kein Menschenkind! Die anderen Schutzengel haben nie von solchen Verhaltensweisen ihrer Schützlinge erzählt.

»Zumindest jetzt noch nicht«, raunte er ihr ins Ohr.

Verdutzt öffnete Jessy den Mund. Es kitzelte, sodass sie den Kopf leicht abknickte. Das Kitzeln war unangenehm – wie die Lage, in der sie sich befand.

»Bitte. Lass mich los. Ich werde dir auch nicht mehr folgen ...« Sie hatte den Satz noch nicht beendet, da packte Wendel ihren Arm.

»Du kommst mit mir.« Unsanft riss er den Schutzengel mit sich.

»Aua. Das tut weh!« Die Guardian versuchte, sich loszureißen, doch der Junge hatte mehr Kraft, als man ihm ansah. In den letzten beiden Jahren hatte er die nötigen Grundlagen erworben: Stärke in den Oberarmen sowie lange Beine, mit denen er schnell laufen konnte.

Der Schutzengel hatte große Mühe, mit ihm Schritt zu halten.

»Wo bringst du mich hin?«, jammerte sie in einem fort.

»Dorthin, wo wir reden können. Und zwar ungestört.«

Jessy hatte ein ungutes Gefühl.

 # Vorbereitungen

Nichts hielt ihn mehr auf dem Blutthron. Die Neugierde hatte ihn vollends im Griff. Es war ein Name gefallen, der ihm die Magensäure aufsteigen ließ.

Nagual.

Seine ehemalige Geliebte, die ihn, den Fürsten der Hölle, hintergangen hatte. Sie hatte mit ihm gespielt, dabei sollte es doch umgekehrt sein. Bevor er sich an ihr hatte rächen können, war sie spurlos verschwunden, nur um ein paar hundert Jahre später wieder aufzutauchen und nebenbei einen Erzengel zu Fall zu bringen, der ihm direkt in die Arme flog. Sollte das einer Entschuldigung gleichkommen? Weder wollte, noch konnte Samael ihr vergeben, noch nicht einmal verzeihen. Diese Worte kamen im Vokabular eines Dämons nicht vor. Doch er musste neidvoll anerkennen, dass ihm gefiel, was sie getan hatte. Und das gleich in zweifacher Weise. Neben dem Vorteil, einen gefallenen Engel in der Hölle zu beherbergen, brachte sie ihm auf diesem Weg ihre Seele näher, obwohl das weniger in Naguals Absicht lag. Davon war er überzeugt. Mit einer Seele wie der ihren würde er zu einer Macht gelangen, die ihm sogar den Weg in den Himmel bereiten könnte.

Der verwahrloste Bungalow mit drei Zimmern lag auf einem einsamen Bergkamm, dessen Gipfel nicht viel höher war als der eines Hügels. Kein Berg im gesamten Höllenreich erreichte auch nur annähernd die imposante Höhe des Berges, in den der Palast des Höllenfürsten eingehauen war.

Der Hügel bestand überwiegend aus Körperteilen, die sich unentwegt bewegten, sodass nicht nur die Wände des Bungalows in Schieflage gerieten. Da es in der Hölle nie regnete, war es kaum von Bedeutung, dass die Behausung diverse Löcher aufwies. Die Wände und das Dach einzig dafür angelegt, um den bestialischen Gestank vom Innenraum fernzuhalten. Dennoch roch es konstant nach verfaulten Eiern.

»Weshalb hast du es mir nicht selbst gesagt?« Samael benötigte weder einen Schlüssel, noch musste er anklopfen, um in das Innere der bemitleidenswerten Behausung zu gelangen. Sie befanden sich in seinem Reich — alles, was es hier gab, musste sich ihm unterwerfen.
Eine Weile beobachtete er, wie der Dunkle Engel auf einer halb verrotteten Sitzbank aus Rosenholz hockte. Die mächtigen schwarzen Flügel ausgebreitet, verharrte sein Blick starr auf dem aufgeschlagenen Buch vor ihm. Daneben lag eine Liste aus Leinen mit Namen darauf. Einige Namen verblassten, während neue wie mit Zaubertinte geschrieben, sichtbar wurden. Diejenigen, die auf die richterliche Entscheidung warteten, ob ihre Seele Einzug in die Hölle oder ins Himmelreich halten durfte, pulsierten. In der Hand hielt der Engel eine Pfauenfeder. Aus der Spitze tropfte Blut. Die Seelen derjenigen, deren Namen er mit der Feder durchstrich, wanderten unabdingbar in die Hölle, die anderen, die mit einem Haken versehen wurden, erwartete die Ewigkeit mit Lobpreisung und Gesang. Das Buch der Seelen veränderte sich kontinuierlich.
Der Höllenfürst war von Natur aus ein ungeduldiger Geselle, doch bei dem Dunklen Engel hielt er sich zurück. Immer wieder reagierte Samael sich bei anderen Höllenkreaturen ab, sollte Azrael mal wieder nicht nach seiner Pfeife getanzt haben. Dass er sich zusammenriss — und das

auch noch für einen Erzengel, ob gefallen oder nicht – spiegelte deren besondere Beziehung wider. Engel waren in der Hölle weder willkommen, noch geduldet. Ihre Reinheit verseuchte die verkommenen Seelen, was so weit reichen konnte, dass die Kreaturen begannen, Reue zu empfinden. Das konnte der Fürst der Hölle nicht zulassen.

Der Dunkle Engel war die sprichwörtliche Ausnahme. Als Herr über die Seelen hatte er einen Sonderstatus bei Samael, sorgte er doch regelmäßig für Nachschub.

Nicht immer landete eine Seele ordnungsgemäß dort, wo er sie hinschickte.

Dafür zeigte sich Lilith, Samaels Gefährtin, verantwortlich, die den Höllenfürst tatkräftig unterstützte. Die beiden waren ein eingespieltes Team. Dafür durfte die Höllenfürstin als erste ihren Spaß mit den Neuan-kömmlingen haben. Es gehörte zum guten Ton, dass Lilith dem Dunklen Engel die Irre-führungen der neuen Seele verschwieg. So stellten die beiden Dämonen sicher, dass die Anzahl der Höllen-kreaturen, die das Heer bilden sollten, um gegen die himmlische Macht zu bestehen, stetig anstieg. Ein Krieg zwischen Himmel und Hölle war unausweichlich.

Er schob das Stück Leinen zur Seite und drehte den Kopf, sodass sein wunderschönes Profil zum Vorschein kam: gerade Nase, nicht zu groß, auch nicht zu klein, hohe Wangenknochen, markantes Kinn, das alles wurde von schulterlangem blondem Haar unterstrichen, das er heute mal nicht zu einem Zopf gebunden hatte.

»Es gibt zu viel zu tun. Die Zeiten sind hart. Die Liste verändert sich kontinuierlich. Viele neue Namen, viele verblichene Namen.« Er stand auf und faltete die Schwin-gen zusammen, die sich augenblicklich in eine Tätowierung auf seinem Rücken verwandelten. Seinen V-förmigen Oberkörper, der in eine schmale Hüfte überging, zierte ein Sixpack. Das alles wurde von muskulösen Oberarmen eingerahmt, die weder überladen noch mickrig wirkten. Der Dunkle Engel ließ ein menschliches Frauenherz vor Freude zerspringen. Mit seinen langen Beinen maß er einen Meter neunzig. Ein Bild von einem Mann, mit traurigen blauen Augen. Nur Samael konnte Sentimentalität nichts anhaben. Er war immun dagegen.

»Das ist doch spitze. Viele meiner Kreaturen sind nur noch Schatten ihrer selbst«, gnarzte der Höllenfürst.

»Du solltest aufhören, sie für Experimente zu benutzen«, entgegnete Azrael ruhig.

»Ach komm schon! Das bisschen Folter ... Du kannst einem aber auch den ganzen Spaß verderben!« Er knuffte dem Engel mit der Faust in den Oberarm. Dazu musste der Dämon den Arm nach oben ausstrecken, da er gerade mal einen Meter zweiundfünfzig maß.

»Was mich zu meiner Frage zurückbringt: Wieso erfahre ich nicht von dir, dass es auf der Erde endlich mal wieder einen Leckerbissen gibt?« Mit schiefgelegtem Kopf, das linke Auge zugekniffen, wartete er auf die Antwort.

»Thoralf dachte, er hätte mit dieser Kunde bei dir ein Stein im Brett. Daher ließ ich ihm den Vortritt.«
Samael prustete los.

»Ein Stein im Brett!« Er hielt sich den Bauch vor Lachen.

»So kann man es auch nennen. Sein Körper dient nun als neuer Belag für meinen Pfad der Qual.«
Der Engel verzog keine Miene, als er Samael dabei zuschaute, wie der sich lachend auf den Boden warf und unentwegt dort herumpurzelte. Es dauerte eine Weile, bis der Höllenfürst sich wieder beruhigt hatte.

»Und sein Kopf?«, warf der Engel ein, nachdem Samaels Lachen in ein Grunzen übergegangen war.

»Gnä. Mal sehen. Weiß noch nicht, was ich damit machen werde. Immerhin hat er sich zuschulden kommen lassen, dass du nicht gekommen bist. Wie ich sehe, sind deine Flügel wieder vollends hergestellt …«

Der Dunkle Engel verschränkte die Arme vor der Brust.

»Das ist nicht dein Verdienst.«

»Natürlich nicht! Lilith bewahrt mich davor, etwas Gutes zu tun.« Er zog die Nase hoch und rotzte auf den Boden.

»Schließlich habe ich einen Ruf zu verlieren.«

»Was willst du tun?«, nahm der Engel das Thema wieder auf.

Samael warf sich rücklings auf das Sofa, das seine besten Zeiten weit hinter sich gebracht hatte, verschränkte die Hände hinter dem Kopf und schaute zufrieden das Loch über ihm in der Decke an.

»Tja, weißt du, Azrael, ich denke, ich mache einen Ausflug auf die Erde. Dieser Wendel scheint mir ein interessanter Junge zu sein. Ich will ihn näher kennenlernen.«

Die rechte Augenbraue des Dunklen Engels schnellte nach oben.

»Nur kennenlernen?«

Das sah dem Fürsten der Hölle nicht ähnlich. Es war kein Geheimnis, dass er sein Opfer sofort mit sich ins Unglück zog.

»Jaaaa.« Den Kopf zum Engel drehend, grinste er diabolisch.

»Noch ist er ein Junge. Ich denke, wenn er erst einige Jahre älter ist, werde ich so richtig Freude an ihm haben.«

Azrael schwieg.

»Was kannst du mir über seinen Schutzengel verraten? Was ist das für ein Typ? Viel scheint der ja nicht draufzuhaben, wenn ich mir überlege, was er bisher zustande gebracht hat.«

Der Dunkle Engel wandte sich dem Regal zu. Dort stapelten sich jede Menge Papyrusrollen, ähnlich denen, die Xenophon hatte. Es waren exakte Kopien, damit der Wächter der Seelen – wie Azrael auch genannt wurde – immer Bescheid wusste.

Mit Zeige- und Mittelfinger zog er eine einzelne Rolle gezielt aus einem Fach hervor. Er öffnete sie, studierte den Inhalt, schließlich schaute er auf, schwieg jedoch.

»Lies laut, Engel«, wurde er barsch vom Dämon aufgefordert.

»Hier muss ein Fehler vorliegen.« Er fuhr mit der Handfläche die Enden der Rolle entlang, als würde er auf eine Eingebung hoffen. Oder auf irgendetwas, was ihm sagte, dass er sich irrte. Dass die Rolle sich geirrt hatte. Doch der Inhalt veränderte sich nicht, selbst nach längerem Hinschauen.

So verstört hatte der Dämon den Engel noch nie erlebt. Er setzte sich auf, dabei legte er die Unterarme auf den Oberschenkeln ab. Mit dem Huf klopfte er auf den Boden.

»Ein Fehler?« Vielsagend nickte er im Rhythmus des Klopfens vor sich her.

»Welcher Fehler?«

Die Möglichkeit, dass der Oberen Ebene tatsächlich ein Irrtum unterlaufen sein sollte, ließ die Hörner des Dämons ein wenig aus dem dunklen Haar herauswachsen, die nun auch der Engel zu sehen bekam.

Azrael zögerte.

»Jetzt spuck es endlich aus.« Mit einem Satz war er beim Engel. Gleichzeitig hatte er dessen Körpergröße angenommen. Die Hand griff an Azraels Hals. Ohne Vorwarnung drückte er den Engel gegen die Wand.

»Was steht da?« Mit der Schulter stieß der Dunkle Engel gegen das Regal. An einigen Stellen bröckelte der Putz von der Wand. Durch die Erschütterungen landeten einige Rollen auf dem Boden.

Azrael wehrte sich nicht. Es hätte nichts genützt. Hier unten war Samael das mächtigste Wesen, genährt von der Bosheit, untermauert durch Intrigen.

Das strahlende Blau in den Augen des Erzengels begann zu schwinden. Ein untrügliches Zeichen, dass den Dunklen Engel die Kraft verließ. Um ihn nicht ganz zu verlieren und somit zu riskieren, dass der Engel eventuell wieder in den Himmel fuhr, ließ der Dämon von ihm ab.

»Also?« Samael hatte keine Lust mehr zu warten.

Azrael fuhr sich mit der Hand über den Hals, bevor er antwortete.

»Hier steht, dass er einen weiblichen Schutzengel hat. Doch das ist nicht möglich. Mädchen bekommen weibliche Guardians. Jungs hingegen ...«

»Ich weiß, einen männlichen. Ich kenne die Regel. War schließlich selbst mal dort oben. Schon vergessen?« Sein verbittertes Lächeln wich einem dämonischen, das sich langsam über das Gesicht des Höllenfürsten legte.

»Und dieser weibliche Schutzengel hat es so richtig verbockt, nicht wahr?« Der Gedanke erfreute ihn, sodass er wieder zu seiner eigentlichen Größe schrumpfte, während er im Zimmer herumhüpfte, als er ihm unvermittelt die Rolle entriss.

»Hey!« Azrael schnappte mit der Hand nach dem Papyrus, war jedoch nicht schnell genug.

»Vorsicht.«

»Ja. Ist schon klar, Engel.« Das letzte Wort spuckte er

voller Verachtung aus.

»Vorsicht ist mein zweiter Vorname.«

Azrael wusste, dass er dem nichts entgegensetzen konnte. Solange er sich auf dieses Spielchen einließ, würde ihm hier unten kein Leid geschehen. Zudem schützte ihn noch der Vertrag, den er unterschrieben hatte. Natürlich hatte sich der Dunkle Engel geweigert, dafür sein Blut zu benutzen. Die Hoffnung, eines Tages doch wieder im Himmel einkehren zu können, starb bekanntlich zuletzt. Es lag ihm fern, diese Aussicht mit einem blutgezeichneten Vertrag zunichtezumachen. Dennoch behielt er ein gewisses Maß an Vorsicht.

»Hm. Das könnte noch interessant werden.« Samael blickte ihm in die Augen.

»Hier steht, dass die Eltern verhindert haben, dass sein Schutzengel …« Er rotzte erneut auf den Boden, als Ausdruck seines Ekels.

»Wie heißt sie? Jesajah? Was ist das denn für ein Name? Na, egal. Also, die haben verhindert, dass diese J-e-s-a-j-a-h sich um Wendel kümmert. Und dieses«, er wollte das Wort ›Schutzengel‹ nicht noch einmal aussprechen, da es ihm immer sauer aufstieß, »Federvieh bekam kaum eine Chance. Wie geil ist das denn? Die ebnen ihrem Sohn direktemang den Weg in die Hölle!« Er klatschte erfreut in die Hände, während er vom Fuß auf die Hufe hüpfte.

»Das wird ja immer besser.« Plötzlich hielt er inne.

»Ein Junge, großgezogen von magischen Wesen, dazu noch Naguals Rückkehr …«, überlegte er laut.

»Was hast du vor?«, unterbrach ihn Azrael.

»Sagte ich doch bereits. Ich lasse ihn …« Weiter kam er nicht, da Azrael die Hand hob.

»Nein. Ich meinte, was hast du mit Jesajah vor?«

Der Dämon wirkte plötzlich konsterniert. Die Spitzen der

beiden Hörner begannen zu glühen. Noch nie war es ihm gelungen, einen Schutzengel in die Hölle zu bekommen. Hier war nun eine ganz neue Situation entstanden. Wenn er richtig lag, war die Obere Ebene in wildem Aufruhr. Ihnen war ein fataler Fehler unterlaufen. Eine weibliche Guardian, die sich um einen Jungen kümmern sollte – das konnte nie und nimmer gut gehen.

»Ich werde ein paar Vorbereitungen treffen.« Während er aus dem Zimmer ging, wuchsen seine beiden Hörner einen weiteren Zentimeter an. »… und den an die Erde gebundenen Dämon Asasel für meine Belange einspannen.«

Zufrieden rieb er sich die Hände.

Jessy war zur Bewegungslosigkeit verdammt. Wendel hatte sie an einen Stuhl gebunden. Die Erleichterung darüber, dass er ihre Flügel bisher nicht entdeckt hatte, konnte ihren Unmut nicht vertreiben.

Die beiden hatten einen Wettbewerb gestartet, wer wen am längsten anstarren konnte. Wer zuerst blinzelte, hatte verloren. So schwiegen sie sich seit einer Viertelstunde an.

»Du sagst mir endlich, was du von mir willst«, durchbrach Wendel die Ruhe.

»Erst, wenn du mich losbindest«, entgegnete Jessy trotzig.

Wendel stampfte auf sie zu. Er hob den Arm, um ihr eine Ohrfeige zu verpassen. Jessy kniff die Augen zu, vorbereitet, jeden Moment den Schmerz zu empfangen.

Als dieser auf sich warten ließ, öffnete sie vorsichtig erst ein Auge, dann das andere. Sie sah Wendel, der, idiotisch dreinschauend, die Hand vor sein Gesicht schob, sie dabei drehte, während er erst die Handfläche, dann den Handrücken betrachtete. Es patschte laut, als er sich selbst ins Gesicht schlug.

»Au!« Er rieb sich die Wange, um den pochenden Schmerz zu verscheuchen.

Jessy sagte nichts. Sie wartete erst einmal ab.

Erneut hob Wendel die Hand, um zum Schlag anzusetzen. Jessy zog den Kopf ein. Diesmal schloss sie die Augen nicht. Die Hand stoppte kurz vor ihrem Gesicht.

»Ist das Hexenwerk?« Er stellte sich hinter Jessy, der gerade der Allerwerteste auf Grundeis ging.

Ihr Körper begann zu zittern. Die widerspenstige Strähne

rutschte ins Auge, und pikste sie. Alles lief aus dem Ruder. So hatte sie das nicht gewollt. Wendel stand kurz davor herauszufinden, wer sie in Wirklichkeit war!

»Wer bist du? Sag es endlich!« In seinem Inneren begann es zu brodeln. Wie sollte er etwas aus diesem Mädchen herausbekommen, wenn er noch nicht einmal in der Lage war, ihr eine zu scheuern? Beide Versuche waren gescheitert.

Vielleicht ist sie ein magisches Wesen? Ähnlich wie mein Vater … verwandelt hat sie sich bisher nicht. Zumindest hat sie dies noch nie während meiner Anwesenheit getan. Ich muss nur herausfinden, was sie ist.
Fieberhaft überlegte Jessy, was sie tun sollte. Es war den Schutzengeln strengstens verboten, sich ihren Schützlingen zu offenbaren. Allerdings waren die meisten Menschen auch nicht so eigensinnig wie Wendel. Das hatte Jessy durch Gespräche mit anderen Guardians in der Zwischenzeit herausgefunden. Die weiblichen Schutzengel kamen mit den Mädchen bestens klar. Oftmals wurden sie richtige Freundinnen. Ebenso erging es den männlichen Schutzengeln, die regelrecht eine Kumpelhaftigkeit mit den Jungs an den Tag legten, die sogar bis ins hohe Menschenalter reichte.
Sie hatte sich nur Astara anvertraut. Als sie erfahren hatte, dass Jesajah einen Jungen betreute, drückte diese zuerst Unverständnis aus, das kurz danach in Neugierde umschlug. Es gab heftige Diskussionen. Gemischte Beziehungen zwischen Guardian und Mensch bedeuteten ein großes Risiko. Die Interessen unterschieden sich zu sehr, als dass diese Art von Beziehung von Dauer sein würde. Schließlich konnte man nie wissen, ob die Obere Ebene in der Lage sein würde, das Gleichgewicht so beizubehalten, da sie mit wichtigeren Dingen beschäftigt war. Astara

vermutete, dass Jesajah die erste Guardian war, die testen sollte, ob diese Verbindung eingegangen werden konnte. Jessy hielt es für klüger, ihr nicht zu verraten, dass diese Bindung auf einer Panne beruhte.

»Du bist eine Hexe!« Wendel riss die Augen auf. Vorsichtig wich er einige Schritte zurück.

»Nein!«, widersprach Jessy mit einer Heftigkeit, die Wendel eher in seiner Ansicht bestätigte.

»Beweis es!«

Ungläubig sah sie ihn an.

»Wie soll ich denn beweisen, dass ich keine Hexe bin?«

»Ist deine Mutter eine Zauberin?«

Jessy schüttelte den Kopf so heftig, dass ihre Locken durcheinanderwirbelten. Endlich war sie die widerspenstige Strähne los.

»Nein! Das ist Unsinn.«

»Dein Vater?« Die Art, wie er fragte, kam einer Inquisition gleich.

»Ich habe keine Eltern«, entgegnete sie betrübt.

»Woher willst du dann wissen, dass deine Eltern keine Hexen waren?«

»Weil ...« Sie stockte. Sie erinnerte sich weder an ihre Mutter, noch an ihren Vater. Hatte Wendel letztendlich recht?

»Was ist? Ich warte noch immer auf eine Antwort.«

»Wenn ich zaubern könnte, glaubst du, du könntest mich dann hier festhalten? Ich hätte mich längst befreit, du Dämel«, giftete sie.

Das saß.

Insgeheim stimmte er ihr zu, auch wenn er es nie zugeben würde. Wendel wirkte plötzlich sehr nachdenklich.

Jessy kam eine Idee. Vielleicht konnte sie ihre Herkunft doch noch verheimlichen.

»Deswegen habe ich dich beobachtet.«

Wendel blickte sie ungläubig an.

»Ich dachte, weil du adoptiert wurdest, könnte ich vielleicht …«

Er öffnete den Mund, brachte jedoch kein Wort über die Lippen.

Innerlich machte sich ein Gefühl des Triumphes in ihr breit. Sie war auf dem richtigen Weg, ihre Identität weiterhin zu verschleiern.

Ohne Vorwarnung erfüllte ein lautes Lachen den kleinen Raum. Es klang abschätzig, fast schon boshaft.

»Und du glaubst, meine Eltern würden dich ebenfalls adoptieren?«

Jessy presste die Lippen aufeinander, während sie leicht nickte.

»Es stimmt, was man sagt.« Er baute sich vor ihr auf.

»Ihr Mädchen seid dumm und einfältig.« Sein verachtungsvoller Blick traf sie wie eine Pfeilspitze in ihren Empathieknoten.

Die Erkenntnis war noch viel schlimmer. Dieses Menschenkind zu beschützen, hätte einen erfahreneren Guardian benötigt. Es glich einer Meisterleistung, die sie nur mit viel Mühe fertigbrachte, wenn sie es mal schaffte, an seinen Eltern vorbeizukommen.

»Machst du mich jetzt bitte los?« In ihren meerblauen Augen sammelten sich Tränen.

»Das erklärt noch immer nicht, weshalb ich dich nicht schlagen kann.«

»Vielleicht, weil du mich magst? Ein klitzekleines Bisschen?«, kokettierte sie, während Hoffnung die Traurigkeit in ihrem Gesicht vertrieb.

»Ich weiß nicht«, entgegnete er zögerlich, während er sie einmal umrundete.

Abrupt hielt er in der Bewegung inne. Er glaubte, etwas im Augenwinkel gesehen zu haben. Etwas, das sich auf ihrem Rücken befand und sich kurz bewegt hatte. Wendel runzelte die Stirn.

Ohne Vorwarnung packte er sie am Nacken. Er ging nicht zimperlich mit Jessy um, als er ihren Oberkörper nach vorn drückte. Das Seil verhinderte, dass Wendel genug Spielraum zwischen der Rückenlehne und Jessy bekam. Die Guardian ächzte, als das Tau sich in ihre Brust vergraben wollte. Gleichzeitig stieß Wendel einen Fluch aus. Er musste seinen Wissensdurst stillen, herausfinden, ob er sich getäuscht hatte. Ohne Vorwarnung befreite er Jessy von den Fesseln und gab ihr einen Stoß, sodass sie auf die Knie fiel. Sofort war Wendel über ihr und erstarrte. Unter ihrer Bluse bewegte sich etwas.

»Du bist eine Missgeburt!« Anfangs entsetzt, erholte er sich schnell wieder von dem Schrecken. Die Gedanken überschlugen sich.

Sie hat keine Eltern, ist ganz allein. Ich könnte meine Studien an einem menschlichen Objekt ausprobieren. Und niemand würde nach ihr suchen. Die Idee gefiel ihm.

»Das bin ich nicht«, protestierte sie. Sie versuchte, sich umzudrehen, doch ihr Oberkörper wurde von seinen Unterschenkeln eingeklemmt. Unter seinem höhnischen Gelächter versuchte Jessy, sich von ihm wegzustemmen. Jessy keuchte unter der Anstrengung. Als sein Schutzengel durfte sie weder Gewalt noch einen Spruch zur Dämonenabwehr anwenden. Zudem war Wendel kein Dämon. Zumindest bis jetzt noch nicht. Ohne ihre Hilfe könnte es sich für Wendel allerdings ändern. Er war ihr erster Auftrag. Jessy wollte alles unternehmen, damit es für ihren Schützling am Ende seines Lebens nicht in einer Katastrophe endete.

141

Schließlich gab sie auf.

Das Lachen verstummte.

»Zeig mir, was das auf deinem Rücken ist.«

»Vermutlich wirst du keine Ruhe geben, bis du bekommen hast, was du willst.«

»Da hast du verdammt noch mal recht.«

Bei dem Wort ›verdammt‹ zuckte Jessy zusammen.

»Ist ja schon gut.« Sie sah keine andere Lösung. Allein gegen diesen Jungen konnte sie nicht bestehen. Er war zu impulsiv, hatte sich nicht unter Kontrolle.

»Ich zeige es dir. Aber hör mit dem Fluchen auf!« Sie spürte, wie der Druck an ihren Rippen nachließ. Schnell setzte sie sich auf den Hintern und rutschte von Wendel weg, bis sie einen Pfahl in ihrem Rücken spürte. Es war das erste Mal, dass Jessy nach oben blickte.

Sie befanden sich in einer Kate. In der Decke steckten riesige Haken. Normalerweise wurden daran Lebensmittel wie Schinken zum Trocknen aufgehängt, um sie vor Mäusen zu schützen. An einem Haken baumelte eine Öllampe, die das Licht spendete. An drei weiteren hing jeweils ein Käfig. Zwei kleinere sowie ein großer mit Metallverstrebungen und Holzboden. Ein Stück Fell hing aus einem der kleineren Käfige herunter. Nachdem sie es länger betrachtet hatte, erkannte sie, was es war: Der rote Schwanz gehörte zu einem Fuchs. Nur bewegte sich in dem Käfig nichts, noch waren Geräusche darin zu vernehmen.

»Der Reineke lebt nicht mehr.« Wendel schien das tote Tier nicht im Geringsten zu interessieren.

»Hast du …?« Jessy wagte es nicht, den Satz zu beenden.

»Ja.«

»Warum?«

»Weil es Spaß macht.«

Der Schutzengel stand kurz vor einem Schockzustand. Das war viel besorgniserregender, als sie angenommen hatte. Wie sollte sie mit diesen Jungen umgehen, der Spaß daran hatte, Tiere umzubringen?

»Nein, nein. Nein! Nein, Wendel!«, rief sie immer und immer wieder, doch der Junge hatte keine Ahnung, was in Jessy vorging.

Ohne eine Miene zu verziehen, stand er in der Mitte der Kate und beobachtete das Mädchen, das nun wie eine Irre im Kreis lief. Dabei raufte sie sich unentwegt die blonden Locken.

»Was hast du dir dabei gedacht?« Anklagend stand sie nun vor ihm, während sie in seine kalten Augen blickte.

»Du bist nicht meine Mutter.« Wendel schubste Jessy grob von sich weg.

»Ich bin dir keine Rechenschaft schuldig.«

»Aber deiner Mutter etwa?«

Zuerst begannen seine Nasenflügel zu beben. Dann folgte die Oberlippe, die, gemeinsam mit seiner Halsschlagader, rhythmisch zuckte. Es dauerte nicht lange, bis ein dunkles Rot sich von den Ohren her über Wendels Gesicht zog, während er die Fäuste ballte.

»Du. Wirst. Meiner. Mutter. Kein. Sterbenswörtchen. Darüber. Erzählen«, entgegnete er mit vor Wut verzerrter Stimme.

Jessy ahnte Fürchterliches. Sie nahm die Beine in die Hand, rannte los, doch die Tür hatte einen Riegel, den sie erst entfernen musste. Sie spürte, wie Wendel sie am Stoff packte und zurückkriss, dann seinen Arm um ihren Hals legte. Im Schwitzkasten zerrte er sie in die Mitte der Kate zurück.

»Was hast du vor?« Ihre Stimme kam nur krächzend.

»Das wirst du gleich merken.«

Jessy wusste nicht, wie ihr geschah. Er packte sie an den Locken. Immer wieder wirbelte er sie hin und her. Jessy weinte, versuchte, sich zu wehren, doch Wendel war viel stärker als sie. Plötzlich schien sich der Boden unter ihren Füßen aufzulösen. Sie hörte ein Quietschen wie bei einer rostigen Tür, die geöffnet wurde, dann folgte ein Schlag gegen ihre Schläfe. Das überraschte sie, da Menschen es nicht fertigbringen konnten, ihrem Schutzengel etwas anzutun. Noch etwas benommen, schüttelte sie den Kopf. Dann begriff sie: Wendel hatte sie in einen der Käfige geworfen. Dabei war sie mit der Schläfe gegen die Stange gestoßen. Als sie ein Klicken hörte, war es zu spät.

Schluchzend raffte sie sich auf die Knie, ihre Hände umfassten die Gitterstangen.

»Lass mich raus! Bitte! Wendel!«, rief sie ihm hinterher.

Es wurde dunkel in der Kate, als Wendel die Tür von außen zuzog. Das Klicken eines Schlosses ertönte, die Tür war verschlossen.

Lageplanbesprechung

Die Kunde verbreitete sich wie ein Lauffeuer.

Anthriel saß lässig auf dem Stuhl, die nackten Füße, die in einfachen Ledersandalen steckten, auf dem Schreibtisch abgelegt.

Seraphiels Sessel war leer. Stattdessen schwebte die blaue Kugel unruhig durch den Raum.

»Weshalb hast du es nicht verhindert, Anthriel?« Seraphiel schien aufgebracht.

»Etwa ganz allein?« Anthriel ließ sich von Seraphiels Erregung nicht aus der Ruhe bringen.

»Wie stellst du dir das denn vor? Ich kann nicht an mehreren Orten zur selben Zeit sein. Falls du es noch nicht bemerkt hast, das Exil geht allmählich vor die Hunde.« Der Engel der Harmonie zuckte behäbig mit den Achseln.

»Die Balance … Ey Alter, das musst du dir mal reinziehen, die ist tooootaaaal aus dem Gleichgewicht«, leierte er, als hätte er gerade einen tiefen Zug aus der Opiumpfeife genommen.

Xenophon betrat den Raum. Umgehend nahm die Lichtkugel ihre menschliche Gestalt an, dabei ließ sie sich in den Sessel plumpsen. Bevor der Chronist eine Silbe zur Begrüßung sagen konnte, hatte Seraphiel das Wort ergriffen.

»Was nun, Xenophon?« Es hielt ihn nicht auf dem Sessel. Die gegebenen Umstände, all das Chaos ließ ihn aufspringen.

»Sagtest du nicht, Jesajah sei etwas Besonderes? Sie würde es schaffen? Ich kann keine Erzengel dafür ab-stellen, die Guardians zu beaufsichtigen. Den Schutzengeln wurde alles beigebracht, damit sie im Exil nicht auffallen. Nur wenn sie unsichtbar bleiben, sind sie in der Lage, ihre Aufgabe auszuführen. Sie bekommen von uns ein Dach über dem Kopf, zude eine goldene Boni-Karte. Nach getaner Plicht können sie sich mit ihresgleichen im ›Heaven's Gate‹ amüsieren. Das sollte doch wohl ausreichen. Nur die Guardian Jesajah – für sie scheint das alles nicht zu gelten. Was hat sie sich dabei gedacht, sich von ihrem Schützling wie ein Vogel in einen Käfig sperren zu lassen?«

Xenophon wirkte bedrückt. Er hätte sich gern ein besseres Dasein für Jesajah gewünscht. Doch die Guardian handelte immer aus dem Bauch heraus. Erst wenn es zu spät war, setzte sie auch ihre Intelligenz ein. Wie gern hätte er Seraphiel widersprochen. Ihm vorgehalten, dass man sich während ihrer Ausbildung zu wenig um Jesajah gekümmert hatte. Sie hätte mehr Zeit benötigt. Doch einen der höchsten Erzengel zurechtzuweisen, stand ihm nicht zu. Der Chronist wagte es nicht, sich die Folgen auszumalen. Möglich, dass man ihn nicht mehr mit der Aufgabe betraute, Jesajahs Geschichte schreiben zu dürfen – oder, noch verheerender, man könnte ihm so mir nichts, dir nichts das Licht ausblasen. Seine Zeit auf der Oberen Ebene beenden, einfach mit einem Fingerschnippen.

»Jesajah tut alles, was notwendig ist, um Wendel vor dem Schlimmsten zu bewahren. Er ist nun mal ein Junge und …«

Seraphiel schnitt ihm das Wort ab.

»Ich habe es wiederholt gesagt.« Der Erzengel stützte sich mit den Fäusten auf dem Schreibtisch ab und beugte sich vor, um Xenophon genauer ins Visier zu nehmen.

»Ein weiblicher Schutzengel, der sich um einen Jungen kümmern soll! Das konnte nicht gutgehen. Das wusste ich von Beginn an«, setzte er seine Tirade fort.

»Ey, Alter. Nun mal gaaanz ruhig. Diese miesen Schwingungen, die du hier verbreitest, ey, die sind echt ungesund«, blubberte Anthriel.

Seraphiels Kopf schwang herum.

»Nimm gefälligst deine Füße von meinem Schreibtisch.« Schon lange war Seraphiel nicht mehr laut geworden, doch heute schien der Unmut ihn geradewegs gepackt zu haben.

»Wie soll ich das vor IHM rechtfertigen? Kannst du mir das bitte erklären, Xenophon?« Wie ein nasser Sack plumpste er zurück in den Sessel. Die Verzweiflung war ihm anzumerken, als er die Stirn auf den Händen abstützte.

»Das ist ein Skandal. Diese Schmach wird lange an mir haften bleiben, weil ich so dumm war und auf euch gehört habe.«

Anthriel und Xenophon tauschten einen verständnislosen Blick.

Der Engel der Harmonie stand auf und umrundete den Schreibtisch.

»Kopf hoch, Kumpel.« Er legte die Hand auf Seraphiels Schulter.

»Das biegen wir schon wieder hin. Wir schicken einen Trupp, der Jesajah befreit.«

Der Erzengel schüttelte den Kopf.

»Das ist doch nur die Spitze ...« Er unterbrach sich selbst.

»... des Eisbergs«, beendete Xenophon.

»Dieser weibliche Guardian treibt mich in den Wahnsinn«, fuhr Seraphiel fort, ohne darauf einzugehen.

»Hey. Die miesen Impulse lassen dein schönes Licht ziemlich fade wirken. Unser gut aussehender Erzengel braucht 'ne Pause. Entspann dich mal, Alter.« Die Worte sollten Seraphiel beruhigen, brachten den Erzengel jedoch noch mehr auf.

»Pause?« Seraphiel hob abrupt den Kopf.

»Sieht es so aus, als könnte ich mir eine Auszeit leisten? Ich muss eine Armee zusammenstellen, damit wir für einen zukünftigen Kampf gegen die Hölle gewappnet sind!«

»Ich kann Anthriel nur beipflichten. Du solltest wieder runterkommen, Seraphiel.« Xenophon versuchte ebenfalls, ruhig zu bleiben.

»Wir werden uns eine Lösung überlegen, wie wir den großen Kampf für uns entscheiden und Jesajah helfen können. Übrigens, ich finde die Idee geschmeidig, einen kleinen Trupp zu schicken, der Jesajah aus der Klemme holt.«

»Ja, Mann. Und wir sollten uns nicht zuuuu lange Zeit lassen.«

»Sie ist eine Guardian! Die sind dazu da, sich zu opfern. Danach erhalten sie eine Genesungsdusche, damit sie ihre Arbeit erneut aufnehmen können. So steht es in ihrer Jobbeschreibung. Es wird keinen Rettungstrupp geben.«

»Wenn du meinst«, murmelte Anthriel.

»Ey, Alter. Da fällt mir ein, Samael scheint ebenfalls Wind von ihrem Schützling bekommen zu haben.«
Diese eher beiläufige Bemerkung hatte den Effekt, dass sich ein Sturm im Zimmer zusammenbraute. Ohne Vorwarnung sprang Seraphiel vom Sessel auf.

»Der Fürst der Hölle weiß Bescheid?« Seine bläuliche Färbung wurde so blass, dass sie fast weiß war.

»Was für ein Desaster!« Er schlug die Hände über dem Kopf zusammen.

»Kumpel! Wenn du dich nicht langsam mal entspannst, werden wir kaum vorankommen. Du drehst dich nur im Kreis. Wenn dir dann auch noch übel wird ...«

»Anthriel«, wurde er von Xenophon unterbrochen, damit die Debatte nicht eskalierte.

»Wir brauchen deine Unterstützung. Kannst du uns helfen, das Gleichgewicht wiederherzustellen?«

Anthriel fehlte die Sprache. Bisher war er nie wirklich ernstgenommen worden. Nun bat man ihn um Hilfe. Sein Zeigefinger begann imaginäre Worte in die Luft zu schreiben.

»Was tust du da, Anthriel?«, brachte der Erzengel, dessen Geduldsfaden kurz vor dem Zerreißen war, zähneknirschend hervor.

»Das ist 'ne Liste.«

»Eine Liste?«, stieß Xenophon überrascht aus.

»Na ja, keine Liste im eigentlichen Sinn. Doch es hilft mir beim Nachdenken«, erklärte er sein seltsames Verhalten.

»Immer, wenn ich mir die Dinge ausmale, verstehe ich sie besser. Versteht ihr?« Die anderen beiden schüttelten die Köpfe.

»Ist auch egal«, winkte er ab.

»Hauptsache, ich kapier's.« Er grinste wie ein Honigkuchenpferd.

Xenophon legte die Papyrusrolle zur Seite.

»Was schwebt dir vor?«

Anthriel nickte lächelnd vor sich hin.

»Hast du eine Idee oder nicht?«, frotzelte Seraphiel.

»Na klar doch. Ich frage mal Samael …« Weiter kam er nicht.

»Das wirst du nicht tun!« Seraphiel war außer sich. Es ploppte, als er sich unvermittelt in eine Lichtkugel verwandelte. Er schien dem ewigen Druck nicht gewachsen zu sein.

»Wenn er davon erfährt, ist die Obere Ebene in

Gefahr.«

Anthriel zuckte mit den Schultern.

»Extreme Situationen erfordern einen außerordentlichen Einsatz.«

»Ich denke da wie Seraphiel. Den Fürsten der Hölle dürfen wir unter keinen Umständen um Unterstützung bitten. Das verstößt zudem gegen das Protokoll.«

Der Engel der Harmonie hob beide Arme. Seine Perlenketten schlugen aneinander, dabei gaben sie ein hölzernes Klackern von sich.

»Wenn ihr meint ... In Ordnung. Ich geh zurück ins Exil. Dort höre ich mich mal um. Vielleicht gibt es doch noch einen anderen Weg.« Er wandte sich zum Gehen, als Seraphiel ihm nachrief.

»Aber die Hölle wird nicht involviert.«

Anthriel blieb stehen, dabei schaute über die Schulter zu Seraphiel.

»Jesajah kann ihrem Schützling im Moment keinen Beistand leisten, weil sie in einem Käfig steckt. Sie befindet sich bereits in der Hölle.« Sein sonst gemächlicher Ausdruck wurde schlagartig ernst.

»Du solltest deine Prioritäten überdenken.« Kopfschüttelnd verließ er das Zimmer.

»Deine Schutzengel machen 'nen Mörderjob. Das solltest du nie unterschätzen.«

»Was meinte er denn mit ‚Mörderjob'? Kannst du mir das erklären, Xenophon?«

Der Chronist zuckte nur mit den Achseln.

 # *Das Verhör*

Jessy wusste nicht, wie lange sie bereits eingesperrt in dem Käfig verweilte. Ein paar Stunden? Einen Tag? Mehrere Tage oder gar Wochen? Die Dunkelheit machte ihr zu schaffen. Sie hatte kaum noch Kraft. Erschöpft lag sie auf dem Bauch, hoffend, dass Wendel jeden Augenblick zurückkommen würde. Bei jeder kleinsten Bewegung überfluteten Schmerzwellen ihren Körper, lähmten sie. Unter ihrer Bluse hatten sich die Flügel ausgebreitet, sodass sie über ihren Rücken schlaff herunterhingen.

Die Tür öffnete sich, dabei traf ein Lichtstrahl auf ihre Hand. Wie beim Anblick des ersten Sonnenstrahls nach einem grauen Nebel wurde sie von einem Gefühl überwältigt, das sie zunächst nicht einordnen konnte. Auf ihrer Haut begann es zu kribbeln, als würden tausend Ameisen darüber laufen. Jessy fühlte ein wenig Energie durch ihren Unterarm hauffließen. Sie knickte die Fingerspitzen nach oben, um noch mehr von der Kraft aufzunehmen. Das Wohlgefühl verschwand, als die Tür ins Schloss fiel. Schritte folgten. Sie war nicht in der Lage, etwas zu erkennen, da ihre Lockenpracht ihr die Sicht verwehrte. Kraftlos seufzte der Schutzengel. Es ärgerte sie, dass sie nicht den Kopf drehen konnte, um zu sehen, wer soeben die Kate betreten hatte.

»Licht. Bitte. Ich brauche Sonnenlicht.« Ihre Stimme war kaum zu hören.

Schutzengel waren Lichtwesen. Sperrte man sie über einen längeren Zeitraum in einen dunklen Raum, gingen sie langsam daran zugrunde, ganz ähnlich wie es einem Menschen erging, der den Hungertod erlitt.

Jessy blinzelte, als der Schein einer Lampe sie traf. Wendel schwang die Laterne hin und her, um sie genauer betrachten zu können. Seine Hand glitt zwischen zwei Gitterstreben, um ihr die Haare aus dem Gesicht zu streichen.

»Ich habe dir etwas Wasser und Brot mitgebracht.« Er öffnete die Tür, schob einen Krug zusammen mit einem halben Laib Brot hinein, danach verschloss er den Käfig wieder. Er war neugierig. Angespannt wartete er darauf, was seine Gefangene jetzt machen würde.

Jessy rührte sich nicht.

»Da ist Wasser. Willst du nichts trinken?« Er schien verwundert. Jedes Wesen, das einen Tag keine Flüssigkeit zu sich genommen hatte, hätte sofort nach dem Krug gegriffen. Jessy war bereits seit drei Tagen hier. Dennoch, dieses Mädchen machte keine Anstalten, überhaupt etwas zu trinken. Er wischte sich mit dem Finger über die Augenbraue, während er überlegte.

»Fehlt dir was?« Seine schnodderige Frage entlockte Jessy nur ein kurzes Stöhnen.

Er umrundete den Käfig. Das Mädchen lag auf dem Bauch. Sie rührte sich nicht. Selbst ihre Atmung war kaum wahrnehmbar. Auch wenn es ihn reizte, so hatte er nicht vor sie umzubringen. Zumindest nicht zu diesem Zeitpunkt. Sie hatte niemanden. Also würde auch keiner nach ihr suchen. Er konnte sich Zeit nehmen. Bisher hatte er das nur mit Tieren getan. Sie gab ein gutes Studienobjekt, und ein perfektes Opfer für seine Gelüste ab. Er mochte es nicht, wenn ihm die Kontrolle entrissen wurde, wie es hier gerade der Fall war. Er konnte sich Jessys Verhalten nicht erklären. Vor wenigen Tagen strotzte sie noch vor Kraft und Gesundheit. Jetzt lag in dem Käfig nur noch ein Haufen Fleisch. Seine kalten Augen fixierten die Stelle, die ihm nun mehr als zuvor ins Auge stach. Unter dem Stoff bewegte sich etwas.

Es kam keiner Atembewegung gleich, das war gewiss. Langsam führte er die Hand durch die Gitterstäbe. Vorsichtig schob er die Haare zur Seite, damit er ungehindert den Stoff ihrer Bluse anheben konnte.

Jessy wollte protestieren, doch stattdessen kam nur ein Seufzer.

Wendel erschrak. Sein Herz setzte einen Schlag aus, als etwas Zartes über seinen Handrücken wischte. Er zwang sich dazu, die Hand nicht zurückzuziehen. Schweratmend schloss er die Augen. Erneut fegte etwas über seine Haut. Er nahm allen Mut zusammen und hob den Stoff an. Viel Spielraum hatte er nicht. Mit der Lampe leuchtete er die Stelle aus. Sein Atem stockte. So etwas hatte er noch nie gesehen!

Ihr linker Flügel zuckte wie der eines ölverschmierten Vogels, der hilflos am Strand lag. Wendel stieß einen Pfiff des Erstaunens aus. Sogleich zog er sich den Stuhl heran, um es sich darauf bequem zu machen. Nachdenklich lehnte er sich zurück, überlegte einen Moment, doch ihm wollte keine plausible Erklärung in den Sinn kommen für das, was er in dem Käfig gefangen hielt. Vögel hatte er bereits zu Genüge gesehen. Ein paar Hühner waren seinen Experimenten ebenfalls zum Opfer gefallen. Er hatte herausgefunden, dass die Flügel im Vergleich zum Körper um einiges größer sein mussten, damit ein Vogel in die Lüfte steigen konnte. Auch das Gewicht schien eine wichtige Rolle zu spielen. Jessy wirkte wie ein normales Mädchen. Sie wog so viel wie ein Mädchen. Doch welches normale Mädchen hatte Flügel? Und dann auch noch so kleine, die sich wohl kaum zum Fliegen eigneten?

»Was bist du?« Seine Frage war so laut und forsch, dass

Jessy versuchte, den Kopf zu heben. Noch hatte ihr Körper nicht ausreichend Lichtnahrung erhalten, daher schob sie eine Hand unter das Kinn. Mehr war nicht drin.

»Licht«, flehte sie leise.

»Du brauchst also Licht.« Wendel hob die Augenbrauen.

»Verstehe ich das richtig?«

»Ja«, hauchte sie.

»Und wenn ich dir Licht gebe, wirst du mir dann alles sagen, was ich wissen will?«

Sollte er sie weiterhin im Dunkeln lassen, würde das ihr Dasein als seine persönliche Guardian beenden. Jesajah würde sich auflösen und in den Himmel zurückkehren. Was danach geschehen würde, war unbekannt. Dies wäre ein Präzedenzfall. Bisher hatte noch nie ein Mensch seinen Schutzengel umgebracht. Ein Guardian opferte sich für den Schützling, was eine komplett andere Sache war.

Jessy saß tief in der Klemme. Ihr blieb keine andere Wahl, als zuzustimmen.

»Ja.«

Wendel nickte zufrieden. Mit wenigen Schritten hatte er die Tür erreicht. Kurz schaute er zum Käfig, dann öffnete er die Tür. Sofort strömte Licht hinein wohltuende Strahlen trafen auf ihren Körper. Jessy sog tief die Luft ein. Dasselbe machte sie mit dem hellen Licht.

Erleichterung breitete sich in ihr aus. Es bestand noch Hoffnung für Wendel. Nun hatte er ihre Flügel entdeckt. Das Versteckspiel war vorbei. Als sie wieder etwas Kraft geschöpft hatte, setzte sie sich auf, den Rücken gegen die Käfigstäbe gelehnt.

Wendel beobachtete sie dabei genauestens. Jede ihrer Bewegungen. Nichts sollte ihm entgehen. Als Jessy ihn anstarrte, schloss er die Tür.

»Nein! Bitte. Nur noch ein wenig mehr Licht!« Ihre Hand schoss durch den Zwischenraum der Gitter, als wollte sie den Strahl ergreifen, einfangen, dann in die Kate ziehen, damit sie das Licht für immer an ihre Brust pressen konnte. Sie wollte nicht mehr in diesem Käfig versauern. Sie musste raus! Den hellen Tag mit ausgestreckten Armen willkommen heißen. Man hatte sie auf der Akademie vor der Schwärze gewarnt, doch bisher hatte es keine Erfahrungsberichte gegeben, was genau mit einem Schutzengel geschah, sollte er der Dunkelheit zu lange ausgesetzt sein.

Wendel lehnte mit dem Rücken gegen die Tür.

»Zeit zu beichten, Jessy. Was ist das auf deinem Rücken?«

Der Schutzengel presste die Lippen aufeinander. Beichten? Sie hatte doch nichts verbrochen oder gar die Unwahrheit gesagt! Bevor sie auf die E.n.G.E.l. gekommen war, hatte sie schwören müssen, nie einem Menschen – und schon gar nicht ihrem Schützling – zu offenbaren, dass sie eine Guardian war. All ihre Hoffnung wurde mit einem Schlag ins Aus katapultiert. Menschen glaubten an die Existenz von Engeln. Doch wie würden sie reagieren, wenn ihnen wahrhaftig eines dieser himmlischen Wesen gegenüberstand?

»Du hast es doch gesehen. Was meinst du, was es sein könnte?« Es war ein kläglicher Versuch abzulenken, um Zeit zu schinden.

»Ich habe dich gefragt. Wenn du nicht antworten willst… gut. Ich gehe und komme vielleicht in einigen Tagen wieder. Mal sehen, wie es dir ergehen wird.« Er machte Anstalten, die Kate zu verlassen.

»Ich bin dein Schutzengel«, rief sie hastig.

Wendel hielt mitten in der Bewegung inne. Hatte er gerade

155

richtig gehört? Sie sollte ein Schutzengel sein? Nein, sie sagte, sie sei SEIN Schutzengel. Wendel runzelte die Stirn. Das Ganze wurde immer kurioser. Erst sein Vater, der ihm offenbarte, dass er ein magisches Wesen in Hundegestalt war. Seine Mutter, die in ihren Karten die Zukunft las, und nun ein Schutzengel. Ein breites Lächeln stahl sich über sein Gesicht. Was war er doch für ein Glückskind.

»Und was ist deine Aufgabe?« Gemächlich näherte er sich dem Käfig.

Jessy kniete sich hin. Mit den Händen hielt sie sich am Gitter fest, während sie in Wendels Augen schaute. Mühelos hielt er ihrem Blick stand.

»Meine Aufgabe ist es, auf dich achtzugeben.«

Wendel lachte einmal laut auf.

»Na. Das machst du ja hervorragend.«

Jessy senkte den Blick. Der Hohn in seiner Stimme machte ihr auf das Grausamste klar, dass sie versagt hatte.

»Ich habe noch nicht viel Erfahrung. Du bist mein erster Auftrag«, gestand sie und fühlte sich, als hätte sie gerade einen Frevel begangen.

»Wie willst du mich denn beschützen?«

»Denk zurück an die Explosion, die du mit deinem Streich verursacht hast!«, entgegnete sie hastig.

»Das war ich nicht«, erwiderte er trotzig und verschränkte die Arme vor der Brust.

»Dieser Streich hätte dich fast das Leben gekostet. Wenn ich nicht dagewesen wäre, dann …«

»Dann was? Wo bist du denn überhaupt gewesen?«, hakte er nach. Diese Geschichte begann interessant zu werden.

»Wenn du es wissen willst, in Ordnung. Ich erzähle es dir.« Jessy hatte genug von diesem Versteckspiel. Es war sinnlos, jetzt noch damit hinter dem Berg zu halten.

»Dein Streich mit der Schüssel Mehl über der Tür wäre fast nach hinten losgegangen. Wie bist du nur auf so eine Idee gekommen?« Resigniert schüttelte sie die Locken.

»Ich fand es sehr amüsant.«

»Amüsant? Der Mehlstaub hatte Feuer gefangen. Im Haus war es zu einer Explosion gekommen. Menschen wären fast gestorben. Wenn ich nicht gewesen wäre, hätte das Feuer dich erwischt und du wärst verbrannt.«

»Ach. Da bist du ins Spiel gekommen?« Man hörte seinem Tonfall an, dass er ihr keinen Glauben schenkte.

»Natürlich. Wer, denkst du wohl, hat den Eimer Wasser über dir ausgeschüttet?«

»Das war der Wasserträger, der gerade zwei Kübel ablieferte«, entgegnete er genervt. An die kalte Dusche erinnerte er sich nur zu gut.

»Ach ja?« Sie wartete, doch Wendel schmollte weiter.

»Glaubst du wirklich, der kleine Junge, von gerade mal sechs Jahren, hätte den Eimer direkt über dir ausgeschüttet, damit deine Kleidung kein Feuer fängt?« Wendel runzelte die Stirn. Die Erinnerung an den Tag kehrte lebhaft zurück. Dabei hatte er sie fast verdrängt, wollte es nur noch vergessen. Nach der Explosion beherrschte das Chaos die Straße, was verhinderte, dass er den Überblick behielt. Die Stichflamme hatte ihn fast erreicht, versengte einen Teil seiner Haare, nur die nasse Kleidung bewahrte ihn vor dem Schlimmsten. Jetzt, da sie ihn darauf aufmerksam machte, kam es ihm wirklich seltsam vor, dass ein so kleiner Junge in der Lage war, den schweren Eimer über ihn auszuschütten. Aber weshalb hatte er sie nicht gesehen? War das der Panik zuzuschreiben, die ihn ergriffen hatte, als die Stichflamme aus der Tür direkt auf ihn zuschoss?

»Weshalb habe ich dich dann nicht gesehen?«,

konterte er.

»Weil du zu sehr damit beschäftigt warst, dich nach der Dusche auf dem Boden herumzuwälzen.«

Auch für Jessy war dieser Einsatz nicht sehr glorreich verlaufen. Als sie sich den Eimer griff, sich damit in die Luft begab, um ihn über Wendel auszugießen, wurde ihr schlecht. Sie drehte sich in der Luft, der schwere Holzeimer stülpte sich über ihren Körper und fiel mit ihr auf den Boden, wo er sie unter sich begrub. Jessy wagte sich erst wieder darunter hervor, als sie hörte, wie jemand nach Eimer und Wasser rief, um den Brand zu löschen. Als eine Frau den Eimer anhob, verschwand sie sofort. Zu ihrem Glück trug sie an diesem Tag kein Sichtbarkeitscape, was sie hätte verraten können.

»Wenn ich nicht dort gewesen wäre … gütiger Gott! Ich habe auf dich aufgepasst, dir das Leben gerettet, Wendel!«, entgegnete sie in einem Tonfall, als würde ein begriffsstutziges Kind vor ihr stehen.

»Du bist noch nicht einmal in der Lage, auf dich selbst aufzupassen«, schnauzte er zurück.

»Schau dich an. Du steckst in einem Käfig.« Sein boshaftes Lachen erfüllte die Hütte.

Jessy ließ die Schultern sinken. Tränen kullerten ihre Wangen hinunter. Was war schiefgelaufen? Trotz aller Vorsicht konnte dieser Junge sie sehen, obwohl sie keinen Sichtbarkeitsumhang trug. Sogar physischer Kontakt war ihm möglich.

»Wenn ich das richtig verstehe, bist du kein Mensch.«

Jessy schüttelte ihre Locken.

»Lebst du oder bist du tot?«

Darauf hatte sie keine Antwort.

»Ich warte.«

»Das wissen wir Guardians selbst nicht«, seufzte sie.

»Auf der Akademie wurde uns nur erzählt, dass wir eine Ebene erreicht haben, die uns als Schutzengel ausweist. Wir können die Himmelsleiter erklimmen, doch dafür müssen wir unsere Aufgaben erfüllen.«

»Welche Aufgaben wären das?« Wendels Neugierde war geweckt. Vielleicht könnte er ja selbst ein Engel werden. Einer der fliegen könnte und ... In Gedanken schüttelte er den Kopf. Vielleicht war dieses Mädchen nicht nur eine Missgeburt. Möglich, dass sie auch noch verrückt war. Ein Mensch, der sich in einen Engel verwandelte. Das alles klang viel zu phantastisch. Der Fantasie eines Geschichtenerzählers entsprungen. Dennoch, ein Restzweifel blieb bestehen.

»Unsere Aufgabe ist es dafür zu sorgen, dass unserem Schützling kein Leid zugefügt wird.«

Wendel ließ die Luft aus der Lunge entweichen.

»Dürft ihr euch den Menschen aussuchen?«

Wieder schüttelte Jessy den Kopf.

»Das macht Eth für uns. Er teilt jedem Guardian seinen persönlichen Schützling zu. Wir haben kein Mitspracherecht, falls du das meinst.«

Darauf hatte er nun so gar keine Lust. Möglicherweise musste er auf ein Mädchen aufpassen, das er gar nicht leiden konnte. Das passte ihm nicht in den Kram. Er musste mehr darüber in Erfahrung bringen.

»So gar nicht? Was ist, wenn der Schützling eine Dumpfbacke ist?«

»Damit muss ein Guardian klarkommen. Es wird nie gesagt, dass die Aufgabe leicht sein würde. Manche von uns müssen härter arbeiten als die anderen.«

»Klingt ja wie das Leben hier«, sinnierte er, sichtlich darüber enttäuscht, dass es dort oben nicht anders zu sein schien.

Jessy seufzte.

»Ja. Da gebe ich dir recht.«

»Was warst du, bevor du ein Schutzengel wurdest?« Auf diese Antwort war er besonders gespannt, da sie ihm offenbaren würde, was getan werden musste, um überhaupt in den Himmel zu gelangen.

Jessy knabberte an ihrer Unterlippe.

»Uns werden alle Erinnerungen an das Leben genommen, damit wir uns ausschließlich auf die Aufgabe als Schutzengel konzentrieren.«

Das war nicht die Antwort, die er sich erhofft hatte. Ohne das Wissen an ihr vorheriges Leben war sie nicht in der Lage, ihm zu erzählen, welche Voraussetzungen ein Mensch erfüllen musste, damit er diese Chance erhielt. Dieser Sachverhalt machte ihn wütend. Es stellte sich heraus, dass Schutzengel nur dumme Soldaten waren, die gehorsam ihren Dienst leisteten, bis ihr sogenannter Schützling das Zeitliche segnete. Was danach geschah, davon hatte dieses Federvieh keinen blassen Schimmer.

»Kannst du sterben?«

Jessy zuckte mit den Achseln. *Was bezweckt er mit dieser Frage?*

Wendel grinste breit.

»Dann werden wir das mal herausfinden.« Er ging zur Tür.

Auf Knien rutschte Jessy zur anderen Seite des Käfigs. Ihre Hand griff durch die Gitter, wollte ihn aufhalten, doch ihre Finger fischten ins Leere.

»Nein. Wendel! Bitte, lass mich frei. Du brauchst mich!«

»Ich denke nicht. Bisher bin ich sehr gut ohne dich klargekommen. Um ehrlich zu sein, nervst du mich nur.«

Die Tür fiel ins Schloss.

Vor der Tür blieb Wendel stehen. Diese Geschichte klang zu absurd. Sollte dieses Mädchen ihm wirklich das Leben gerettet haben? Unsicherheit begann sich in ihm auszubreiten. Mit einer wegwerfenden Handbewegung verscheuchte er das Gefühl, dann rannte er los.

In der Dunkelheit hörte man Jessys Schluchzen.

Der Schutzengel-notrettungsdienst

»Hunderttausend Höllenhunde!«, feixte Samael.

»Dieser Bengel hat es faustdick hinter den Ohren.«
Ein diamantförmiger Fleck von der Größe eines Elefanten schimmerte an der Palastwand. Das diffuse Flimmern zeigte dem Höllenfürsten die Verfehlungen des Menschen, dessen Aussichten, nach dem Tod in die Obere Ebene zu gelangen, gegen Null sanken. Heute war ein Junge zu erkennen. Seine Gedanken spiegelten sich in kleineren Flecken wider, die sich über der gesamten Wand verteilten.

»Sieh mal, Lilith! Der Bengel hat nicht nur ein Haus in Brand gesetzt, den Bäcker dadurch fast das Zeitliche segnen lassen, jetzt will er auch noch einen Schutzengel umbringen.« Genüsslich rieb er sich die Hände.

In Nullkommanix stand die Gefährtin an seiner Seite. Als sie die Gedanken des Jungen verfolgte, verfinsterte sich ihre Miene.

»Pah! Da wird er aber ganz schön was zu tun haben, wenn er versucht, dieses Geflügel umzubringen. Die sind wie kleine Stehaufmännchen. Man denkt: ›Endlich bin ich dieses lästige Zeugs los‹, und - Schwups! - ist es wieder da. Dabei haben sie sich nicht verändert. Wie machen die das nur?« Sie schaute an sich herunter. Vor zweihundert Jahren war sie die attraktivste Frau in der Hölle gewesen. Langsam begann die Fassade zu bröckeln. Erste graue Strähnen zogen sich durch ihr rabenschwarzes Haar, das ihr bis zu den Kniekehlen reichte.

Während Samael die Zeit für seinen Alterungsprozess zum Stehen brachte, räumte er den anderen Höllenbewohnern das Privileg, Verbesserungen an sich vorzunehmen, nicht ein. Nur der Fürst der Hölle konnte ihnen diese Gunst erweisen. Es wäre für eine Höllenkreatur auch nicht angemessen, sich an Abmachungen zu halten. Fairness war verabscheuungswürdig und wurde nicht geduldet. Jede Kreatur, die auch nur einen Gedanken daran verschwendete, erhielt umgehend die Bestrafung. Schließlich war das der Grund, weshalb die meisten ihr Dasein hier unten fristeten. Im Gegensatz zu den Schutzengeln, die keinerlei Erinnerung an ihr irdisches Leben hatten, wurden die Höllenkreaturen konstant mit ihren Bosheiten konfrontiert, die sie anderen Menschen zugefügt hatten. Albträume begleiteten jeden Höllenbewohner für die Ewigkeit. Keiner entging seiner täglichen Strafe. Besonders extrem wurde es, wenn Samael sie selbst austeilte.

»Gebieter.« Sie schwänzelte honigsüß um ihn herum.

»Meinst du nicht, ich könnte mal wieder eine Auffrischungskur bekommen?« Mit den Fingern strich sie durch sein glattes Haar, kraulte ihm den Nacken, strich mit ihrem spitzen Fingernagel den Hals entlang, während der Fürst der Hölle genussvoll knurrte.

Samael drehte den Kopf. Püppchen waren ihm zuwider. Doch die Frauen an seiner Seite liebten es, sich ihm gegenüber als attraktive Höllenbraut zu präsentieren. Eitelkeit war eine Sünde, die ihm viele Seelen brachte, denen er jedoch nur wenig abgewinnen konnte. Er mochte Gespielinnen, die ein extrem verwerflicher Charakter zeichnete und die sich wenig um ihr Äußeres scherten. Dazu hatten sie Zeit ihres Lebens genügend Möglichkeiten genossen. Hier unten zählte nur er und was ihm gefiel. Bei Lilith machte er jedoch eine Ausnahme. Sie war so

163

abgrundtief verdorben, dass er ihrem Wunsch, begehrenswert und unwiderstehlich zu sein, hin und wieder nachkam. Wenn er dann mit ihr auf der Folterwiese spielte, schloss er immer die Augen. Dabei stellte er sich einfach eine andere Frau vor, der er es gerade so richtig besorgte. Keine andere Höllenbewohnerin reichte Lilith auch nur annähernd das Wasser. Sie war seine Favoritin. Zudem hatte sie viele Flausen im Kopf, die sie ungeniert ausprobierte, um ihren Fürsten auf Touren zu bringen.

Samael grinste diabolisch.

»Wie wäre es mit einer Schlammpackung?«

Der Schlamm für die Verschönerungskur bestand aus kontaminiertem Dreck, der die Haut verätzte. Mit etwas Glück blieben noch Muskeln und Knochen übrig. Wer sich dem unterzog, litt wochenlang Höllenqualen. Das Ergebnis konnte sich aber sehen lassen. Kurz danach wuchs junge, frische Haut nach, die keine Falten aufwies. Zumindest nicht für die kommenden dreizehn Jahre.

Die Vergänglichkeit der Schönheit kam jeder Frau wie die Hölle vor. Lilith hatte diese Prozedur bereits sechsmal über sich ergehen lassen. Sie war süchtig nach dieser Marter, da für sie nur die Schönheit zählte. Ein Teufelskreis, aus dem sie nicht mehr imstande war auszubrechen.

»Gern, mein Gebieter.« Sie senkte das Haupt als Zeichen ihrer unendlichen Dankbarkeit.

»Es ist alles vorbereitet.« Samaels Finger deutete zur Tür. Lilith ging darauf zu, als Azrael angeflogen kam.

»Weshalb nimmst du nicht den Pfad der Qual?«, blaffte Samael beleidigt.

Immer wieder wurde er von diesem Engel hintergangen, der ihn um sein Vergnügen brachte. Der Dämon liebte es, den Höllenbewohnern dabei zuzusehen, wie sie qualvoll litten, wenn sie den vielen teuflisch ausgetüftelten

164

Schikanen zum Opfer fielen. Sein gesamtes Trachten war darauf ausgelegt. Nur so ertrug er die Langeweile, die ihn seit Jahrhunderten immer mehr in Beschlag nahm. Das dumpfe Gefühl der inneren Leere war längst von übler Boshaftigkeit verdrängt worden.

»Ich denke, du kennst den Grund«, entgegnete der Dunkle Engel kühl.

»Hallo, Sünde«, begrüßte Lilith die gut aussehende Gestalt mit einem süffisanten Grinsen.

Azrael nickte nur, ohne ihr weiter Beachtung zu schenken.

»Ignorierst du mich, weil ich so hässlich bin?«, keifte sie gekränkt.

»Nein. Du bist hübsch. Doch du gehörst Samael. Ich werde diesen Fehler nicht noch einmal wiederholen«, entgegnete er in einem über jeden Zweifel erhabenen Ton. Sie schnaubte verächtlich.

»Ich bin dann mal weg. Und wenn ich zurückkomme, Engel, wirst du mich nicht mehr wiedererkennen.«

Nachdem sie durch die Tür verschwunden war, erfüllten ihre Schreie den Palast. Das Echo hallte so heftig, dass Azrael die Hände zu den Ohren führte, um nicht mitleiden zu müssen.

»Was passiert gerade?«, keuchte er, als Liliths ohrenbetäubendes Gekreische nach quälenden zehn Minuten langsam verebbte.

»Kennst du nicht das Sprichwort: ›Wer schön sein will, muss leiden?‹ Nun, dir sollte klar sein, dass wir hier alles wortwörtlich nehmen.« Er wandte sich wieder dem Fleck an der Wand zu. Siegessicher rieb der Dämon sich die Hände.

»Und hier kommt endlich mal ein Kandidat ganz nach meinem Geschmack.«

Schlagartig verfinsterte sich Azraels Miene, als er das

Mädchen in dem Käfig entdeckte. Sein Blick suchte die anderen kleineren Gedankenbilder an der Wand ab, doch nirgends war der Anflug von Reue zu entdecken. Der Oberkörper des gefallenen Engels versteifte sich, als ihn die Erkenntnis überrollte, dass dieser Junge dabei war, seinen Schutzengel abzuweisen, ja gar zu töten. Nun erkannte er, dass es sich hier um einen Sonderfall handelte. Dieser Junge hatte die weibliche Guardian erhalten! Er war davon ausgegangen, dass die Obere Ebene den Fehler bereits korrigiert hätte. Augenscheinlich hatte er sich geirrt.

Samael blieb der Unmut des Engels nicht verborgen.

»Du wirst ihn nicht retten, Engel!« Der Dämon war sich seiner Sache mehr als sicher. Er genoss es zu sehen, wie das Schicksal dieses Jungen dem Dunklen Engel zu schaffen machte – wie ein paar Regentropfen nach einer unendlichen Dürre den Pflanzen vorgaukelten, ihnen weiteres Leben zu schenken.

Azrael hatte genug gesehen. Er breitete die mächtigen Schwingen aus und wollte gerade davonfliegen, als der Fürst der Hölle ihn zurückhielt.

»Hey! Weshalb bist du hergekommen?«

»Du sagtest, du wolltest Vorbereitungen treffen.« Azrael klappte die Flügel so weit ein, dass er sie jederzeit problemlos nutzen konnte.

»Das liegt bereits eine ganze Weile zurück. Ich denke, es handelt sich dabei um diesen Jungen. Du wirst nicht mehr viel Zeit benötigen, da er kurz davor ist, eine der größten Dummheiten zu begehen, die ein Mensch machen kann. Seine Seele kann ich nicht mehr retten.«

Er flog davon.

»Korrekt. Diese Seele gehört mir.«

166

Azrael flog nicht zurück in seine Behausung, sondern machte sich auf den Weg zur Erde. Bevor er damals den Vertrag mit Samael eingegangen war, hatte der Höllenfürst ihm zugestehen müssen, dass er die Hölle verlassen durfte, wann immer er wollte. Dafür hatte er von Lilith einen Schlüssel für das mächtige Höllentor erhalten, den sie ihm zu gern in die Hand drückte, nur um diesem Leckerbissen von Engel einmal so nahezukommen, wie es sonst nur ihrem Gebieter möglich war. Der Dunkle Engel mied den Kontakt zu den anderen Höllenwesen, obwohl seine Position ihn für die untergebenen Kreaturen unantastbar machte, sodass er nichts befürchten musste. Durch seine Arbeit stieg der Zuwachs an Seelen in der Hölle an. Samael und Lilith machten sich seine Bucheintragungen zunutze, erfuhren so im Voraus, wann eine Seele sich dem Richter stellen musste, der dann entschied, was das Schicksal für die Seele bereithielt.

Meistens durften die Seelen in die Obere Ebene reisen, nur wenige wirklich miese Individuen wurden der Hölle zugewiesen. Mit Azrael an seiner Seite hatte der Fürst der Hölle einen Trumpf in der Hand. Während seiner Abwesenheit schlich Lilith öfters in seine Behausung, um in dem Buch zu lesen. Um der neuen Seele nicht sofort die qualvolle Höllenexistenz auf die Nase zu binden, schickte sie den Höllenadvokaten hin und wieder absichtlich zu spät zur Verhandlung; das Urteil war bereits gefällt worden mit dem Richterspruch: Wer zu spät kommt, wird bestraft. Die Seele trat ihre Reise an, bis sie auf halbem Weg von Lilith abgepasst wurde. Ihren Verführungskünsten konnten nur wenige widerstehen. Ihnen war es auch zu verdanken, dass die meisten ihr blauäugig folgten, weshalb Samael seiner Gespielin gern den Wunsch erfüllte, sich einer Schlammpackung zu unterziehen. Es lag in Liliths Natur, eine List anzuwenden, doch das erkannte die arme Seele erst, wenn es bereits zu spät war. Für Nachschub in der Hölle war gesorgt, dank Azraels Buch der Seelen.

Der Engel wusste nicht, ob er noch rechtzeitig kommen würde. Die verschlossene Tür verhinderte seinen Zutritt. Wenn er das Schloss aufbrach, konnte man in ihm einen Einbrecher vermuten. Mehrmals versicherte er sich, dass ihn niemand beobachtete. Die Kate stand in einem Waldstück, ziemlich weit abseits von allem Leben, was ihm die Entscheidung erleichterte.

Mit einem beherzten Tritt sprang die Holztür scheppernd auf. Splitter flogen durch die Luft, sodass er sein Gesicht mit den Armen schützte. Es war Abend; die Dunkelheit hatte ihren Mantel um ihn gelegt. Als gefallener Engel hatte er nur noch wenige Ressourcen, doch die reichten aus, um den leblosen Körper im Käfig zu bemerken.

»Jesajah.« Seine warme Stimme holte jeden Menschen aus der größten Ohnmacht zurück, hier jedoch, schien sie nicht zu fruchten.

»Jesajah. Wach auf.«

Der Körper bewegte sich nicht, nur ein Flügel zuckte. Waren das die letzten Zuckungen vor der Endgültigkeit?

Er schaute sich um, fand eine Stange und brach das Schloss am Käfig auf, damit er das Mädchen herausziehen konnte. Vorsichtig platzierte er Jessy über seinen Armen, immer darauf bedacht, ihren Flügeln keinen Schaden zuzufügen. Jetzt begrüßte er die Dunkelheit, da so die Menschen in den Straßen nicht bemerkten, wie er die leeren Arme vor sich ausgestreckt hielt. Im Gegensatz zu dem Schutzengel war er für alle sichtbar.

Er schlich durch Straßen und enge Gassen, um ein besonderes Gebäude aufzusuchen.

Es dauerte nicht lange, dann hatte er das ›Shelter‹

erreicht. Kaum war er eingetreten, rannte Astara auf ihn zu.

»Um Himmels willen! Was ist mit ihr passiert?« Sie untersuchte den leblosen Körper in seinen Armen.

»Jesajah braucht dringend Licht. Habt ihr hier eine Kammer, in der sie sich erholen kann?«

»Sicher. Rasch, folge mir!« Sie eilten den Flur entlang.

»Wie lange war sie der Dunkelheit ausgesetzt?« Astara holte einen dreieckigen Gegenstand aus ihrer Rocktasche. Wie ein Puzzleteil setzte sie das Dreieck in eine dafür vorgesehene Aussparung.

Als das laute Knacken des Eisenschlosses verstummte, öffnete sich die Tür. Der Raum war von Kerzenlicht erfüllt. In der Mitte gab es eine einfache Liege mit einer Besonderheit: Sie hatte ein Loch, um den Engelsflügeln ihren Freiraum zu geben.

Behutsam legte der Engel den kleinen Körper darauf ab und zog Jessy die Bluse aus, damit er ihre Flügel durch die Öffnung schieben konnte.

»Wer bist du?«, wollte Astara wissen, doch der Dunkle Engel schüttelte den Kopf.

»Ich bin vom Schutzengelnotrettungsdienst. Mein Name tut nichts zur Sache. Kümmere dich um Jesajah.«

»Und wo hast du sie gefunden?«

Ohne ein weiteres Wort zu verlieren, verließ der Engel den Raum. Astara wollte ihn zurückhalten, hatte noch so viele Fragen, als sie ein Wimmern hörte. Sofort widmete sie ihre Aufmerksamkeit Jesajah, drehte den Liegestuhl, damit das Licht der tausend Kerzen auf den entkräfteten Körper traf. Jesajahs Hautfarbe hatte ein bedenkliches Grau angenommen.

»Arme Kleine.« Vorsichtig schob sie die widerspenstige Locke aus Jessys Gesicht.

»Erhol dich erst einmal. Morgen früh, wenn die Dämmerung eintritt, werde ich dich in den Garten Eden bringen. Dort kannst du dann neue Kraft schöpfen.« Astara blickte zur Tür hinüber, überlegte, wer dieser Engel gewesen sein mochte. Weder hatte sie ihn jemals gesehen, noch hatte sie etwas von einem Schutzengelnotrettungsdienst gehört. Diese Institution war unnötig, da Schutzengel nicht sterben konnten. Stirnrunzelnd schloss sie die Tür hinter sich, damit Jesajah in den Genuss der gesamten Lux kam. Nach dem, was sie durchgemacht hatte, erschien es Astara dringend notwendig, dass niemand sie störte.

Sie hatte sich gerade wieder hinter die Theke begeben, als Jezalel zur Tür hereinkam.

»Hi, Jez! Sag mal, hast du schon mal etwas von einem Schutzengelnotrettungsdienst gehört?«
Jezalel wirkte müde. Er wollte sich nur noch ausruhen.

»Von was?« Er stützte den Arm auf der Theke ab, da er sonst vor Erschöpfung umgefallen wäre.

»Schutzengelnotrettungsdienst. Wann wurde das denn eingeführt? Ich habe gar nichts davon mitbekommen. Du etwa?« Sie flog nach oben, um seinen Schlüssel aus dem Fach zu holen.

»Dich hat jemand veräppelt.« Er rang sich ein müdes Lächeln ab.

»So etwas gibt es nicht.« Er drehte die Handfläche nach oben, um den Zimmerschlüssel in Empfang zu nehmen.

»Bin zu müde, um noch einen Flügelschlag zu machen«, entschuldigte er seine Unpässlichkeit.
Astara ließ nicht locker.

»Hier kam so'n Engel an, der Jesajah im Arm trug. Er sagte, er sei von besagtem Schutzengelnotrettungsdienst. Und Engel lügen doch nicht.«

»Eigentlich nicht.« Jezalel gähnte lang und ausgiebig.

»Vielleicht ist das eine Art Versuch, und man will es nur noch nicht an die große Glocke hängen.« Er musste dringend ins Bett, die Augen fielen ihm fast schon zu.

»Vielleicht hast du recht. Auf jeden Fall hat er Jesajah gerettet. Gute Nacht, Jez. Schlaf gut.«

Der Schutzengel winkte müde. Mühsam erklomm er die Leiter, um in sein Zimmer im vierundsiebzigsten Stock zu gelangen.

 # Der verlorene Schutzengel

»Was?« Wendel blieb die Spucke weg. Nur noch Fetzen aus Holz hingen in den Angeln, wo zuvor eine Tür das dunkle Loch verschlossen hatte. Rasch suchten seine Augen die Umgebung ab.

Nichts.

Er rannte in die Kate. In der Mitte stoppte er abrupt. Entsetzt starrte er in das leere Innere des Käfigs.

»Nein! Nein! Nein!« Haareraufend lief er unentwegt auf und ab.

»Das kann nicht sein. Wie konnte sie entkommen? Reiß dich zusammen. Behalt einen klaren Kopf«, forderte er sich selbst auf.

»Sie kann nicht weit gekommen sein.« In ihm brodelte der Zorn.

»Dieses miese Stück hat mir nur etwas vorgespielt.« Es kostete ihn Mühe, die Wut zu unterdrücken. Am liebsten hätte er alles zu Kleinholz verarbeitet.

»Sie sagte, sie ist mein Schutzengel. Also muss sie in der Nähe sein.«

Er rannte in den Wald hinaus, ließ den Blick erneut durch das Unterholz schweifen.

Nichts.

Schließlich machte er sich auf, lief weiter in das Dickicht hinein, um sich auf die Suche nach Jessy zu begeben.

»Versteckst du dich etwa?«, rief er hinauf in den Himmel, bekam jedoch keine Antwort.

»Das habe ich mir doch gedacht. Ich bin ein Idiot!

Wieso bin ich auf sie hereingefallen? Ich muss sie finden.«
Trotz konzentrierter Suche konnte er sie nirgends entdecken.

»Wenn ich dich kriege, dann gnade dir Gott, du ...«
Plötzlich stockte er. Ein Knacken war zu hören. Wendel
wirbelte herum, starrte in die Richtung, aus der er das
Geräusch vernommen hatte.

Anfangs war es nur ein Schatten, der sich langsam in eine
Gestalt verwandelte, die sich ihm näherte. Wendel suchte
Deckung hinter einem Baum und hielt den Atem an. Hatte
dieser Mann das Versteck entdeckt? Gar Jessy aus dem
Käfig befreit?

Er überlegte, was zu tun war. Seine Stirn legte sich in
Falten. Der Mann winkte ihm zu. Wusste der Fremde, wo
er sich verbarg? Als die Gestalt in einen Lichtstrahl trat,
erkannte Wendel die Person. Es war sein Vater Kaleb, der
ihm entgegenkam.

»Sohn. Du siehst verängstigt aus. Was ist passiert?«,
rief er ihm zu.

Wendel überlegte, was er auf diese Frage antworten sollte.

»Vater?« Verblüffung stand ihm ins Gesicht geschrieben.

*Kann ich meinem Vater sagen, dass ich einen
Schutzengel habe? Vielleicht sollte ich ihm sagen, dass ein
verrücktes Mädchen mir auf die Pelle gerückt ist?*

Egal, mit welcher Erklärung er seinen Vater überzeugen
wollte, er würde ihn bestimmt für einfältig halten. Somit
entschied Wendel, erst einmal abzuwarten.

»Hallo, Sohn. Geht es dir gut?« Er legte die Hände auf
Wendels Schultern.

»Pa ...« Er zögerte.

Kaleb lächelte ihn aus warmen Augen an.

»Was tust du hier im Wald?«

173

Wendel schluckte.

»Du kannst mir alles anvertrauen, Junge.«

Schließlich fasste er sich.

»Es ist aber etwas seltsam.«

In seinem Kopf arbeitete es unentwegt. Bisher hatte er seinen Eltern nie etwas über die Kate erzählt. Auch nichts über das fanatische Mädchen, das ihn des Öfteren verfolgte.

Kaleb legte einen Arm um die Schultern seines Sohnes.

»Seltsamer, als einen Vater zu haben, der eigentlich eine Chimäre ist?«

Das hatte Wendel nicht bedacht. Seit längerem hatte sein Vater sich nicht mehr in den Hund verwandelt, da sie nur sehr wenig Zeit miteinander verbrachten. Zu sehr war der Junge mit anderen Schandtaten und seinem vermeintlichen Schutzengel beschäftigt. Letzteres bereitete ihm einiges Kopfzerbrechen.

Des Nachts schlich Wendel in die Hütte, um zu sehen, wie es Jessy erging, wenn sie kein Licht mehr bekam. Er wollte wissen, ob ein Schutzengel sterben konnte. Und wenn dem so wäre, musste er herausfinden, wie dieser Prozess sich gestaltete.

»Ich habe da hinten eine kleine Hütte gesehen. Ist das der Ort, an dem du dich mit Joseph herumtreibst?«

»Es ist unser geheimer Treffpunkt.« Er stutzte.

»Naja, jetzt wohl nicht mehr geheim.«

»Komm. Zeig es mir.«

Wendel ging voran. Nach wenigen Minuten hatten sie die Kate erreicht und gingen hinein.

»Hier treibt ihr euch also herum. Das ist ein schöner Ort, um Streiche auszuhecken.« Kaleb zwinkerte.

»Aber was ist das?« Sein Finger zeigte auf den Boden. Augenscheinlich war Jessy nicht gestorben. Das erkannte

Wendel an dem feuchten Fleck auf dem Boden und an den Tonscherben. Bei ihrer Flucht hatte sie den Wasserkrug zerbrochen. Nach der Menge der Feuchtigkeit auf dem Boden zu urteilen, hatte sie kaum etwas davon zu sich genommen. Hatte sie vermutet, er wollte sie vergiften, und deswegen nichts getrunken? Konnte sie gar seine Gedanken lesen? Viel hatte er nicht über Schutzengel herausfinden können. Sein Jähzorn, gepaart mit der Ungeduld, dazu der überhastete Aufbruch hatten ihn davon abgehalten, sich gleich mit Jessy auseinanderzusetzen. Nach ihrem letzten Gespräch musste er erst einmal über alles nachdenken. Er brauchte einen klaren Kopf. Nun ärgerte es ihn, dass er sich in den letzten Tagen nicht ausgiebiger mit Jessy beschäftigt hatte. Ein tägliches Verhör wäre das mindeste gewesen, um sich ein genaueres Bild zu machen.

Sofort war all das wieder in Vergessenheit geraten. Die Tatsache, dass sein Vater ihn hier, in der Nähe des Verstecks, gesehen hatte, ließ Unmut in ihm wachsen. Außer ihm kannte bisher nur Joseph diese Hütte.

»Woher wusstest du, dass ich hier bin?«

»Ich war unterwegs, um ein paar Dinge zu besorgen. Leider konnte ich die Pilze, die ich deiner Mutter mitbringen sollte, nicht auf dem Markt erhalten. Da habe ich mich in den Wald aufgemacht, nur um festzustellen, dass noch keine Pilzzeit ist. Dann habe ich dich in der Ferne gesehen. Ich habe gerufen, doch du scheinst mein Rufen nicht vernommen zu haben.« Er breitete die Arme aus.

»Hier ist es sehr einsam. Im Wald kann es gefährlich sein. Ich machte mir Sorgen, daher bin ich zu dir geeilt.«

Mit dieser Erklärung gab Wendel sich zufrieden. Er wusste, dass seine Eltern sich immer um ihn kümmerten. Da sie ihm alle Freiheiten ließen, verhielt er sich ihnen gegenüber wie der Sohn, den sie sich gewünscht hatten. So konnte er tun und lassen, was er wollte, ohne jedes Mal vor ihnen Rechenschaft abzulegen, sollte er mal wieder in der Bredouille stecken.

»Was ist denn hier passiert?« Der Finger des Vaters zeigte auf den Eingang.

Wendel schwieg. Kaleb schob den Jungen zum Käfig.

»Sag mir, was du darin versteckt hattest.«

Der Junge zögerte.

»Wie ich sehe, hast du dir ein Hobby zugelegt.« Er legte den Kopf schief, als der den toten Fuchs im Käfig entdeckte, auf dessen Körper es vor Maden nur so wimmelte.

»Studien über den Verfall?« Kaleb hob die Augenbrauen.

»Ja«, entgegnete Wendel, überrascht über das Verständnis, das sein Vater ihm entgegenbrachte.

»Ich wollte wissen, was nach dem Tod passiert. Leben wir weiter? Und was geschieht mit der sterblichen Hülle? All diese Fragen schwirren in meinem Kopf herum. Doch in der Schule kann sie mir niemand beantworten. Unser Religionslehrer sagt, dass der Körper zerfällt, während der Geist gen Himmel fährt. Doch wie das genau vonstattengeht, konnte mir keiner erklären. Noch nicht einmal der Priester.«

Kaleb nickte verständnisvoll.

»Ich kann deinen Wissensdurst nach dem, was nach dem Tod ist, gut nachvollziehen. Leider habe ich auch keine Antwort auf diese Frage, da ich kein menschliches Wesen bin. Dasselbe gilt für deine Mutter.« Er schaute sich um.

»Sagst du mir, was hier passiert ist? Oder hast du aus Versehen die Tür in die Luft gesprengt?«

176

Wendel lächelte über den Witz des Vaters.

»Nein. An Schwarzpulver bin ich bisher noch nicht herangekommen. Das wird sehr gut bewacht«, gab er mit einem Zwinkern zu.

»Was hast du dann die ganze Zeit über hier gemacht?« Kaleb wusste, dass sein Sohn sich nachts aus dem Haus schlich. Er ließ es sich nicht nehmen, den Jungen in Gestalt des Hundes zu verfolgen. So stellte er sicher, dass kein Fremder seinem Sohn zu nahe kam. Sobald er sicher war, dass ihm keine Gefahr drohte, eilte er zurück. Es gab keinen Grund, ihm die gesamte Zeit über nachzustellen. Die Erfahrung hatte gezeigt, dass Wendel sehr gut auf sich selbst aufpassen konnte. Sollte es dennoch einmal zu Schwierigkeiten kommen, so wäre Kaleb noch immer zeitig eingetroffen, um einzuschreiten.

»Ich habe ... äh, hatte einen Schutzengel gefangen.«

»Oh.« Kaleb hob überrascht beide Augenbrauen.

»Weißt du, wen er beschützen sollte?«
Er ging von einem männlichen Schutzengel aus, denn er wusste um Jesajah, die sich um seinen Sohn kümmern sollte.

»Mich«, entgegnete er verlegen.

»So, so.« Der Vater nickte verständnisvoll.

»Kennst du seinen Namen?«
Wendel grinste schief.

»Kein Er, Pa. Es ist ein Mädchen. Sie heißt ...«, kurz stoppte er, »hieß«, korrigierte er sich, »Jessy. Aber sie scheint wohl weg zu sein.«
Kaleb wirkte kurz sprachlos. Wieso konnte Wendel seinen Schutzengel sehen? Und dazu noch berühren? Nur in Ausnahmefällen enttarnte sich ein Guardian. Oftmals in dem Moment, in dem er sich für den Schützling opferte. Durch den Schock verdrängte der Mensch diese Sichtung

und vergaß, was er gesehen hatte, da sein Gehirn es als Gespinst abtat – eine Nahtoderfahrung, die aus Wunschdenken entstanden war, um zu überleben. Sobald der Mensch es überstanden hatte, verschwanden jegliche Erinnerungen an diese Begegnung. Eine natürliche Einrichtung, um zu verhindern, dass ein Guardian aufflog. So konnte er sich weiterhin in Ruhe um den Schützling kümmern.

Die Tatsache, dass Wendel seinen Schutzengel sehen konnte, behagte Kaleb nicht. Er würde dem nachgehen müssen. Am besten, er konsultierte Zalmona, damit sie die Karten befragte.

Kaleb schnüffelte. Er nahm über einhundert verschiedene Noten wahr, vier von ihnen von einer Intensität, die keine Zweifel hinterließen. Langsam schritt er zur Tür. Nichts konnte seiner Aufmerksamkeit entgehen.

»Die wurde von außen eingetreten«, bemerkte er, Wendels verdutzte Miene ignorierend.

Das war Wendel gar nicht in den Sinn gekommen. Jemand war eingebrochen. Als der Einbrecher den Schutzengel entdeckt hatte, hatte er ihn womöglich entführt. Kurz erfasste ihn Panik, die er sofort wieder unterdrückte. Jessys letzte Worte kamen ihm in den Sinn: dass er sie brauchte. Ihre Schilderung, wie sie ihm vor dem Feuer bewahrte, er jedoch hatte es einfach abgewiegelt. Nun war sein Schutzengel nicht mehr da. Er spürte ein Loch in der Brust wachsen. Fühlte sich so Einsamkeit an? Bedauern? Er schüttelte den Kopf, um die sentimentalen Gedanken zu verscheuchen. Um auf andere Ideen zu kommen, entschloss er sich, seinen Vater um Hilfe zu bitten.

»Kannst du mir sagen, wer das gemacht hat?« Mit der Spürnase eines Hundes konnten sie dem Geheimnis vielleicht auf den Grund kommen.

178

»Ich kann nur sagen, dass es ein Engel war. Der Geruch ist eindeutig. Doch diesen Engel kenne ich nicht.«

»Ein Engel hat meinen Schutzengel entführt? Warum?« Die beiden tauschten einen fragenden Blick aus. Für die Chimäre ergab das keinen Sinn. Engel wurden nicht damit beauftragt sich um Schutzengel zu kümmern. Noch nicht einmal dann, wenn sich ein Guardian in Not befand. Ihr Aufgabenbereich lag nicht darin Wesen wie Menschen oder deren Guardian zu beschützen. Sie waren auserkoren worden, IHM sowie der Erhaltung des Himmelreichs zu dienen. Nur selten setzte ein Engel oder gar Erzengel einen Flügel auf die Erde. Wenn einer von ihnen den Himmel verließ, bedeutete es nichts Gutes.

»Das ist eine sehr gute Frage, mein Sohn.« Er ging zum Käfig, um den Boden zu beschnüffeln.

»Ja. Das ist mehr als eindeutig. Hier war dein Schutzengel drin.« Er beschnüffelte die Unterseite des Käfigs. Um Wendels Hals legte sich eine Schlinge. Woher wusste sein Vater, wie sein Schutzengel roch? Bis eben schien er noch nicht einmal gewusst zu haben, dass Wendel einen Schutzengel hatte und dass es ein Mädchen war.

»Paps. Verheimlichst du mir etwas?«
Die Frage kam so unerwartet, dass Kaleb sich den Kopf am Käfig stieß, als er sich ungeplant aufrichtete.

»Autsch!«, knurrte er, während er mit der Hand über die anwachsende Beule rieb.

»Wie kommst du denn darauf? Bisher haben wir immer ein offenes Wort gepflegt, Sohn.«

»Ja. Doch ich habe dir nie erzählt, dass ich einen Schutzengel habe und dieser ein dummes Mädchen ist. Woher wusstest du es?«

»Ich kann es riechen. Mädchen haben einen anderen Duft als Jungs.«

Die Antwort kam so souverän, dass Wendel sie nicht anzweifelte. Als magisches Wesen hatte sein Vater einen weitaus besseren Zugang zum Übernatürlichen.

Puh. Das ging ja gerade noch einmal gut, dachte Kaleb.

»Kannst du herausfinden, wohin sie verschwunden sind?«

»Du willst die Nervensäge von Schutzengel zurück?«

Jessys Verschwinden passte Kaleb sehr gut ins Konzept. Das ungleiche Paar konnte es sich nicht erlauben, dass Wendel die Beziehung zu seinem Guardian vertiefte. Das Risiko, sie würde ihren Plan durchkreuzen, wäre um ein Vielfaches angestiegen. Über neun Jahre hatten sie es bewerkstelligen können, dass Jesajah einen gebührenden Abstand zu ihrem Sohn hielt. Nicht immer war es von Erfolg gekrönt. Doch es reichte aus, damit Wendel keine merkliche Bindung zur ihr aufbaute. Zu ihrer Freude entwickelte ihr Sohn sich genau in die Richtung, wie sie ihn brauchten. Herzlos mit einer gehörigen Portion Überheblichkeit. Er stand kurz vor der Vollendung.

»Äh, ja. Ich meine, nein, natürlich nicht«, druckste der Junge herum. Seine Selbstsicherheit schien zu schwinden.

»Was denn nun? Ja oder nein?«, blaffte er wie ein Hund, der nicht wagte, laut zu bellen.

»Ich würde gern meine Studien vertiefen und nach Möglichkeit auch beenden. Das geht nur mit Jessy. Wer immer sie entführt hat: Welches Ziel verfolgte er damit? Dazu drängt sich die Frage auf: Wenn sie jetzt wieder ausreichend Licht bekommt, was wird sie dann machen? Ist sie stark genug, um sich zu wehren? Wird sie sich gegen mich verschwören?«

»Nicht, wenn sie deine Guardian ist. Außerdem dürfen Schutzengel keine Gewalt anwenden. Ebenso schafft es kein Mensch, seinem Schutzengel …« Er stoppte.

»Moment mal. Weshalb kannst du sie sehen und berühren? Oder ist sie freiwillig in den Käfig geflogen? Wie hast du es angestellt, dass sie überhaupt in das Gefängnis gegangen ist?«

Wendel kreuzte die Beine, dabei schaute er verstohlen auf den Boden. Nun war es so weit. Die Stunde der Wahrheit schlug. Er war gezwungen, noch weitere seiner dunklen Geheimnisse preiszugeben.

»Sohn?« Kalebs Hand nahm Wendels Kinn. Es brauchte etwas Nachdruck, damit der Junge ihn anschaute. Nur so ließ sich herausfinden, ob Wendel ihn anlog.

»Dein Geheimnis ist bei uns sicher.«

Wendel riss die Augen auf.

»Ihr wusstet es?«

»Wir haben so etwas vermutet. Immerhin sind wir deine Eltern. Wenn nicht wir, wer sollte sonst wissen, was du tust? Bedenke, deine Mutter und ich sind keine Menschen. Deine leiblichen Eltern hättest du vielleicht täuschen können, uns jedoch nicht.«

»Ich hätte gern gewusst, wie man ein Schutzengel wird. Oder wie man überhaupt ein Engel wird.«

Kaleb begann laut zu lachen.

»Was ist daran so lustig?«, wollte Wendel wissen, nachdem sein Vater sich langsam beruhigt hatte.

Schulterzuckend schüttelte er den Kopf.

»Glaub mir, Junge. Das ist nichts für dich. Deine Qualitäten sind von ganz anderer Natur.«

»Meine Qualitäten?« Wendels Herz begann schneller zu schlagen. Das wurde immer besser. Er liebte seine Eltern für das, was sie waren – nämlich übernatürliche Wesen, die ihn so annahmen, wie er war. Seine leiblichen Eltern hätten die Neigung ihres Sohnes nie gutgeheißen, geschweige denn toleriert. Was er von Joseph hörte, war alles andere als erstrebenswert. Sein bester Freund musste sich anpassen, damit er eines Tages in die Fußstapfen des Vaters treten könnte. Er hingegen hatte das goldene Los gezogen. Davon war er überzeugter denn je.

»Ja. Du bist zu Höherem berufen. Was das sein wird, nun, das darfst du selbst herausfinden. Denn das ist der Weg, der dir vorbestimmt ist.«

»Und woher weiß ich, welcher Weg das sein wird?« Aufgeregt sprang er wie ein Welpe um den Vater herum.

»Es gibt keinen Richtungsweiser. Wie es ist, ist es richtig.«

Wendel strahlte über das ganze Gesicht. Genau so hatte er es sich vorgestellt.

Du folgst deiner Mutter und mir. Wir sorgen dafür, dass dein Abgang unseren Plan vollenden wird, dachte Kaleb, während er seinem Sohn freudestrahlend zuschaute.

 # Der Anruf

»W-e-r will mit mir sprechen?« Seraphiel glaubte, sich verhört zu haben.

»Astara vom ›Shelter‹ in London?«
Solomon, der Vorzimmerengel, entschuldigte sich mehrmals, dass er das Gespräch überhaupt angenommen hatte. Die Guardians riefen immer auf Leitung 4 an. Solomon wurde erst kürzlich zum Vorzimmerengel be-fördert, sodass es ihm noch ein wenig an Erfahrung fehlte.

»Ist schon in Ordnung. Stell sie durch.« Er hielt die Hand vor die Sprechmuschel.

»Wer ist Astara?«, raunte er seinem Gegenüber zu.
Bevor dieser antworten konnte, war die Verbindung auch schon hergestellt.

»Ist dort Seraphiel?«, fragte die Stimme am anderen Ende der Leitung zögerlich.

»Ja. Das bin ich.« Für den Erzengel war diese Scheu nichts Neues. Er war es gewohnt, dass die Guardians ihm mit Respekt begegneten.

»Was hast du dir dabei gedacht?«, schoss es durch den Hörer.
Augenblicklich streckte Seraphiel den Arm von sich. Er musste den Hörer nicht mehr zum Ohr führen. Astaras Stimme war auch so laut und deutlich zu vernehmen.

»Wieso werden wir nicht in Kenntnis gesetzt? Ein Schutzengelnotrettungsdienst?«
Seraphiel setzte an, um etwas zu sagen.

»Äh …«
Weiter kam er nicht, da Astara unvermittelt weiter drauf lospolterte.

»Seit wann gibt es den? Sind wir denn nur Lakaien für euch? Ihr sitzt euch da oben die Kugel oval, während wir hier unten Schwerstarbeit leisten. Dann haltet ihr es noch nicht einmal für notwendig, uns über diese wichtige Änderung zu informieren?«

»Äh …«

»Wir lassen ja einiges mit uns machen. Aber was zu viel ist, ist zu viel! Habt ihr Erzengel mal darüber nachgedacht, wie es einem Guardian dabei ergeht, wenn er sich opfert und in einem Feuerwerk aufgeht? Egal, wie es zum Ableben kommt, die Genesungsduschen sind immer ausgebucht, und es kommt zu langen Wartezeiten! Wartezeiten, in denen die Schutzengel mit dem Verlust klarkommen müssen. Diese Erinnerungen bleiben schließlich für die Ewigkeit. Von den Schmerzen will ich gar nicht erst anfangen!«

Für eine Sekunde wurde es ruhig. Seraphiel nutzte den Moment.

»Äh …«

»Nix ›Äh‹«, fuhr sie ihm ins Wort. Sie hatte sich in Rage geredet. Nichts konnte die Hotelbesitzerin jetzt noch stoppen, bevor sie nicht fertig mit ihm war.

»Das nächste Mal gebt gefälligst Bescheid. Ich war mir nämlich nicht sicher, ob ich diesem Engel überhaupt Zutritt gewähren sollte. Nur Guardians dürfen sich im ›Shelter‹ aufhalten, sonst niemand. Es ist der einzige Ort, an dem wir ungestört sind, an dem wir Kraft schöpfen. Viel mehr gesteht man uns von oben ja nicht zu. Und das haben wir uns schon hart erkämpfen müssen. Schließlich gibt es keine Gewerkschaft, die uns die Flügel stärkt. Hätte dieser große und gut aussehende Engel nicht Jesajah auf dem Arm gehabt, und wäre er nicht einfach so reingeplatzt, wäre am Ende ich der Buhmann gewesen, der für alles geradesteht.

Ich mache hier meinen Job, und ihr da oben macht gefälligst euren. Und das ebenso zuverlässig wie wir! Das nächste Mal erwarte ich eine schriftliche Mitteilung, b-e-v-o-r ihr solch eine gravierende Änderung in die Tat umsetzt! Ich hoffe, ich habe mich klar genug ausgedrückt.«

Es klackte in der Leitung.

Seraphiel wartete, doch es blieb ruhig. Vorsichtig führte er den Hörer ans Ohr.

»Astara?«

Er verharrte noch einen Moment, doch es kam keine Antwort.

Kopfschüttelnd legte er auf. Dann runzelte er die Stirn und blickte Xenophon an, der ihm die ganze Zeit gegenübergesessen und alles mitbekommen hatte.

»Schutzengelnotdienst«, wiederholte der Erzengel noch immer fassungslos.

»Und wie kommt eine Guardian dazu, mich, Seraphiel, Erzengel der ersten Triade, so anzufahren?«

»Schutzengelnotrettungsdienst«, korrigierte Xenophon, dabei konnte er sich das Grinsen nicht verkneifen.

»Ich wusste gar nicht, dass wir so etwas haben. Seit wann gibt es diesen Rettungsdienst?«

»Soweit mir bekannt ist, gar nicht«, entgegnete Xenophon ebenfalls überrascht über diese Information.

»Du hast es doch persönlich unterbunden, dass man nach Jesajah sucht.«

»Aber wie kommt diese Astara dann darauf?«

»Es war kaum zu überhören, dass ein Engel Jesajah bei ihr abgeliefert hat. Irgendeine Idee, welcher Engel das gewesen sein könnte?«

Der Erzengel überlegte.

»Anthriel vielleicht?«

Bevor der Chronist seinen Einwand kundtun konnte,

beantworte Seraphiel die selbstgestellte Frage.

»Nein. Ich habe doch niemanden geschickt.«

»Zudem sagte sie etwas von groß«, bemerkte Xenophon nachdenklich.

»Und gut aussehend«, sprach Seraphiel den Gedanken laut aus.

»Anthriel ist ja eher klein. Wenn du es genehmigst, werde ich das ›Shelter‹ aufsuchen, um mit Astara zu reden. Mit etwas Glück kann ich ein wenig Klarheit in diese Angelegenheit bringen.«

»Tu das. Du hast meine Erlaubnis, das Exil zu betreten.«

»Hab Dank, Seraphiel. Ich werde nicht lange benötigen.«

Kaum hatten sie die Unterhaltung beendet, befand Xenophon sich auch schon vor der Eingangstür des ›Shelter‹.

Er klopfte dreimal, dann trat er ein.

Astara rümpfte die Nase, als sie den Chronisten erblickte.

»Tut mir leid, wir sind ausgebucht.« Sie tat beschäftigt, da sie der Ansicht war, ein Mensch wollte in ihrem Etablissement ein Zimmer mieten.

Xenophon hob beide Arme.

»Nein, nicht doch. Ich benötige keine Übernachtungsmöglichkeit. Mein Aufenthalt ist nicht von langer Dauer.«

»Aha. Und um was geht es dann?« Ihr forsches Auftreten schien ihn nicht zu beeindrucken.

»Ich bin wegen Jesajah hier.«

Es schepperte. Der Schlüssel, den Astara gerade in ein Fach hatte legen wollen, glitt ihr aus der Hand und hüpfte einige Male auf dem Steinboden herum, bis er zum Erliegen kam. Langsam drehte sie sich um, damit sie den Besucher genauer unter die Lupe nehmen konnte.

»Astara, richtig?« Xenophon lächelte verhalten.

»Wer will das wissen?« Bei der Hotelbesitzerin begannen die Alarmglocken zu schellen. Nur sehr selten betrat ein Mensch ihr Etablissement, da es von außen einem baufälligem Haus glich. Ein Fremder hatte sich nun hier hinein gewagt. Dieser Fremde kannte sogar ihren Namen.

»Mein Name ist Xenophon. Ich bin Chronist und wurde von Seraphiel geschickt. Zufällig habe ich euer Gespräch mitangehört ...«

»Zufällig?«, brüskierte sie sich, da sie der Meinung war, er hätte von draußen gelauscht.

»Ich war gerade bei dem Erzengel und konnte nicht umher, euer Telefonat zu verfolgen. Man schickt mich, um die Sache mit dem Schutzengelnotrettungsdienst zu klären. Augenscheinlich liegt da ein Missverständnis vor.«

»Missverständnis.« Astaras Misstrauen wuchs weiterhin an.

Nun wurde auch Xenophon unwohl zumute. Mit diesem Schutzengel war nicht gut Kirschen essen, wenn man es sich einmal mit ihm verscherzt hatte.

»Ja. Dein Anruf ... Nun, er war doch eine Überraschung.«

»Wieso redest du um den heißen Brei herum? Sag endlich, weshalb du hier bist. Ich habe zu tun. Die nächsten Guardians werden bald eintreffen.«

»Kannst du mir den Engel genauer beschreiben? Also den vom Schutzengelnotrettungsdienst.«

Astara verschränkte die Arme vor der Brust.

»Hat er etwas Falsches getan?«, fragte sie trotzig.

»Nein«, wehrte Xenophon mit den Händen ab.

»Überhaupt nicht. Ich begrüße jeden, der Jesajah unter

die Flügel greift. Sie muss noch viel lernen. Ihr erster Auftrag ist nicht gerade ein Zuckerschlecken.«

»Das kannst du laut sagen, und denen da oben«, sie richtete den kleinen Zeigefinger zur Decke, »gerne weitersagen. Jesajah hat mit Abstand den miesesten Schützling erhalten. Das ist total unfair, zumal es auch noch ein Junge ist. Was geht denn bei denen in den Köpfen rum? Gehen unseren obersten Erzengeln die Lichter aus?«

»Schon gut, Astara. Bitte, beruhige dich. Deswegen bin ich ja gekommen. Ich möchte Jesajah wirklich sehr gern helfen.«

Astara schürzte ihre vollen Lippen, als würde sie ihn küssen wollen. Jeder, der Jesajah unterstützte, war ihr sympathisch.

Dieser Xenophon kann kein Mensch sein, und schon gar nicht einer von Jesajahs Schützlingen. Als Schutzengel Erster Klasse hat sie nur einen Menschen zu beschützen, und das ist eine miese Ratte namens Wendel, wirbelten die Gedanken durch ihren Kopf.

Astara war bestens darüber informiert, was ihre Bewohner gerade so taten. Mehr noch, oftmals wusste sie auch, in welchen Schwierigkeiten sie steckten. Dem nicht genug, fühlte die Hotelbesitzerin sich dazu berufen, ihren Gästen ebenfalls einen gewissen Schutz zukommen zu lassen. Der Name des Hotels ›Shelter‹ war Programm und ihr Motto.

»Nun gut«, sagte sie nach einigen Sekunden des Überlegens. »Komm mit.«

Er folgte ihr.

Astara öffnete die Tür, die in den Raum der eintausend Kerzen führte. Sofort riss Xenophon den Arm hoch. Er hatte Schwierigkeiten sich an die gleißende Helligkeit zu gewöhnen.

»Oh. Ich vergaß, du bist ja kein Schutzengel.« Neben dem Eingang gab es ein kleines Regal. Darauf lag eine rechteckige Skibrille.

»Hier. Nimm die Schattenbrille. Die ist zwar eigentlich nur für Notfälle gedacht, sollte aber ihren Zweck erfüllen.« Sie reichte ihm die Brille.

»Notfälle?« Dankend nahm Xenophon sie entgegen und setzte sie auf. Sofort spürte er Erleichterung, als das Brennen aus den Augen verschwand.

»Ja. Sollte sich durch einen dummen Zufall doch mal jemand diesen Raum betreten, der kein Schutzengel ist. Wie man sieht, ist das gar nicht so abwegig.«
Durch die Schattenbrille wurde Astaras Grinsen verzerrt, sodass Xenophon einen Schritt zurückwich. Ihre Haut leuchtete grau. Schlagartig sah sie aus wie eine alte Frau.

»Was ist?«, blökte sie.

»Diese Brille … Ich würde sagen, hier gibt es noch viel Spielraum für Verbesserungen«, entschuldigte Xenophon sich für sein seltsames Verhalten. Sein Blick schweifte erst zur Decke, dann überflog er hastig die anderen Teile des Zimmers, bis er schließlich das fand, nach was er suchte.
In der Mitte des Raumes lag Jesajah auf der Liege. Noch immer war sie geschwächt, doch ihre Flügel bewegten sich, als wollten sie ihr vorsichtig Luft zufächeln.

»Was ist mit ihr?«, flüsterte Xenophon. Er wollte ihre Erholung nicht stören.

»Das arme Ding wurde von diesem Wendel tagelang in einen dunklen Raum gesperrt.«
Sofort beugte sich Xenophon zu Jesajah hinunter. Mit der Hand streichelte er über ihre Wange. Jessy schien das zu gefallen. Ihr Kopf schmiegte sich in seine Handfläche.

»Das tut mir leid, Kleines. Niemand konnte damit rechnen, dass es so heftig werden würde.«

Astara trat an die gegenüberliegende Seite der Liege.

»Ihre Hautfarbe ist nicht mehr so grau. Das ist ein gutes Zeichen. Jesajah beginnt sich zu erholen.«

Da alles um ihn herum in einem diffusen Grau schimmerte, war der Chronist kurz versucht, die Schattenbrille abzunehmen, besann sich jedoch. Also vertraute er auf Astaras Aussage.

»Ja. Das Licht scheint zu helfen.« Trotz der leichten Hoffnung stand Besorgnis in Xenophons Ausdruck. Er konnte nicht einschätzen, wie schlimm es tatsächlich um Jesajah stand.

»Wie lange wird sie noch brauchen?«

»Wieso? Was haben die da oben jetzt schon wieder mit ihr vor? Ihr erster Auftrag ist eine Katastrophe. So etwas sollte nur ein erfahrener Guardian übernehmen«, protestierte der Schutzengel.

»Bitte, Astara. Das weiß ich. Deswegen bin ich gekommen. Doch ich muss mit Jesajah sprechen. Ich brauche die Informationen. Sie war einige Tage von der Bildfläche verschwunden. Ich muss wissen, was in der Zeit vorgefallen ist.«

»Man hat sie mehrere Tage in einen dunklen Raum eingesperrt. Das ist passiert!« Der Geduldsfaden war kurz vor dem Zerreißen.

»Wenn der Engel nicht gekommen wäre …«

»Du wiederholst dich, Astara«, entgegnete der Chronist, dennoch zwang er sich, ruhig zu bleiben. Jesajahs Zustand ging ihm sehr an die Nieren. Noch nie hatte er einen Schutzengel in solch schlechter Verfassung gesehen. Es war erschreckend und traurig zugleich.

»Kannst du mir den Engel näher beschreiben, der sie hierhergebracht hat?«

Ein leises Wimmern war zu vernehmen, sodass beide kurz

ihren Streit unterbrachen, um sich Jessy zu widmen.

»Hey, Jesajah.« Astara beugte sich über sie.

»Du bist in Sicherheit. Genieße das Licht. Es wird dich wieder auf die Beine bringen.« Sie deutete dem Besucher an, den Raum zu verlassen.

Neben dem Tresen an der Wand stand ein runder Tisch mit drei Stühlen. Deren Sitzfläche war für Schutzengel ausgerichtet und somit etwas zu niedrig für Xenophon. Dennoch nahm er Platz. Astara setzte sich ebenfalls. Einige Minuten sahen die beiden sich schweigend an.

»Möchtest du einen Drink?«, unterbrach Astara die Stille, da sie ihr zu laut wurde.

»Astara, ich bin tot. Schon vergessen?«, bemerkte der Chronist verblüfft.

»Oh. Ja. Mein Beileid«, erwiderte sie, verärgert darüber, dass es ihr entfallen war.

»Du wirkst halt eher wie einer dieser Menschen, die ab und zu mal hier reinplatzen.«

»Muss wohl daran liegen, dass ich kein Engel geworden bin. Der Himmel hat mir aus irgendeinem Grund eine besondere Aufgabe zugedacht. Weshalb ich diese Ehre erteilt bekam, kann ich nicht sagen. Bisher wurde es mir nicht offenbart.«

Sie nickte, schwieg jedoch. Er beugte sich vor und legte die gefalteten Hände auf dem Tisch ab, um es sich ein wenig leichter mit dem Sitzen zu machen. Der tiefe Stuhl tat seinem Rücken nicht gut.

»Der Engel, Astara. Was weißt du über ihn?«

In ihrer Miene blitzte es auf, als sie an die Begegnung zurückdachte.

»Er war groß ... gut aussehend, hatte lange blonde Haare ... blaue Augen ... gut gebaute Statur und eine sanfte

Stimme«, schwärmte sie. Sie hatte sich jedes noch so kleine Detail genauestens eingeprägt. Solch ein Prachtexemplar an Engel schneite eher selten in das ›Shelter‹, geschweige denn, dass er einen Schutzengel rettete.

»Er trug eine braune Hose, dazu ein helles Hemd, feine braune Schuhe sowie einen schwarzen Umhang. Er war nicht gerade von der gesprächigen Sorte.«

»War die Kleidung der hiesigen Mode angepasst?«
Astara nickte stumm.

»Groß, blond, gut gebaut…«, überlegte der Chronist laut.

»Hm. Das trifft auf die meisten Engel zu.«

»Ach ja?«

»Und er hat keinen Namen erwähnt?«
Astara schüttelte den Kopf.

»Ich hatte ihn danach gefragt, erhielt aber keine Auskunft.«

»In welchem Zustand befand sich Jesajah, als er sie zu dir brachte?«

»Viel länger hätte das arme Ding nicht mehr durchgehalten. Es war Rettung vor dem letzten Flügelschlag, könnte man sagen.«
Xenophon verschlug es die Sprache. Dieses schwere Schicksal war das Letzte, was er Jesajah aufbürden wollte. Damit hatte niemand in der Oberen Ebene gerechnet. Die Tortur, die Jesajah ausgesetzt war, ließ ihn heftig ausatmen.

»Dann gibt es diesen Schutzengelnotrettungsdienst gar nicht?« Astara wirkte enttäuscht.

»Es wurde in Erwägung gezogen, einen Rettungstrupp zu schicken, doch ...« Er seufzte.

»Leider nein, Astara. Zumindest wurde diese Institution nicht von der Oberen Ebene ins Leben gerufen.«

»Das hätte mich auch sehr gewundert«, entgegnete sie verbittert.

»Wann haben die mal etwas für uns Schutzengel auf der Erde getan? Sie schicken uns runter, ohne auch nur zu ahnen, was auf einen Guardian zukommt.«

»Moment, Astara«, unterbrach Xenophon sie barsch. Er hatte keine Zeit, diese Geschichten immer und immer wieder durchzukauen.

»Auch Erzengel waren einmal Guardians. Das weißt du selbst.«

»Richtig. Doch die Zeiten ändern sich. Menschen verändern sich. Sie leben viel länger, haben gefährliche Waffen, dazu eine neue Art von Intelligenz entwickelt.« Ihr Zeigefinger tippte unentwegt auf die Tischplatte, während sie ihren Frust aussprach.

»Damals, als noch nicht einmal das Feuer erfunden worden war, hatten diese Damen und Herren von Guardians, die jetzt Erzengel sind, wenig zu tun. Keines der menschlichen Wesen wurde wirklich alt. Sie verbrachten viel Zeit damit, etwas zu essen zu bekommen und eine Höhle zu finden, damit sie überleben konnten. Heute gibt es Messer, Feuer, Werkzeuge – alles Dinge, die sich zum Töten eignen. Pferde, die dich einfach über den Haufen rennen. Dressierte Tiere, die auf Befehl angreifen und dir die Gurgel durchtrennen.« Sie lehnte sich zurück, um die Wirkung ihrer Worte zu beobachten.

»Ja. Die Zeiten ändern sich, und das kontinuierlich. Vermutlich wird die Zukunft noch viel komplizierter und herausfordernder für euch Schutzengel werden.«
Astara fiel die Kinnlade herunter. Sie hatte damit gerechnet, dass der Chronist ihr Hilfestellung anbieten würde. Stattdessen offenbarte er ihr eine viel dunklere Zukunft.

»Ich werde Seraphiel empfehlen, dass die nächsten Generationen von Schutzengeln eine weiterentwickelte Ausbildung erhalten, die den neuen Zeiten angepasst sein wird.« Xenophon schälte sich vom Stuhl hoch. Er hatte alles gehört, was es zu erfahren gab.

»Ich danke dir, Astara, für deine Hilfe.«

Er verabschiedete sich und schloss die Tür hinter sich.

Perplex schaute der Schutzengel ihm nach.

 # Erkundigungen

»Was hast du dir dabei gedacht, Engel?« Samael schäumte vor Wut.

»Wieso hast du dieses unterentwickelte Federvieh gerettet?« In seinen Augen loderte Feuer. Gleichzeitig stieg dunkler Rauch von seinem Kopf auf.

»Wenn du nicht willst, dass ich deinen Federn ein Feuerbad verpasse, solltest du eine gute Antwort liefern.«

»Du hättest Jesajah nicht bekommen«, entgegnete Azrael, der die Ruhe selbst war.

»Was?«, schrie Samael.

»Das lass meine Sorge sein. Damit wäre ich schon klargekommen.«

»Nein.«

Der Dämon wollte dem Engel am liebsten jede Feder einzeln herausreißen, versuchte aber, sich zu beherrschen, was zu einer Verpuffung führte, der eine Wolke aus Ruß folgte. Ein bestialischer Gestank erfüllte den Saal.

Als sich die Wolke verflüchtigt hatte, maß Samael gerade mal einen Meter zwanzig. Seine Haut hatte sich in ein dunkles Rot verfärbt. In dieser Verfassung war er am gefährlichsten: Eine Bombe, die jeden Moment detonieren konnte und alles, was sich in einem Radius von sieben Kilometern befand, mit sich reißen würde. Der Fürst der Hölle war mehr als nur sauer. Er war fuchsteufelswild.

Mit einem Krachen öffnete sich die Tür zum Nebenzimmer. Ein verbrannter Körper fiel platschend auf den Boden. Stöhnen schob sich der entstellte Klumpen Fleisch bäuchlings heraus und lenkte Samaels Aufmerksamkeit auf sich.

Erst bei genauerem Hinsehen erkannte Azrael, dass der Körper zu einer Frau gehörte. Sie hatte weder Haare noch Haut. Der Kopf bestand aus einer blutigen Masse. Rostbraunes Muskelfleisch, Knochen und Sehnen lugten zwischen den verbrannten Stellen hindurch. Sie sah erschreckend aus, als wäre sie gerade einem brennenden Fass mit Öl entstiegen.

»Hallo, Lilith. Entsprach die Verjüngungskur deinen Erwartungen?« Samael grinste. Er genoss den Anblick der Frau, die offensichtlich Höllenschmerzen erlitt.

Ihre blutigen Hände griffen immer wieder ins Leere, während sie nach Halt suchten, dabei hinterließen sie eine rote Spur. Sie unterdrückte das Wimmern. Als Fürstin der Hölle an Samaels Seite ziemte es sich nicht, Schwäche zu zeigen, obwohl sie am liebsten laut aufgeschrien hätte, um alle an ihren Qualen und ihrem Leidensweg teilhaben zu lassen. Lilith war außergewöhnlich starrsinnig. Wenn sie sich etwas in den Kopf gesetzt hatte, konnte nichts und niemand mehr sie von ihrem Vorhaben abbringen. Ihre Bosheit beeindruckte Samael, der es jedoch nie zugegeben hätte. Doch sie genoss gewisse Privilegien in der Unterwelt. Sie war sein ultimativer Trumpf, um die Höllenarmee wachsen zu lassen.

»Ja, Gebieter. Deine herzlose Großzügigkeit sucht ihresgleichen«, bemühte sie sich, ihm zu danken.

Azrael wandte den Blick ab. Er konnte nicht nachvollziehen, weshalb einige Höllenbewohnerinnen sich diesen Torturen freiwillig unterzogen.

»Gib mir einige Tage«, röchelte sie kaum verständlich, während sie sich weiterhin über den Fußboden zog, um an die Tür zu gelangen, die zu ihrem Schlafzimmer führte. Dort würde sie sich von den Qualen auffressen lassen. Es würde einige Zeit vergehen, bis Haut und Haare nachgewachsen waren, und sie sich wieder in eine Zwanzigjährige verwandelte.

»Ich kümmere mich gleich um dich.« Er wandte sich dem Dunklen Engel zu.

»Wie willst du das wiedergutmachen? Sühne gehört doch zu euren Aufgaben, nicht wahr, Engel?«

»Die Seele eines Guardians verlässt nie die Obere Ebene. Das solltest du eigentlich wissen.«
Lilith stöhnte. Auf halben Weg legte sie eine Pause ein, um dem Gespräch zu folgen.

»Na, wenn schon?«, blaffte der Dämon wie ein kleiner Kläffer, der Angst vor einer Katze hatte.

»Wiedergutmachung. Das sollte dir eigentlich geläufig sein« knurrte er, frustriert darüber, dass der Dunkle Engel keine Angst zeigte.

»Du wirst bei mir Abbitte leisten. Du wirst dich aufmachen, die Kammer der Seelen aufsuchen und mir diese Seele ...« Er unterbrach sich selbst, als er sah, wie Azrael den Kopf schüttelte.

»Sie lassen mich nicht mehr rein. Schon vergessen?«

»Das ist mir egal. Finde einen Weg! Noch bist du ein Engel!«

»Ein gefallener Engel. Ein verbannter Engel, dem man den Zutritt auf unbestimmte Zeit verwehrt. Wenn es eine Möglichkeit gäbe, hättest du sie längst in Erfahrung gebracht und wärst dort mit deinen Horden einmarschiert.«
Das saß.
Samaels Wut war verraucht.

»Du bietest mir die Stirn? Das wagt niemand. Hast du keine Angst vor mir, Engel?« Er kniff ein Auge zu, dabei musterte er Azrael argwöhnisch.

»Ich habe Respekt vor deiner Arbeit.«

Samael hob die schwarzen Augenbrauen. Respekt von einem Engel zu bekommen, grenzte an ein Wunder. Und dieser Engel hatte es gerade ausgesprochen, beteuerte, dass er ihn, Samael, den Fürsten der Unterwelt, respektierte. Er begann, ein paar Zentimeter zu wachsen.

»Dieser Junge, den Jesajah beschützt.« Kurz schien Azrael zu überlegen.

»Ich werde versuchen herauszufinden, was das für ein Menschenkind ist. Er hat Fähigkeiten, die ein Mensch nicht haben sollte. Etwas ist faul an der Sache.«

»Ah! Jetzt sprechen wir dieselbe Sprache.« Der Dämon rieb sich die Hände, bis es rauchte.

»Faule Eier sind meine Spezialität. Wir werden gemeinsam nach oben gehen.«

Der Dunkle Engel konnte dem nicht entgegenwirken, sondern musste damit vorliebnehmen, dass der Höllenfürst ihn auf die Erde begleiten würde.

»Wann wollen wir aufbrechen?«

Samael blickte zur Seite. Er wirkte zufrieden, als er Liliths erschöpften Körper am Boden liegen sah.

»Ich verabschiede mich nur noch kurz von Lilith, dann geht es los.« Mit wenigen Schritten war er bei ihr.

Sie stöhnte, ächzte, als er sie am verkohltem Handgelenk hoch zerrte. Eitrige Flüssigkeit tropfte von ihrem Körper auf den Boden und hinterließ eine Spur, die erst in dem von glühender Kohle bedecktem Bett im Schlafzimmer endete.

Azrael konnte es nicht ertragen, was Samael mit seiner Gefährtin anstellen würde. Angewidert verließ er den Palast.

Keine fünf Minuten später stand Samael vor der Tür der

Unterkunft.

»Es geht los, Engel!«

Kaum hatte er den Satz beendet, trat der Dunkle Engel vor die Tür.

»Du bist schon fertig?« Azrael tat, als wäre er über die Schnelligkeit überrascht. Das brachte ihm den Vorteil, dass der Fürst der Hölle keine weiteren Untersuchungen anstellte. Er wollte Samael nicht offenbaren, dass er die Abreise schon vor einiger Zeit vorbereitet hatte. Er konnte es kaum abwarten, diesen Ort endlich zu verlassen.

»Es war ein kurzes, aber heftiges Vergnügen.« Er grinste.

»Ach, wolltest du etwa auch ...?« Er hob die Hand. Mit dem Daumen deutete er über die Schulter in Richtung seines Palastes.

Azrael winkte dankend ab.

»Als ich das letzte Mal eine Frau nach dir beglückte, hat es mich aus dem Himmel hinauskatapultiert. Eine Erfahrung, die ich nicht wiederholen will.« Der Gedanke daran versetzte ihn in schlechte Laune.

»Viel tiefer wird es nicht mehr gehen, Engel. Dann müsstest du meinen Platz übernehmen.«

»Verzichte freiwillig«, entgegnete Azrael mit zerknirschter Miene.

»Ist auch besser so.«

Samael wusste, dass Azrael nicht nach seinem Thron strebte, was ein Missfallen in ihm hervorrief. Der Fürst der Hölle liebte es, wenn er herausfand, dass eine Höllenkreatur ihm seinen Platz streitig machen wollte. Diese Versuche waren zwar nicht an der Tagesordnung, doch einige besonders intrigante Seelen unternahmen diese Anstrengungen, die sie mit ewiger Folter bezahlten. Andererseits war der Engel zu einem Dauergast in der

Hölle avanciert, was dem Fürsten der Hölle sehr gelegen kam. Doch er wusste auch um Azraels Bemühungen. Noch immer hoffte der Dunkle Engel auf Begnadigung, um wieder als vollwertiger Erzengel zu agieren.

Obwohl das ungleiche Paar wie Öl und Wasser schien, hatten sie sich in den letzten zweihundert Jahren miteinander arrangiert. Trotz der Kabbelei konnten sie sich aufeinander verlassen, auch wenn das Misstrauen noch immer überwog. Beide zogen bei jeder sich bietenden Gelegenheit ihren Nutzen aus dieser Verbindung.

In einer schmalen Seitengasse, die in die Threadneedle Street mündete, betraten sie die Erde. Es dämmerte bereits, sodass ihr Auftauchen kaum bemerkt wurde.

»Hast du einen Plan?«, wollte Azrael wissen.

Der Dämon blickte sich um.

»Da ist ein Pub. Dort sollten wir reingehen.«

Im ›Yielding Door‹ herrschte reges Treiben. Nach getaner Arbeit gaben die Männer hier ihr sauer verdientes Geld für Met und Huren aus. Samael schubste einen Mann etwas zur Seite. Lautstark bäumte der Angetrunkene sich vor dem Dämon auf, der nun wie ein kleinwüchsiger Mann aussah. Als der Gast die Hand ballte, stellte sich Azrael dazu. Den Kopf schüttelnd, signalisierte er dem Betrunkenen mit wütendem Blick, es zu unterlassen. Fluchend winkte der Mann ab und wandte sich wieder lautstark seinem Nachbarn zu.

»Wieso hast du das gemacht?« Samael war mehr als empört.

»Den hätte ich mit Links geschafft.«

»Ich weiß. Doch wir sollten nicht zu sehr auffallen. Vielleicht erhalten wir hier einige Informationen, die uns weiterhelfen.«

»Deine unterkühlte Geschäftsmäßigkeit ist laaaaaangweilig«, versuchte er, den Engel aus der Reserve zu locken. Es war vergebens. Azrael blieb konzentriert. Seine Zurückhaltung hatte ihnen bei ihrer Arbeit schon oftmals geholfen. Nachdem er für sie zwei Krüge bestellt hatte, lehnte er sich mit dem Rücken gegen den Tresen, die Unterarme auf der Theke geparkt, dabei ließ er den Blick durch die Menge schweifen. Nicht die kleinste Kleinigkeit entging seiner Aufmerksamkeit.

Wenige Meter neben der Tür gab es eine Nische. Dort saß ein Mann, der bereits mehr getrunken hatte, als er vertragen konnte. Mit einem Nicken deutete der Engel in dessen Richtung.

Gerade erhoben sich zwei Männer, um sich zu verabschieden.

»Bis morgen, Eadgar«, grölte der Dickere von beiden.

Zwei weitere Männer sahen ihre Chance. Als sie sich an den Tisch setzen wollten, trat Azrael vor sie. Beschwichtigend hoben sie die Arme, als sie vor dem großen Mann standen, der sie mit finsterer Miene anblickte. Murrend gingen sie auf ihre alten Plätze zurück.

»Du heißt Eadgar?«, suchte Samael das Gespräch, während er sich auf einen der beiden Hocker setzte.

Der Angesprochene nickte, während er in seinen leeren Krug starrte. Azrael wandte sich dem Tresen zu und bestellte noch etwas zu trinken für sich und den jungen Mann. Der Wirt war auf großen Andrang vorbereitet. Ein Junge von zwölf Jahren brachte ihnen die Getränke. Er hatte Mühe, die schweren Krüge durch die Menge zu transportieren, ohne dabei etwas zu verschütten. Azrael kam ihm einige Schritte entgegen.

»Danke.« Er nahm dem Jungen die Krüge ab, der sofort zurück hinter den Tresen lief, um sich dem Abwasch zu widmen.

»Hier!« Der Engel stellte seinen vollen Krug vor Eadgar ab.

»Wie komme ich su disser Ehre?«

»Wir sind neu hier und suchen nur ein wenig Anschluss«, erklärte Azrael.

»Dieser Pub machte auf uns einen guten Eindruck …« Samael begann zu kichern.

»Was issn mit deinem Freund?«, lallte Eadgar, nahm den Krug und trank.

»Er verträgt nur wenig Alkohol«, entgegnete der Engel lapidar.

»Kennst du ein Hotel in der Nähe? Eines, das nicht überteuert ist und wo man das Bett nicht mit Wanzen teilen muss, meine ich.«

Sie benötigten keine Unterkunft, da sie jederzeit in die Untere Ebene zurückkehren konnten. Doch es half mit den Menschen ein ungezwungenes Gespräch zu beginnen, bei dem niemand Verdacht schöpfte.

Kurz huschte ein Grinsen über Eadgars Gesicht.

»Entweder Wanzen oder teuer. Ihr habt die Wahl.«

»Dann Wanzen«, meinte Samael, der sich gerade mit dem Handrücken über das Kinn wischte.

»Okay.« Eadgar hob die Augenbrauen.

»Lasssss mich mal nachdenken …«

Es war bildlich zu erkennen, als Eadgar der Name einer Unterkunft einfiel.

»Geht am bessten ins ›Waters‹. Iss nich weit von hier. Direkt an der Themse. Dort sinn fffiele Seemänner, wenn die Boote mal über Nacht bleiben.«

Azrael klopfte ihm freundschaftlich auf die Schulter.

»Danke. Das werden wir uns ansehen.«

»Wo kommst du her?«, wollte Samael wissen.

»Ich lebe mit meiner Tochter nich weit von hier.«

»Deiner Tochter? Was ist mit deiner Frau?«

Eadgar schüttelte heftig den Kopf. Seine Augen trugen plötzlich eine solche Traurigkeit in sich, dass Samael den Eindruck bekam, er würde gleich wie ein Schlosshund losheulen.

»Meine Frau schtarb bei der Geburt einesss unserer Kinder vor neun Jahren. Marietta ... sie iss mein Ein un Alles, verschteht ihr?«

Azrael und Samael nickten beide im Takt.

»Marietta, so hieß deine Frau?«, fuhr Azrael fort.

Eadgar schüttelte den Kopf.

»Meine Tochter.« Sein Ausdruck wurde wehmütig.

»Verzeih, wenn wir zu aufdringlich wirken, doch eben sagtest du etwas von Kindern?« Der Engel hoffte, dass er nicht zu weit ging. Er musste herausfinden, was es mit den zwei Kindern auf sich hatte, da er sich nur an die Geburt eines Kindes erinnerte. Es gab keine weiteren Namen für Familienzuwachs bei Eadgar auf seiner Liste. Woher kam also das zweite Baby?

Der Alkohol löste die Zunge. Eadgar kamen keine Bedenken, den Fremden seine Lebensgeschichte anzuvertrauen.

»Sie bekam noch einen Sssohn. Den habe ich der Hebamme un ihrem Partner anvertraut. Die sssollten sich um den Jungen kümmern.« Plötzlich wurde seine Miene hart, während er in eine Leere starrte, die sich weit weg von diesem Ort befand.

»Wegen ihm schdarb meine Frau.« Er blickte Azrael mit Tränen in den Augen an.

»Meine geliebte Katharina. Kat. Sssie war dasss Bessste, was einem Mann wie mir passieren konnte.«

»Sie ist jetzt an einem besseren Ort«, versuchte Azrael

ihn zu trösten, während er dem Häufchen Elend vor sich freundschaftlich die Hand auf die Schulter legte.

»Hast du deinen Sohn jemals wiedergesehen?«, mischte sich Samael mit ins Gespräch.

Eadgars Oberkörper versteifte sich.

»Ess vergeht kaum ein Tag, an dem ich disssen verflixten Bengel nich sehe. Er treibt sssich viel in den Schtrassen herum. Wenn ich ihn sssehe, werde ich immer wütend. Die Ähnlichkeit mit Kat … sssie … und dann noch …« Er schluchzte.

»Du meinst, der Sohn war nicht von dir?«

Samael erntete einen missbilligenden Blick von Azrael. Wieso musste er diesen Mann noch mehr quälen? Es war offensichtlich, dass er litt, und das bereits seit neun Jahren. Erst jetzt fiel dem Engel auf, dass Eadgar viel älter wirkte, als er tatsächlich sein konnte. In sein Gesicht hatten sich tiefe Sorgenfalten eingegraben. Der Haaransatz begann sich zurückzuziehen. Alles wies darauf hin, dass er einst ein ansehnlicher Mann gewesen war, bevor ihn dieser Schicksalsschlag ereilt hatte.

»Was ist mit Marietta? Wo ist sie jetzt?« Azrael verstand sich prächtig darauf, jemanden aus tiefster Verzweiflung herauszuholen. Bestärkend drückte seine Hand Eadgars Unterarm, um ihm zu signalisieren, dass er vollstes Verständnis für dessen Probleme hatte.

Samael verzog angewidert das Gesicht.

»Sssie iss n gutes Mädchen. Macht den Haushalt un so.«

»In Ordnung. Sie ist ein nettes Ding.« Den Dämon begann die Geschichte zu langweilen.

»Was für einen Verdacht hegst du wegen dem Jungen?« Azraels wütender Blick störte ihn nicht.

»Lass es raus, Eadgar. Danach wird es besser.«

Gemächlich lehnte Samael sich zurück. Als er feststellte, dass der Sitz keine Rückenlehne besaß, schob er die Brust heraus und verschränkte dabei die Arme, während er versuchte, den Mann mit einem hypnotischen Blick zu einer Antwort zu bewegen.

»Ich ... esss war ... scheiße! Ich war 'nen paar Tage wech ... da muss esss wohl passsiert sssein.«

Der Dämon und der Engel wechselten einen kurzen Blick. Samaels Mundwinkel bogen sich nach oben. »Ist dir klar, wenn dein Sohn ...«

»Samael«, zischte Azrael.

»Was denn?« Der Dämon spielte absichtlich den Unwissenden.

»Man muss doch nur zwei und zwei zusammenz ...«

»Sei still!«, fiel der Engel ihm ins Wort.

»Dann halte ich eben die Klappe.«

Beleidigt starrte der Dämon Löcher in die Luft.

»Weißt du, wo wir die Hebamme finden können?«

»Es ... sie isss ... esss ist das gelbe Haus in der Canwyke Street. Wiessso? Wird einer von euch Vadder?« Eadgar schien verwirrt.

»Nein. Aber man weiß ja nie. Und ich überprüfe lieber alles, bevor es zu spät ist. Es tut mir leid um deine Katharina. Sie war bestimmt eine gute Frau.«

Stirnrunzelnd überlegte Eadgar, was der Engel mit dem letzten Satz gemeint haben könnte.

Die beiden Männer verließen das ›Yielding Door‹, ohne sich von ihrem Gesprächspartner zu verabschieden.

»Was jetzt?«, fragte der Dämon ungeduldig.

»Wir müssen diesen Jungen finden, um herauszufinden, was es mit ihm auf sich hat. Hier geht etwas nicht mit rechten Dingen zu.«

Samael kratzte sich an der Stirn.

»Wieso suchen wir nicht das Mädchen, diese Marietta, auf? Sie wird uns sagen, was los ist.«

»Samael, sie war damals ein Säugling. Marietta wird sich an nichts erinnern können. Ich denke, bei der Hebamme werden wir mehr erfahren.«

Seite an Seite trotteten sie die Straßen entlang.

»Morgen gehen wir in die Canwyke Street. Viele der Kerzenmacher haben dort ihre Produktionsräume«, erklärte Azrael.

»Wir sollten uns dort erst einmal umsehen, damit wir keine unliebsamen Überraschungen erleben. Und dann statten wir diesem Pärchen einen Besuch ab. «

Zum ersten Mal hörte der Dämon Hass in den Worten mitklingen. Er schmunzelte in sich hinein.

Sie bogen in eine dunkle Gasse ein, dann waren sie plötzlich verschwunden.

 # *Tischgespräche*

Wendel kam in die Küche. Zalmona verteilte das Abendessen auf den Tellern, als er am Tisch Platz nahm.

»Es gibt Froschschenkel, eine französische Spezialität«, behauptete seine Mutter.

»Ich hoffe, es schmeckt dir.«

»Gibt es was zu feiern?«, fragte er, während er die drei Beine auf dem Teller hungrig anstarrte. Er konnte sich nicht erklären, wie man von dieser eher übersichtlichen Portion satt werden sollte. Mit dem Durchmesser und der Länge eines Zahnstochers waren die Schenkel kaum von der Verzierung des Tellers zu unterscheiden.

Kaleb kam ebenfalls an den Tisch. In der Hand hielt er eine Schale mit dampfendem Wurzelgemüse. Er setzte sich zu ihnen und tat sich auf, bevor er die Schüssel an Zalmona weiterreichte.

»Sohn, es gibt immer etwas zu feiern. Damals, als wir dich zu uns holten, wussten deine Mutter und ich bereits, was für ein toller Junge einmal aus dir werden würde.« Wohlwollend lächelte er.

»Ja. Doch die Karten haben mir erzählt, dass ein Geheimnis unmittelbar mit dir verbunden ist«, setzte Zalmona die Unterhaltung fort.

»Bisher konnte mir das Blatt keine genaueren Angaben dazu machen. Es hat den Anschein, dass es mit deinem leiblichen Vater zu tun hat. Allerdings …« Sie unterbrach sich selbst.

»Wie du weißt, hat dein Vater dich damals verstoßen«, setzte Kaleb ein.

»Wir vermuten, er wird uns dein Geheimnis nicht

preisgeben.«

Schweigen.

Wendel kaute an einem Schenkel herum.

»Es riecht gut und schmeckt noch besser«, lobte Kaleb.

»Ich habe nur eine Familie«, entgegnete der Junge schmatzend, »und die seid ihr«, beendete er voller Stolz.

»Es freut uns, Wendel, dass du so empfindest. Würdest du dich bereit erklären, dir von mir die Karten legen zu lassen? Ohne deine Zustimmung geht das leider nicht.« Einen Schenkel zwischen Daumen und Zeigefinger eingeklemmt, knabbert Zalmona vorsichtig an dem dünnen Knochen herum, als wollte sie ihn unter keinen Umständen zerbrechen, während Kaleb die Spezialität komplett verschlang.

Wendel gefielen die Tischmanieren seines Vaters. Sie waren von einer elementaren Einfachheit, die alles andere in den Schatten stellte. Er wäre gern wie Kaleb, doch dazu fehlte ihm der kräftige Kiefer mit den Reißzähnen, die sich während der Mahlzeiten bei seinem Vater im Mund bildeten.

Einmal hatte Wendel versucht, einen Rinderknochen durchzubeißen, dabei brach ein Stück vom rechten Backenzahn ab. Zum Zahnklempner wollte er nicht. Zalmona gab ihm ein betäubendes Getränk, das weit länger wirkte als das, was die aktuelle Medizin hervorbrachte. Noch immer zeugte der kaputte Zahn von der Torheit, doch die Schmerzen gehörten der Vergangenheit an.

»Ist der Junge denn alt genug dafür?«

Kalebs Einwand war berechtigt. Bei Menschen in jungen Jahren konnten die Karten nie die genaue Zukunft voraussagen. Das Leben eines Kindes glich einer wilden Flussfahrt in einem Einbaum. Es war unmöglich zu wissen, bei welcher Stromschnelle der Baum sich drehen würde, um eine andere Richtung einzuschlagen oder unterzugehen. Die menschliche Natur, und ganz besonders die der Kinder, erwies sich immer wieder als unberechenbar. Alles hing von den gegebenen Umständen ab. Die Gegenwart beeinflusste das Handeln und somit die Zukunft. Wuchs das Kind in einer harmonischen Umgebung auf und pflegte nette Freundschaften, lag es nahe, dass es die positiven Erlebnisse mit seinen Mitmenschen teilen würde. Sollte es jedoch in verkommene Kreise abrutschen, müsste es eventuell ums Überleben kämpfen. Diese unkalkulierbareren Faktoren spiegelten sich auch in den Karten wider. Sie zeigten nie ein eindeutiges Ergebnis. Die großen Unbekannten im Rad des Lebens. Wie eine Speiche konnte sie stützen, brach sie jedoch, vermochte niemand zu sagen, wie die Zukunft verlaufen würde, sobald das Kind das Erwachsenenalter erreichte.

Wendel stand kurz vor seinem zehnten Geburtstag. Nach dem Masterplan seiner Eltern — gemessen an der Zeitrechnung der Erde in Kombination mit ihrem Wissen — hatte er noch weitere zehn Jahre, bevor sein Schicksal sich erfüllen sollte.

»Was muss ich denn da machen, Ma?« Seine Augen weiteten sich. Bisher hatte er nie die Karten befragen dürfen, ja, Zalmona hatte ihm noch nicht mal erlaubt, sie zu berühren. Die Tarotkarten würden sonst verunreinigt werden, so ihre Erklärung. Niemand, außer sie selbst, hatte Zugang zur Offenbarung der Tarotkarten. Sobald sie mit der Befragung fertig war, verschloss sie die Karten, um sie vor fremdem Einfluss zu schützen.

»Du wirst sie mischen und mir mit der linken Hand zurückgeben.«

Wendels anfängliche Freude schlug in Enttäuschung um. Er

hatte gehofft, dass er damit spielen durfte. Von den Bildern ging eine Faszination aus, die ihn immer wieder in den Bann zog, wenn er seiner Mutter dabei zusah, wie sie ihre Zukunft darin deutete. Wie Zalmona wollte er versuchen, in die Zukunft zu schauen, doch er wusste nicht wie. Jetzt war seine Stunde gekommen. Wendel würde höllisch aufpassen, um das Geheimnis der Karten zu enträtseln.

»Das ist alles?«

»Wir werden sehen.« Zalmona lächelte ihm aufmunternd zu.

»Iss auf, dann zeige ich dir, wie es funktioniert.« Wendel konnte es gar nicht abwarten. Plötzlich war sein Hunger verflogen. Er nahm das Stofftuch, um sich damit den Mund abzuwischen.

»Ich bin fertig. Darf ich spielen gehen, Mama?«

»Noch nicht, Sohn. Es gibt noch etwas, das wir mit dir bereden müssen.«

Kaleb warf die letzten zwei Froschschenkel in die Luft. Geschickt schnappte er mit dem Mund nach den Köstlichkeiten, ohne dass eine davon zu Boden fiel. Wendel klatschte vor Begeisterung in die Hände.

Erheitert sah Zalmona ihren beiden Männern zu.

Durch Wendel geriet der Verlust ihres ersten Adoptivsohns allmählich in Vergessenheit. Philippe war ein Filou gewesen. Zu spät hatten sie erkannt, dass ihm der Schneid fehlte, den Wendel an den Tag legte. Wendel war wissbegierig, scheute sich nicht, die Hände schmutzig zu machen, während Philippe nur den Weiberröcken hinterherjagte. Als es zur Sache ging, versagte er.

Es war ihre erste Begegnung mit Samael, dessen Seelendurst ihn an die Oberfläche der Erde gerufen hatte. Trotz intensiver Vorbereitungen hatte Philippe ihm nichts entgegenzusetzen. Sein Schutzengel versagte, da er das Schicksal des Jungen nicht ernst nahm. Er war gar nicht erst gekommen, als es zum endgültigen Kampf kam, bei dem Philippe sich opfern sollte, damit Nagual, Zalmonas Schwester, ihr Leben wieder aufnehmen konnte. Kein Guardian wagte es, sich dem Fürsten der Hölle entgegenzustellen. Das Mädchen, das als Gefäß für ihre Schwester benutzt wurde, hatte noch nicht einmal einen Schutzengel. Sie hatten viel Arbeit investiert, damit sie überhaupt ihr zwanzigstes Lebensjahr erreichte. Das ging nur mit Naguals Hilfe, die als symbiotischer Parasit in dem Mädchen heranwuchs.

Durch Philippes Unzulänglichkeit fand der Dämon heraus, wo sie sich aufhielten. Mitten im Ritual platzte der Fürst der Hölle herein. Gemeinsam mit einem weiteren Dämon beendete das Geschöpf der Hölle vorzeitig die Zeremonie. Zalmona konnte nur noch den Energieball, zu dem Nagual zusammenschrumpfte, retten, bevor das Mädchen starb. Um fliehen zu können, machte sie sich den Zeitpunkt zunutze, als Samael sich die Seelen der beiden Kinder einverleibte. Nur so war es ihr möglich gewesen zu entkommen.

Jetzt steckte Nagual in Marietta, Wendels Zwillingsschwester. Es würden noch zehn Jahre vergehen, bis sie das Ritual erneut einleiten konnten. Dann wäre Wendel, der jetzt schon eine Skrupellosigkeit an den Tag legte, die seinesgleichen suchte, bereit. Sie konnten sich keinen geeigneteren Kandidaten vorstellen, der Nagual zum Leben verhelfen würde.

Zalmona legte das Tuch zur Seite.

»Lasst uns kurz den Tisch abräumen. Danach begeben wir uns ins Wohnzimmer. Ich werde dir die Karten legen.«

Wendel sprang auf. Gerade wollte er hinausstürmen, als

der Blick seiner Mutter ihn festhielt. Wortlos schnappte er sich den Teller, doch er hielt ihn schief, sodass die Knochen über den Rand zu Boden rutschten. Er warf sich auf die Knie. Nachdem er die Reste zurück auf den Teller befördert hatte, scheuerte er einige Male mit den Schuhen über den öligen Fleck am Fußboden, bevor er das Geschirr auf dem Küchentisch abstellte.

Wenig später versammelte sich die Familie in der Stube.
Wendel setzte sich an den kleinen runden Tisch, auf dem der Stapel Karten lag.
Zalmona schob dem Jungen den Block zu.

»Hier. Kannst du die mischen?«
Wendel nahm den Stapel an sich. Beim Mischen legte er eine Geschicklichkeit an den Tag, die sowohl Kaleb als auch Zalmona staunen ließ.

»Wo hast du das gelernt, Sohn?« Kaleb begann sich eine Pfeife zu stopfen, dabei ließ er seinen Sohn nicht aus den Augen.

»Joseph hat es mir beigebracht. Er kann so einige Kartentricks«, entgegnete er selbstbewusst.
Seine Handfertigkeit übertraf ihre kühnsten Erwartungen. Wendel war schon sehr viel weiter, als Philippe es damals im selben Alter gewesen war.
Das Mischen wurde schneller. Zu schnell. Die Karten verteilten sich plötzlich auf dem Boden.

»Oh! Verzeihung, Mama!« Mit hochrotem Kopf sammelte Wendel alle zusammen. Dabei erweckte eine Karte seine besondere Aufmerksamkeit.

»Wendel?«, holte Zalmona ihn aus den Gedanken.
Hastig schob er alles zu einem Haufen zusammen, setzte sich zurück an den Tisch und mischte weiter. Mit einem süffisanten Lächeln übergab er den Stapel mit der linken

Hand seiner Mutter.

»Danke, Wendel.« Sie legte die erste Reihe auf den Tisch. Immer wieder hob sie erst die eine, dann die andere Augenbraue, während die Karten langsam die Fläche der reich verzierten Tischplatte bedeckten.

»Was siehst du da, Ma?« Erwartungsvoll rutschte er auf dem Stuhl hin und her.

»Ich sehe eine interessante Zukunft für dich. Du wirst noch viel erleben.« Sie runzelte die Stirn.

»Doch das hier verstehe ich nicht.« Sie platzierte den Ellenbogen auf dem Tisch, legte das Kinn zwischen Daumen und Zeigefinger, während sie versuchte, die Karten zu lesen.

»Hier stimmt etwas nicht. Da ist eine Unterbrechung, doch ich kann nicht sehen, woher sie kommt.«

»Vielleicht, weil er noch zu jung ist«, gab Kaleb zu bedenken.

»Möglich. Ich denke aber nicht, dass es daran liegt.«
Eine schwere Ruhe legte sich über das Zimmer.

»Leider sehe ich nicht, ob das mit deinem leiblichen Vater zu tun haben könnte. Seltsam.«
Wendel gähnte vor Langeweile. Das alles klang gar nicht nach aufregenden Abenteuern. Er hatte gehofft, in den Karten wäre mehr zu erkennen. Dass er einmal ein reicher Mann sein, ein wunderschönes Mädchen heiraten, vielleicht sogar eine Familie gründen würde. Die Vorhersage war schwammig, ohne tiefere Bedeutung. So hatte er sich das nicht vorgestellt.
Hörbar atmete er aus.

»Kann ich auf mein Zimmer gehen?«
Zalmona kapitulierte. Ein weiteres Mal die Karten zu legen, erschien ihr unklug. Es hätte alles, was sie jetzt bereits zu sehen bekam, erneut bestätigt. Das Schicksal ließ sich

213

weder betrügen, noch beeinflussen.

»Ja, geh ruhig, Wendel. Ich versuche noch herauszufinden, was dieser Bruch bedeuten könnte«, entgegnete sie, in Gedanken versunken.

Wendel lachte sich ins Fäustchen.

Was Zalmona nicht mitbekommen hatte: Während er den Stapel vom Boden geklaubt hatte, entwendete er geschickt eine Karte. Sie zeigte ein Skelett mit einer Sense in der Hand.

Es wäre klüger gewesen, der Junge hätte die Karte in dem Stapel an ihrem vorbestimmten Platz belassen. Dann hätte die Seherin das wahre Schicksal ihres Adoptivsohns erkannt:

Wendels Tod stand unmittelbar vor der Tür.

 # Unverhofftes Wiedersehen

Bereits einen halben Tag lang standen sie auf der anderen Straßenseite, um das gelbe Haus zu beobachten. Bisher hatten sie nichts Auffälliges entdecken können. Die Dämmerung setzte ein, die Straße leerte sich. Die Zeit der zwielichtigen Gestalten brach an. Niemand wollte sich der Dunkelheit stellen, um überfallen, beraubt oder gar getötet zu werden. Zudem war es Zeit für das Abendessen.

Hinter den zugezogenen Vorhängen huschten Schatten in menschlicher Gestalt vorbei. Eine schlanke Frau, ein leicht untersetzter Mann, ein Kind. Es war nicht auszumachen, ob es ein Junge oder ein Mädchen war.

Azrael stand mit dem Rücken gegen die Hauswand gelehnt, die Arme hatte er vor der Brust verschränkt.

»Meinst du, Eadgar hat die Wahrheit gesprochen?«

»Das ist ein gelbes Haus. Das einzige gelbe Haus, wenn ich mich hier umsehe.« Die Hände in den Hüften, straffte der Dämon den Oberkörper. Er war es leid zu warten. Es war an der Zeit, dass sie endlich zur Tat schritten.

»Wir sollten mal freundlich anklopfen«, forderte er den Engel auf und setzte sich ohne Umschweife in Bewegung.

Azrael stieß sich mit dem Fuß von der Wand ab, als im selben Moment die Tür aufging.

Die Frau leerte einen Eimer auf der Straße aus. Sie bemerkte die Männer auf der gegenüberliegenden Straßenseite nicht.

»Na, wen haben wir denn da?« Der Dämon wirkte überrascht, fing sich jedoch sofort wieder.

»Kennst du sie?« Azrael warf dem Freund einen fragenden Seitenblick zu.

»Darauf kannst du Gift nehmen. Wir sind uns mal in Frankreich begegnet. Doch das liegt bereits einige Jahrzehnte zurück.«

»Dann war sie ein Kind?« Dem Dunklen Engel wurde mulmig.

Wenn Samael zuvor schon versucht hatte, sich an einem kleinen Mädchen zu vergreifen, musste die Frau mit großen Schwierigkeiten rechnen. Die Begegnung mit dem Teufel persönlich verkraftete niemand so ohne weiteres.

»Wo denkst du hin?« Er winkte mit einer Handbewegung ab.

»Sie ist nur nicht gealtert. Findest du das nicht seltsam?« Mit schiefgelegtem Kopf versuchte er, Azraels Gedanken zu erforschen.

Der jedoch ließ sich nichts anmerken.

»Kannst du sagen, woher sie stammte? Sie ist kein Engel, dennoch entdecke ich eine magische Aura an ihr.«

»Ihr Name ist Zalmona«, knurrte der Dämon.

Dem Engel lief es kalt den Rücken hinunter.

»Sie ist die Schwester von ...«

»Nagual«, beendete Azrael den Satz mit monotoner Stimme.

»Kal«, rief Zalmona. »Kaleb!«

Ihr Partner kam ihr auf dem Korridor entgegen.

»In die Stube. Rasch!« Ihr Befehlston mahnte ihn zur Eile. Sofort schloss sie die Tür hinter sich.

»Was gibt es, Zal? Wieso bist du so aufgebracht?«

»Auf der anderen Straßenseite ... Jemand ist hier!«

Kaleb verstand nicht.

»Wer ist hier? Von wem sprichst du? Eadgar? Ich dachte, der will von Wendel nichts mehr wissen?«

»Unsinn!« Mit einer harschen Handbewegung wiegelte sie weitere Fragen ab.

»Keine Ahnung. Auf der anderen Straßenseite. Ich konnte sie nicht genau erkennen.«
Kaleb riss die Augen auf.

»Soll ich mal nachsehen? Es ist dunkel und ...« Weiter kam er nicht.

»Sie sind zu zweit. Ich weiß, du kannst besser sehen als ich. Zudem ist dein Geruchssinn viel stärker ausgeprägt ...«
Immer wieder rieb sie sich die Hände. Die Aufregung hatte vollends von ihr Besitz ergriffen.

»Du hast also keinen blassen Schimmer?«
Sie schüttelte den Kopf.

»Nur eine vage Vermutung«, sprach sie zu sich selbst.

»Vielleicht ist es wirklich besser, wenn du nachschaust.«

»Hat es etwas mit deiner Schwester zu tun? Nagual ist noch längst nicht so weit herangereift, und das Mädchen spürt noch nichts. Weshalb ...« Eine ungeheure Ahnung schien ihn in Besitz zu nehmen.
Es klopfte an der Haustür.

»Wo ist Wendel?«, flüsterte sie.

»Ich denke, er ist oben. In seinem Zimmer spielen«, beantwortete er ihre Frage im selben Flüsterton.
Es klopfte erneut. Stärker.

»Zal. Sie wissen, dass wir hier sind. Die Kerzen brennen noch.«

»Verdammt!« Ihr wurde schlagartig kalt, sodass sie sich mehrmals mit den Händen über die Oberarme rieb.

»Willst du einem alten Freund nicht öffnen, Zalmona?

Ich habe eine weite und seeehr anstrengende Reise hinter mir.«

Die raue Stimme fuhr ihr durch Mark und Bein. Es war die spezielle Betonung auf ›einem alten Freund‹, die ihr Herz plötzlich schneller schlagen ließ.

»Wer ist das? Es ist offensichtlich, dass er dich kennt.« Kaleb suchte ihre Aufmerksamkeit, doch Zalmona schien in Gedanken versunken.

Was will er? Eine leichte Panik war ihr anzumerken.

»Bleib ruhig, Zal. Ich regle das.«

Kaleb ging zur Tür.

Er hatte noch nicht einmal geöffnet, da sträubten sich bei ihm bereits die Nackenhaare. Das verhieß nichts Gutes.

Als er die Tür aufmachte, schossen seine Augenbrauen hoch. Wie Zalmona es vorausgesagt hatte, standen zwei Gestalten vor ihm. Sie wirkten sonderbar, zumal einer eher klein geraten und der andere ein stattlicher Mann war.

»Guten Abend, die Herren.« Er war sichtlich um Höflichkeit bemüht.

»Wie kann ich Euch behilflich sein?« Ein grässlicher Gestank, der ihm sofort vertraut war, stieg ihm in die Nase.

Als sich Kalebs und Samaels Blicke trafen, entdeckte der Dämon einen Anflug von Angst.

»Wen haben wir denn hier?« Sofort schob sich sein rechter Mundwinkel nach oben.

»Das wird ja immer besser! Hast du eine neue Bleibe bei deiner Herrin gefunden, du räudiger Köter?« Samaels Worte trieften vor Verachtung für die Chimäre.

Am liebsten hätte Kaleb die Tür vor seiner Nase zu-geschlagen, doch es war zu spät. Es hätte den Dämon nur zu einer übertriebenen Handlung verleitet. Kaleb musste einen kühlen Kopf bewahren und erst her-ausfinden, was die beiden unerwünschten Gestalten im Schilde führten.

»Was wollt ihr?«, fragte er im schroffen Ton, hoffend, dass sie seiner Stimme das Zittern nicht anmerkten.

Seine letzte Begegnung mit der Hölle war ohne Samaels direkte Beteiligung verlaufen. Kaleb hatte noch nicht einmal gewusst, ob der Dämon überhaupt Notiz von ihm genommen hatte. Der Chimäre trat der Schweiß auf die Stirn, als sie an Samaels Höllenhunde Kerberos und Phoberos zurückdachte. Sie hatten ihn in die Mangel genommen und zerfleischen wollen. Wäre Nagual nicht zur Hilfe gekommen, hätte sein Leben ein unschönes Ende gefunden.

Aus Dankbarkeit versprach die Chimäre, auf ihre Halbschwester Zalmona aufzupassen. Kaleb kannte Nagual nur als einen kleinen goldenen Energieball, nachdem Samael ihr den menschlichen Körper geraubt hatte, den sie zum Überleben benötigte.

Während der Dämon eifrig beschäftigt war, die Seele des Mädchens in sich aufzusaugen, ergriff die Chimäre die Flucht. Bis zum heutigen Tag war Kaleb der Ansicht, dass der Fürst der Hölle seine Anwesenheit nicht bemerkt hatte. Ein Irrtum, wie sich nun herausstellte.

»Wir haben einen Freund aufgesucht, dessen Tochter durch Zalmona das Licht der Welt erblickte. Nun stell dir mal vor, wie erstaunt wir waren, als wir erfuhren, dass sie einen Zwillingsbruder hat. Man sagte uns, dass er in eurer Obhut sei.« Samaels Miene verdunkelte sich, als hätte jemand einen Lichtschalter betätigt.

»Wir wollen den Jungen sehen«, forderte er schroff.

Kaleb kam nicht mehr zum Antworten, da Azrael die Tür mit der Hand aufstieß, sodass sie gegen die Wand prallte.

»Hey!«, rief der Hausherr. Überrascht durch die Heftigkeit sprang er einen Schritt zurück. Die beiden Männer betraten den Flur. Kaleb spürte den Druck im

Brustkorb, als der Dunkle Engel ihn mit der Hand gegen die Wand presste. Er konnte das Winseln nicht unterdrücken. Im selben Moment kam Zalmona aus der Stube geeilt. Schnell hatte sie sich einen Überblick verschafft.

»Hallo, Zalmona«, säuselte Samael, als würde seine große Liebe vor ihm stehen.

»Samael.« Sie wollte nicht wahrhaben, dass er sie, trotz aller Vorsichtsmaßnahmen, finden konnte. Eine Wiederholung der vergangenen Geschehnisse musste vermieden werden. Ihre Bemühungen durften nicht umsonst gewesen sein. Rasch überlegte sie, was sie unternehmen konnte, doch ihr fiel nichts Gescheites ein. Nur ein Gedanke beherrschte sie: Samael durfte Wendel nicht in die Finger bekommen.

Irgendwie musste sie den unliebsamen Besuch ablenken. Sie würde so laut reden, dass Wendel es mitbekam. Vielleicht war er schlau genug, die gefährliche Situation zu erfassen, und würde das Weite suchen, bevor er von dem Dämon entdeckt wurde.

»Wo ist euer Sohn?«, meldete sich nun auch Azrael zu Wort.

»Und wer bist du?«, schnaubte Kaleb, bemüht, das Zittern seiner Knie in den Griff zu bekommen. Kurz überlegte er, ob er sich in die Chimäre verwandeln sollte, verwarf den Gedanken aber sofort wieder. Ein Kräftemessen gegen den Höllenfürsten würde nicht zu seinen Gunsten ausfallen. Im Moment konnte er nur abwarten und hoffen, dass sie seinem Sohn kein Leid zufügten.

»Azrael. Der Seelenhüter. Und jetzt, da wir uns vorgestellt haben, fehlt nur noch das Kind. Wo ist es?«

Einen Wimpernschlag lang huschte Zalmonas Blick nach oben. Azrael bemerkte es sofort.

»Er hat sein Zimmer im ersten Stock, Samael.«

»Ihr werdet nicht hinaufgehen. Das lasse ich nur über meine Leiche zu.« Mutig versperrte sie ihnen den Weg, indem sie mit ausgebreiteten Armen den Aufgang blockierte.

»Willst du es wirklich darauf ankommen lassen?« Samael konnte es kaum erwarten, es dieser Frau endlich heimzuzahlen. Noch immer trug er ihr nach, dass sie ihn hintergangen hatte. Dass sie feige davongelaufen war, als er sich die Seelen der Kinder einverleibt hatte. Nur ein kurzer Moment der Unaufmerksamkeit seinerseits. Seine alles verschlingende Feuersäule, die jeden Anwesenden in die Flucht schlug, sodass er nicht alle Seelen fangen konnte. Ganz besonders lechzte er nach der von Nagual. Doch die war mit Zalmona verschwunden. Es wäre ein Leichtes für ihn gewesen, Zalmona zu stellen. Die Folter würde ihre Zunge schon lösen, damit sie das Versteck von Nagual verriet. Wäre der Engel nicht anwesend, hätte Samael sich auf Zalmona gestürzt. Doch Azrael duldete es nicht. Der ehemalige Erzengel respektierte jedes Leben. Getötet wurde nur im Ausnahmefall. Das musste Samael ihm garantieren, da der Dämon ansonsten keinen Zugang zum Buch der Seelen erhalten hätte. Zwar schmeckte dem Höllenfürst dieser Handel nicht, doch es war ein unbedeutendes Opfer im Vergleich zu dem, was er dafür gewann: Jede Menge neuer Seelen, die eigentlich Einzug in die Obere Ebene halten sollten. Von den Meisten hatte der Engel keine Kenntnis, da sie überwiegend durch Lilith und ohne sein Zutun auf einen anderen Weg geführt wurden, der sie direkt in die Unterwelt führte.

Azrael packte sie am Handgelenk. Schroff zog der Engel sie zur Seite. Sofort sprang Samael an ihr vorbei. Zwei Stufen auf einmal nehmend, rannte er die Treppe empor. Mit dem Fuß stieß er die Tür auf.

Sofort hechtete Kaleb hinterher. Im Zimmer kam auch er abrupt zum Stehen.

Wendel war nirgends zu entdecken.

»Wo ist er?«, brummte der Dämon gefährlich leise. Er wusste, dass Kalebs gutes Gehör seine Worte genau vernommen hatte.

Der Vater stand mit aufgerissenen Augen da. Dann machte sich Erleichterung in ihm breit, als ihm klar wurde, dass sein Sohn bereits das Haus verlassen hatte.

Der Dämon nickte bedächtig.

»Verstehe. Ihr könnt ihn nicht kontrollieren.« Er machte auf dem Absatz kehrt.

»Er ist nicht hier, Engel! Lass uns gehen und ihn suchen.«

Kaleb kam die Treppe hinunter.

»Wendel hat sich aus dem Staub gemacht. Viel konnte ich nicht mehr von ihm wittern. Vermutlich hat er das Zimmer verlassen, kurz nachdem er hinaufgegangen war.«

»Wo kann er hingegangen sein?« Zalmona begann sich zu sorgen.

»Vermutlich ist er bei Joseph?« Ihre größte Hoffnung war nun, dass ihr Sohn sich gut versteckte. Am sichersten war er bei seinem Freund untergebracht, der einige Straßen weiter wohnte.

Wendel hörte das Pochen gegen die Tür. Um diese Zeit erhielten sie nur Besuch, wenn eine Frau kurz vor der Entbindung stand. Zalmona hatte zurzeit vier werdende Mütter in Betreuung, doch deren Niederkunft sollte sich frühestens in zwei Monaten ankündigen. Sofern eine von ihnen eine Frühgeburt erlitt, wäre ein heftiges Pochen vermischt mit verzweifelten Rufen die Folge. Mit den Jahren hatte Wendel gelernt zu erkennen, wann das Klopfen an der Tür einem dringlichen Fall zuzuordnen war. Dieses Trommeln war definitiv nicht das Signal, dass eine Frau in den Wehen lag.

Jessys letzte Worte kamen ihm in den Sinn: ›Du brauchst mich!‹ Sollte dieser dumme Schutzengel am Ende recht behalten? Befand er sich wirklich in Gefahr? Immer wieder hatte er nach Jessy Ausschau gehalten, doch sie blieb unsichtbar. War verschwunden. Einfach so. Er wollte kein Risiko eingehen. Sein Instinkt mahnte ihn zur Vorsicht, und bisher hatte er sich jedes Mal auf ihn verlassen können. Also beschloss er, sich auf dem Weg zu seinem Freund zu machen. Unterwegs wollte er nach dem Schutzengel suchen. Auf jeden Fall würde er erst mal einen Abgang machen. Man konnte nie wissen. Wer auch immer um diese Zeit vor der Tür stand und so vehement auf Einlass beharrte, war sicher kein Überbringer guter Nachrichten.

Er öffnete leise das Fenster.

Von der lautstarken Unterhaltung im Hausflur bekam er nur wenig mit. Bemüht, so lautlos wie möglich zu sein, kroch er durch die schmale Öffnung nach draußen. An der Rückwand des Hauses wuchs ein Rosenstock, den sein Vater in diesem Frühjahr mit einer selbstgebastelten Holzleiter abgestützt hatte. Das dankte ihm die Pflanze mit reichhaltiger Blütenpracht sowie jeder Menge Dornen an den Ästen.

Ihm blieb keine Wahl; er ließ sich daran hinab. Wendel biss die Zähne zusammen, als ein Dorn sich in seine Handfläche bohrte. Er rutschte, weitere Stacheln rissen mehrere Stellen an Armen, im Gesicht und an der Kleidung auf. Den letzten Meter ließ er sich fallen und fing den Sturz ab, indem er über den Rücken rollte und wie ein Akrobat den

Schwung nutzte, um zum Stehen zu kommen. Es war nicht das erste Mal, dass er mit einem beherzten Sprung die hohe Hinterpforte aus Eisen hinaufkraxelte. Mit einem Ächzen traf er auf das Straßenpflaster, dann jagte er die Straße hinunter.

Jetzt wollte er sich erst einmal auf die Suche begeben. Sollte sie nicht von Erfolg gekrönt sein, würde Joseph ihm dabei helfen müssen.

Schützling in Not!

Jessy riss die Augen auf. Ihr Körper schoss hoch, als hätte sie jemand mit einer Nadel gestochen. Gleichzeitig presste sie die Hand fest auf den Empathieknoten, während ihr Blick wild umherschweifte. Eine Hundertschaft an Kerzen schwebte um sie herum. Einige standen auf dem Boden weitere auf diversen Regalen. Sie tauchten den Raum in ein helles Licht.

Die Guardian fühlte sich zwar besser, doch wiederum nicht. Etwas schien nicht in Ordnung zu sein. Ihre Erinnerung wies Lücken auf. Sie wusste nur noch, dass ihr Schützling sie in einen Käfig gesperrt und allein zurückgelassen hatte. Sie sah an sich hinunter. Das Kleid, das sie trug, war definitiv nicht aus ihrem Kleiderschrank. Der leichte sonnengelbe Stoff schmiegte sich um ihren Körper. Ein Impuls ließ sie die Schultern straffen. Ihre Flügel zitterten, als hätten sie einen Krampf. Kurz darauf war alles vorüber. Die Schwingen falteten sich zusammen, dann pressten sie sich fest gegen ihren Rücken. Ihre Hand griff nach dem Kleid am Fußende, das jemand für sie dort abgelegt hatte und sie zog es an. Dann stieg die Guardian von der Liege hinunter. Der warme Boden fühlte sich gut unter ihren nackten Füßen an.

Jessys Kopf schnellte zur Seite, als die Tür geöffnet wurde.

»Hallo, Jesajah. Es ist schön zu sehen, dass es dir wieder besser geht.« Es war Astara, die nach ihrer Patientin schaute.

»Ich habe mir schon große Sorgen um dein Wohlergehen gemacht. So lange musste noch kein Guardian in der Kammer der eintausend Kerzen verweilen.«

»Wo bin ich? Kerzenkammer? Bin ich gestorben?«

Sie kam aus dem Staunen nicht heraus. Sie wollte all das wundervolle Kerzenlicht, das dieses wohlige Gefühl in ihr hervorrief, noch weiter auskosten. Es sollte nie wieder vergehen.

»Das ist die Kammer der tausend Kerzen. Ursprünglich habe ich dieses Zimmer als Wellnessoase konzipiert, damit die Schutzengel sich nach einem harten Tag hier so richtig schön erholen können. Ich konnte ja nicht ahnen, dass es öfter frequentiert werden würde als der Pub. Gefällt es dir?« Astara war sichtlich stolz auf ihre Einrichtung.

Jessy nickte beeindruckt.

»Und um den Rest deiner Frage zu beantworten: Nein, du bist nicht gestorben. Sonst wärst du nicht hier aufgewacht. Allerdings hätte nicht mehr viel dazu gefehlt. Armes Ding.« Sie dachte an den Tag zurück, als man Jesajah zu ihr gebracht hatte.

»Du wurdest von einem Engel gerettet.« Sie knuffte die Guardian freundschaftlich gegen den Oberarm.

»Und der sah echt super aus.« Kurz errötete Astara, fing sich aber gleich wieder.

»Wer ist er denn?«, fragte die Hotelbesitzerin ganz unverfänglich.

Jessy öffnete den Mund, brachte jedoch kein Wort heraus. Astara zwinkerte ihr zu.

»Willst es wohl nicht verraten, was? Na gut. Ich kann es verstehen. Solch einen tollen Typen teilt man nicht gern.«

»Nei… nein«, stotterte Jessy.

»Ich … nun … Ich weiß wirklich nicht, von wem du sprichst. Ein Engel hat mich gerettet, sagst du? Etwa ein Schutzengel?« Daran hatte sie wirklich keinerlei Erinnerung.

»Nicht doch. Kein Guardian!«, winkte Astara pikiert ab.

226

»Eher ein Erzengel. Zumindest ist das meine Vermutung. Groß und gut aussehend. Leider wollte er mir seinen Namen nicht verraten. Daher dachte ich, dass ihr...« Jessy schüttelte die Locken.

»Nein. Ich kenne keinen Engel. Auch keinen Erzengel, außer Seraphiel. Das ist die Wahrheit«, beharrte sie.

»Hm. Nein. Seraphiel war es definitiv nicht. Was hätte der Erzengel des Friedens im Exil zu suchen? Zudem habe ich mit ihm telefoniert. So, wie er sich anhörte ... Nee, er kann es nicht gewesen sein. Der macht doch keinen Flügelschlag für uns Schutzengel. Dennoch ... Irgendwie ist es seltsam.« Während sie laut nachdachte, tippte sie mit dem Zeigefinger gegen ihre Unterlippe.

»Wer mag er gewesen sein? Ich habe noch nie gehört, dass ein Engel jemals einen Schutzengel gerettet hat.«

»Schade«, seufzte Jessy.

»Ich hätte mich gern bei ihm bedankt. Meinst du, er kommt wieder?«

Astara hob die Achseln.

»Keine Ahnung. Er hat nichts gesagt. Er hat dich nur abgeliefert, danach ist er ohne ein Wort verschwunden.«

»Welche Farbe hatten seine Flügel?« Jessy erinnerte sich daran, dass die Schwingen oftmals den Farbton des Lichts hatten, in dem der Engel erstrahlte. Da sie den Großteil der himmlischen Geschöpfe studiert hatte, könnte sie anhand dessen vielleicht seine Identität herausfinden.

»Seine Flügel waren zusammengeklappt und leider nicht sichtbar. Anfangs war ich mir deswegen auch nicht sicher, ob er überhaupt zu den Engeln gehört. Es war die Art und Weise, wie er sprach, die mich überzeugte. Er ist echt ein toller Typ. Schade, dass du nicht weißt, wer er ist.«

Gemeinsam stießen die beiden einen lauten Seufzer aus.

227

»Autsch!« Jessys Hand presste sich erneut gegen ihre Brust.

»Dein Schützling.« Astara zog den Nasenrücken kraus.

»Er scheint in Schwierigkeiten zu sein.«

Jessy beugte den Oberkörper vor, als müsste sie sich jeden Augenblick übergeben.

»Tut es deswegen so weh?«

»Ja. So wird uns Schutzengeln mitgeteilt, wenn der Schützling in Not gerät. Du solltest ihn sofort aufsuchen. Er braucht deine Hilfe, Jesajah. Sobald du in seiner Sichtweite bist, nimmt der Schmerz ab.«

»Aber wo kann ich ihn denn finden? Ich weiß ja noch nicht einmal, wo ich mit der Suche beginnen soll!«

»Verlass dich auf dein Bauchgefühl. Das wird dich leiten und zu ihm führen. Vertrau auf dich.«

»Woher weiß ich, dass ich nicht zu spät komme?«

»Daran solltest du auch nie nur einen Gedanken verschwenden!«

Ihre resolute Antwort erschreckte Jessy, sodass sie zwei Schritte rückwärts taumelte. Bisher hatte sie Wendel nur einmal vor einem sehr großen Übel bewahren müssen. Oftmals waren es nur kleinere Vergehen, bei denen ihr Empathieknoten nur leicht pulsierte. Da sie sich jedes Mal in seiner Nähe befand, war sie immer in der Lage, ihm rechtzeitig zur Hand zu gehen. Sie erinnerte sich an ihre Zeit auf der Akademie. Bei ihrem Abschlusstest hatte es dieses Gefühl nicht gegeben, da die zu rettende Person nicht mit ihr verbunden gewesen war. Jetzt war es ganz anders. Voller Energie und Schmerz.

Astara packte Jessy am Handgelenk.

»Das schaffst du, Jesajah. Hab Vertrauen.« Ihre Stimme klang sanft, fast schon beschwörend.

Die Guardian nickte, um sich selbst Mut zu machen. Die

228

Strähne rutschte ihr ins Gesicht. Sie schob die Unterlippe vor, damit sie die Locke wegpusten konnte. Zu ihrer Überraschung blieb die Strähne diesmal an ihrem Platz. Jessy sah es als Omen. Sie streckte den Brustkorb hervor. Voller Stolz spazierte sie erhobenen Hauptes aus dem Raum, bereit, ihren Schützling vor dem Schlimmsten zu bewahren.

»Du solltest dich aber noch eben umziehen. Und vergiss deine Aureole nicht«, rief ihr Astara nach, die es nicht umgehen konnte, dass der Ernst der Lage auch ihr zu schaffen machte.

Währenddessen irrte Wendel durch die Gassen Londons. Er hatte bereits die Stellen abgesucht, an denen er Jessy zuvor gesehen hatte, doch diesmal schien sie wie vom Erdboden verschluckt. Er durchstreifte die Milkstreet. Vor dem ›Heaven's Gate‹ hielt er an. Stirnrunzelnd überlegte er, was an diesem Haus anders war. Dann fiel es ihm auf. Die Eingangstür unterschied sich von den anderen in der Straße. Sie wirkte nicht nur viel niedriger, nein, sie war es auch.

Er öffnete die Tür. Sogleich richteten sich alle Augenpaare auf ihn. Die Gespräche verstummten.

»So einen Pub habe ich noch nie gesehen.« Staunend machte er einige Schritte hinein. Ein Ahornbaum, dessen Blätterdach die gesamte Decke bedeckte, stand in der Mitte. Johannesglühwürmchen liefen auf den Blättern und an den Wänden wild durcheinander, als würden sie miteinander tanzen. Ihr glühendes Sternit tauchte den Pub in ein grünliches Licht.

Der Barkeeper kam hinter dem Tresen hervorgeeilt. Mit

229

seinen ein Meter zweiundvierzig war er um einiges kleiner als Wendel. Der Junge konnte ein Grinsen nicht unterbinden, als der schmächtige Kerl mit den großen dunklen Augen zu ihm aufsah.

»Du hast hier nichts zu suchen!« Er hatte einen starken südenglischen Akzent.

»Kinder sind im Pub nicht zugelassen. Du musst sofort gehen.« Seine Ärmchen flogen wild durcheinander, als wollte er lästige Fliegen verscheuchen.

»Was ist das hier für ein Pub?«, fragte der Junge stirnrunzelnd, ließ sich jedoch nicht aus der Ruhe bringen. Ein Raunen ging durch den Raum. Die Gäste begannen miteinander zu tuscheln. Immer wieder schnappte er einige Wortfetzen auf. »Menschenkind … sichtbar … sehen … Barriere … überwunden …«

»Du musst gehen. Sofort!«, beharrte der Barkeeper.

»Sonst was?« So einfach ließ er sich nicht rauswerfen. Das Tuscheln verstummte. Wieder richteten sich alle Augenpaare auf ihn.

»Ich verliere sonst meine Lizenz.«

»John«, rief einer der Gäste. Ohne Aufforderung gesellte er sich zu den beiden.
Der Guardian war ebenso groß wie der Barkeeper, dazu um einiges mutiger. Sommersprossen, in den unterschiedlichsten Größen, verteilten sich über sein Gesicht, rotblonde ungezähmte Locken standen in alle Himmelsrichtungen ab. Mit verschränkten Armen stellte er sich vor den Jungen.
Wendel hatte sichtbar Mühe, ein Grinsen zu unterbinden.

»Und wer bist du?« Mit diesen beiden Zwergen würde er problemlos fertig werden.

»Ich bin Daniel. Ein Pub ist nichts für Kinder. Geh heim zu deinen Eltern.«

Wendel fiel auf, dass alle Anwesenden kleinwüchsig waren.

»Aber das scheint mir hier ein Treffpunkt für Kinder zu sein.«

»Das ist doch …«, empörte sich John.

»John«, wurde der Barkeeper von Daniel unterbrochen.

»Etwas ist seltsam. Der Junge kann uns sehen«, flüsterte der Schutzengel dem Wirt ins Ohr.

Erst jetzt wurde John klar, dass dies an ein Ding der Unmöglichkeit grenzte. Kein Mensch sollte in der Lage sein, sie zu sehen. Was ging hier vor? Das galt es herauszufinden. Der Barkeeper räusperte sich und versuchte es auf die freundliche Art.

»Was willst du, Junge? Wie können wir dir helfen?«

»Na bitte. Es geht doch. Ich suche Jessy. Ist sie hier?« Seine Augen suchten den Pub ab, doch nirgends konnte er sie entdecken.

Daniel und John tauschten einen raschen Blick.

»Wer soll das sein?«, wollte Daniel wissen.

»Sie sagte, sie sei mein Schutzengel.«

Der gesamte Pub brach in Gelächter aus.

»Was ist daran so komisch?« Er hatte doch gar keinen Witz gemacht.

»Ein Schutzengel namens Jessy?« Daniel hielt sich den kleinen Bauch vor Lachen.

»Es gibt keine Guardian mit diesem Namen«, erklärte er, dabei wischte er sich eine Träne aus dem Augenwinkel.

»Da hat dich wohl jemand ganz schön hinters Licht geführt. Außerdem sind weibliche Guardians für Mädchen zuständig. Nicht für Jungs«, setzte er besserwisserisch nach.

John buffte Daniel heftige in den Oberarm. Er hatte schon zu viel verraten.

»Autsch«, rief der Guardian. Mehrmals rieb er sich über

den Arm, während der Barkeeper ihn mit einem zornigen Blick bedachte.

»Ich wusste doch«, Wendel schlug mit der Faust in die Hand, sodass es patschte, »dass sie mich auf den Arm nimmt. Und woher kommen dann die Flügel auf ihrem Rücken?«

Abrupt wurde es still im Raum.

»Hör zu, Junge«, begann John beschwichtigend.

»Ich weiß nicht, was du gesehen hast, doch mir ist noch niemand mit dem Namen begegnet.« Er wandte sich den anderen Gästen zu.

»Kennt einer von euch diese ... Jessy?«

Einige der Besucher schüttelten nur den Kopf, während andere ein »Nein« in den Raum murmelten.

»Du siehst, Junge. Hier ist sie nicht gewesen.«

Wendel verstand, dass er so nicht weiterkommen würde. Er musste seine Suche woanders fortsetzen.

»Gibt es ein Hotel oder einen Gasthof, wo ein Schutzengel unterkommt? Wo wohnt ihr?«, startete er einen letzten Versuch.

»Junge, geh nach Hause. Du bist wohl zu häufig beim Märchenerzähler gewesen.« John zeigte mit dem Finger auf die Tür.

Wendel hatte keine Geduld mehr.

»Also gut. Doch ich bin nicht bekloppt! Ich weiß, was ich gesehen habe!«

Wütend verließ er das ›Heaven's Gate‹.

»Wir sollten uns aufteilen, dann können wir schneller die Gegend absuchen«, schlug Azrael vor.

»In Ordnung«, stimmte Samael zu.

»Ich gehe nach Osten, du übernimmst den Süden. Sobald einer von uns den Jungen gefunden hat, schickt er ein Leuchtsignal in den Himmel.«

Der Dunkle Engel nickte, dann trennten sich ihre Wege.

Der Dämon rannte die Threadneedle Street entlang. Immer wieder schaute er in die einsamen Gassen, in denen ein erbärmlicher Gestank nach Kloake lag, sodass der Höllenfürst sich hier sehr wohlfühlte. London kam einem Sündenpfuhl gleich, was ihn an sein Zuhause erinnerte. Seine Nase versuchte, die unterschiedlichen Gerüche zu sondieren, doch er konnte das, wonach er suchte, nicht ausmachen.

»Ein Junge ... um diese Zeit auf der Straße ... der sollte doch zu finden sein ...«, brabbelte er vor sich hin, während er weiterhin konzentriert alles absuchte.

Schließlich bog er in die Milkstreet ein. Vor dem ›Heaven's Gate‹ stoppte er. Der zarte Duft eines Menschen, der erst vor kurzem hier gewesen sein musste, stieg ihm in die Nase. Samael überlegte, ob das sein konnte, da Menschen dieses Gebäude nicht als das wahrnahmen, was es tatsächlich war. Für sie war es nur ein baufälliges Haus, das vor einigen Jahren einem Brand zum Opfer gefallen war, nicht ein gutbesuchter Pub für Schutzengel, der vierundzwanzig Stunden und sieben Tage die Woche geöffnet hatte. Statt einer Einladung in einen Pub verbot das Schild für das menschliche Auge den Zugang wegen Einsturzgefahr.

Der Dämon hob die Hufe und setzte an. Mit einem lauten Poltern sprang die Tür auf.

Die Gäste sprangen von ihren Sitzen auf. Sofort drängten sich alle in die Ecken. Daniel sprang mit einem Hechtsprung hinter den Tresen. Dabei stieß er gegen den Barkeeper, der gerade das Geschirr abtrocknete. Der

233

Becher fiel John aus der Hand und traf laut scheppernd auf dem Boden auf. Verdrossen, über diesen abrupten Angriff, sah er Daniel an. Bevor John ihn zurechtweisen konnte, deutete der Guardian ihm mit dem Finger an, ihn nicht zu verraten. Plötzlich hielt der Bar-keeper in der Bewegung inne. Sein Kiefer klappte nach unten, als er den Eindringling entdeckte.

»Pfui, Teufel! Hier stinkt es ja schrecklich nach Schutzengel!« Zwar hatte er mit einer Geruchsbelästigung gerechnet, doch noch nie hatte er einen Raum betreten, in dem sich gleich mehrere von diesem Geflügel aufhielten. Angewidert presste er den Unterarm vor die Nase.

»Habt ihr einen Jungen gesehen?« Seine Frage war kaum zu verstehen, da der Arm vor der Nase die Worte verschluckte.

»Ein Dämon!«, rief einer der Gäste, bereute es aber sogleich, da Samael ihn anblitzte.

»Genau. Ich bin es. Samael. Ihr sagt mir jetzt auf der Stelle, wann der Junge in diesem Pub war. Und wohin er gegangen ist.« Pulsierend veränderte sich seine Hautfarbe in ein dunkles Rot.

»Er … er …«, stotterte John. Mit einem Satz war Samael bei ihm. Grob packte er den Barkeeper am Schlafittchen und zog ihn zu sich heran, damit der Schutzengel gleich wusste, dass der Fürst der Hölle nicht zum Spaßen aufgelegt war.

John begann zu zittern.

»Ich höre«, brummte der Dämon.

»Ein Junge … ja … er war … vor kurzem hier. Ist aber wieder weg«, entgegnete er im Staccato.

»Wohin wollte er?« Er schüttelte den Barkeeper so heftig, dass dessen Antwort kaum zu verstehen war.

»D-d-d-d-das ha-ha-ha-ha-hat er ni-ni-ni-ni-nicht

ge-ge-ge-ge-sagt.«

Unvermittelt ließ Samael von ihm ab, sodass der Barkeeper auf dem Hosenboden landete. Daniel sah ihn aus vor Schreck geweiteten Augen an. Rückwärts kriechend versuchte John, so viel Abstand wie möglich zwischen sich und den Dämon zu bringen. Schweißperlen legten sich auf seine Stirn.

»Wie lange ist er schon weg?« Samael stemmte sich mit den Händen auf dem Tresen ab. Sein stechender Blick hielt den vor Angst erstarrten Barkeeper gefangen.

»Noch nicht sehr lange«, hörte er einen der Schutzengel sagen.

Langsam wandte Samael den Kopf zur Seite.

»Wer hat das gesagt?«

Die Guardians drängten sich noch enger in die Ecken. Niemand wollte nähere Bekanntschaft mit dem Dämon machen. Ein Schutzengel mit dunklem Haar wurde aus der Menge herausgeschoben. Er wehrte sich, doch das störte die anderen nicht. Hastig riss er die Mütze vom Kopf und schaute verstohlen auf den Holzboden, dabei knete er die Kopfbedeckung nervös mit den Händen.

»Der Junge, Ihr habt ihn knapp verpasst, Sir.« Seine Stimme überschlug sich vor Aufregung.

»Und du kannst mir nicht sagen, wohin er wollte?«

»Nei… nein. Wir haben ihn fortgeschickt … Kinder sind in einem Pub nicht erlaubt.«

»Nun gut. Mir fehlt die Zeit, euch alle sofort in mein Reich mitzunehmen. Hütet euch. Beim nächsten Besuch werde ich meinen Hunger an euch stillen.«

Er hörte, wie einige der Schutzengel nach Luft schnappten, andere begannen zu wimmern. Einer flehte um Gnade, während der Barkeeper um göttlichen Beistand betete.

Bevor der Dämon das ›Heaven's Gate‹ verließ, entstand

ein Feuerball in seiner Handfläche. Mit einem gezielten Wurf schleuderte er ihn gegen den Ahornbaum.

»Als kleinen Denkzettel, damit ihr mich in guter Erinnerung behaltet«, höhnte er beim Hinausrennen.

Sofort brach Panik im Pub aus.

Azrael lief in Richtung Süden auf die Thames Street zu. Sofort wurde ihm klar, weshalb der Dämon ihn hierher auf die Suche geschickt hatte. Auf dieser Strecke gab es sehr viele Kirchen, von denen Samael lieber Abstand hielt. Für Azrael stellten sie ein kleineres Übel dar, obwohl sie ihn immer an die Zeit, als er noch ein Dasein als Erzengel der Oberen Ebene gefristet hatte, erinnerten.

Es wäre ein kluger Schachzug, wenn der Junge sich in einem Gotteshaus versteckt hielte. Vor der All Hallows Church stoppte er. Ein schwaches Licht brannte im Kirchenschiff. Die schwere Holztür knarzte, als er sie öffnete. Er ging hinein. Schon lange hatte er keine Kirche mehr betreten. Lautstark fiel die Tür hinter ihm zu. In dem Moment drehte ein Mann sich um.

Azrael erkannte ihn. Es war Eadgar. Er entdeckte noch fünf weitere Personen verteilt auf diverse Bänke, die allesamt um Vergebung oder göttlichen Beistand beteten. Er begab sich in die dritte Reihe, um sich neben Eadgar zu setzen.

Anfangs noch unsicher, kam Eadgar die Begegnung im ›Yielding Door‹ in den Sinn. Die Erinnerung war zwar getrübt, doch er glaubte den Mann neben sich zu haben, der ihm einen gewissen Trost zugesprochen hatte. Es war einer Erleichterung nahegekommen, als er sich dem Fremden offenbart hatte.

Azrael bekreuzigte sich, dann faltete er die Hände, die er vor sich auf die schmale Ablage legte. Langsam drehte er den Kopf zur Seite.

»Kommst du öfters hierher?«

Eadgar hielt den Kopf gesenkt. Wie Azrael hatte er die

Hände gefaltet.

»Ich bete beinahe jeden Tag für meine verstorbene Frau.«

»Du hast sie sehr geliebt.«

Er nickte mehrmals.

»So sehr, dass ich ihr sogar den Seitensprung verziehen habe.«

Azrael hob die Augenbrauen, doch Eadgar hatte die Augen geschlossen.

Nur so konnte der Witwer sich an Katharina erinnern. An ihr Aussehen, ihr schönes Haar, ihren Duft nach Lavendel. Das alles war so präsent, als würde sie direkt neben ihm sitzen.

»Das hast du gewusst? Und es ihr nie vorgehalten?«

Er schluckte.

»Ja«, kam es heiser über seine Lippen.

»Ich war auf einer längeren Seereise. Als ich zurückkam, erzählte sie mir, dass sie verführt worden war. Sie konnte nichts dagegen unternehmen. Der Mann, er nannte sich Kasdeya ...«

Bei dem Namen setzte Azrael sich gerade auf. Sofort strafften sich seine Schultern.

Eadgars Stimme brach, als er fortfuhr.

»Ich erinnere mich so genau, weil der Name mir seltsam fremd erschien. Sie sagte, er hätte etwas Besonderes an sich gehabt. Als würde er von einem Licht umgeben sein. Er verführte sie ... hat meine Katharina regelrecht verhext. Hinterher gab er ihr einen Trank. Sie musste auf die Bibel schwören, das Zeug zu nehmen, sollten sie gemeinsame Nachkommen bekommen. Wir haben lange versucht, eine Familie zu gründen, doch ohne Erfolg. Dann wurde Kat schwanger. Sie wusste, dass es nicht von mir sein konnte. Das Kind sollte nicht zum

Engelmacher gebracht werden. Mit meinem Einverständnis trug sie es aus, nicht ahnend, dass sie Zwillinge bekommen würde.« Er wischte sich mit dem Unterarm über die Augen.

»Er hat sie auf die Bibel schwören lassen?«, hakte der Dunkle Engel ungläubig nach. Für Azrael war sofort klar: Marietta war die gemeinsame Tochter von Eadgar und Katharina, während Wendel ein Nachkomme Kesdayas sein musste. Nur so erklärten sich die Umstände, dass der Junge in der Lage war, seinen Schutzengel zu sehen, ihn gar berühren konnte.

»Ja.« Eadgar vergrub den Kopf in den Händen.

»Während der Niederkunft sagte Kat noch etwas, das ich nicht verstand. Irgendetwas mit ›höchste Strafe‹, wenn sie das Kind bekommen würde. Doch es war nicht nur ein Kind. Zuerst wurde Marietta geboren. Sie war klein und schwach, als wäre sie viel zu früh gekommen. Sie hatte keinen leichten Start, obwohl bei ihrer Geburt alles gut lief. Dann erblickte Wendel das Licht der Welt. Er war doppelt so groß wie Marietta. Katharinas Zustand verschlechterte sich rapide. Selbst die Hebamme war nicht in der Lage, etwas gegen die Schwäche zu unternehmen. Keines der Mittel wollte helfen. Kat starb.« Er rang nach Fassung.

»Ich verfluchte den Jungen. Ich konnte ihn nicht behalten. Deswegen hatte ich ihn der Hebamme übergeben. Er war die Bezahlung für ihre Dienste. Sie wollte sich darum kümmern, dass er Eltern bekommt, die ihn lieben können.« Eadgar war kein schlechter Mensch. Für ihn kam der Verlust seiner geliebten Frau der größten Katastrophe gleich. Seine Entscheidung, Wendel nicht als sein Kind aufzuziehen, lag darin begründet, dass er schlichtweg nicht für zwei Kinder aufkommen konnte. Zalmonas Angebot kam ihn daher sehr gelegen. Er sah darin ein göttliches Zeichen. Die Wahl wurde ihm abgenommen. Gott hatte entschieden, dass er sich nicht mit zwei Kindern quälen musste. Seit dem besuchte er regelmäßig die Kirche, um zu beten. Für seine verstorbene Frau, für die sonderbare Marietta sowie für den Sohn, der es augenscheinlich gut getroffen hatte. Die Gebete für Wendel blieben jedoch ein Geheimnis zwischen ihm und Gott. Bis zu diesem Moment hatte er keiner Menschenseele, noch nicht einmal dem Priester, es gebeichtet.

»Ist Marietta ein normales Mädchen?«
Diese Frage überraschte Eadgar. Aus verheulten Augen schaute er den Sitznachbarn an. Es brauchte einen Moment, bis er seine Sprache wiederfand.

»Was meinst du damit?«

»Ist dir an ihr etwas aufgefallen? Hat sie ... spezielle Gaben?«
Eadgar runzelte die Stirn.

»Spezielle Gaben? Wohl eher weniger. Sie ist noch nicht mal besonders klug. Es reicht gerade aus, um sie auf den Markt zu schicken, sie kochen und sich um den Haushalt kümmern zu lassen.« Er wunderte sich, dass er diesem Fremden alles problemlos beichten konnte. Das hatte er noch nicht einmal dem Priester erzählt. Dieser Mann neben ihm wirkte vertrauensvoll, als könnte er jedes Geheimnis, und sei es noch so abscheulich, für sich behalten. Seine weichen Gesichtszüge, dazu die hellblauen Augen, die kein Wässerchen trüben konnte, kamen einem himmlischen Wesen gleich. Kurz hatte Eadgar das Gefühl, ein wahrer Engel wäre bei ihm.

»Und Wendel? Was ist mit ihm?«
Eadgar zuckte mit den Achseln.

»Keine Ahnung. Ab und zu sehe ich ihn mal auf der Straße, doch er hat mich nie gekümmert. Wendel scheint

240

eine gute Familie gefunden zu haben, sofern ich es an seinen Kleidern erkennen konnte. Wieso fragst du so seltsame Dinge?«

Azrael legte die Hand auf Eadgars Schulter. Sanft drückte er zu.

»Dieser Kasdeya war ein besonderer Mann. Ich kenne ihn. Deine Frau hatte keine andere Wahl. Sie war nicht die Erste und auch nicht die Letzte, die seinen Verführungskünsten unterlag. Er ist ein Meister der Versuchung.«

Eadgars Herz setzte einen Schlag aus. Die anfängliche Benommenheit war mit einem Mal verflogen.

»Was sagst du da?« Er ballte die Hände zu Fäusten.

»Wo finde ich ihn? Ich werde ihn umbringen«, rief er so laut, dass die anderen Besucher ihn mit entsetzter Miene anstarrten.

Der Priester kam eiligen Schrittes auf ihn zu.

»Bitte, Eadgar. Das ist Sünde. Du musst sofort Buße tun. Allein der Gedanke an solch eine Tat …« Er bekreuzigte sich.

»Schon gut, Pater«, lenkte Azrael ein.

»Dieser Schmerz sitzt so tief, dass die Wunde noch immer nicht verheilt ist. Ihr seid meinem Freund eine große Hilfe. Dafür danke ich Euch. Ich muss jetzt gehen.«

»Möge der Herr mit dir sein, mein Sohn.« Der Geistliche sah dem Dunklen Engel lächelnd nach.

»Kasdeya. Wieso muss sich dieser Engel immer wieder mit sterblichen Frauen einlassen? Ausgerechnet der«, fluchte Azrael, nachdem er die Kirche verlassen hatte. Schlagartig wurde ihm etwas klar.

»Der Junge. Er ist zum Teil ein Engel. Deswegen war er in der Lage, Jesajah zu fangen und einzusperren. Wenn

Samael ihn vor mir in die Hände bekommt, kann nur noch Gott dem Jungen helfen.« Er wusste, allein konnte er sich nicht gegen Samael stellen, sollte es zu einem Zusammentreffen zwischen ihm und Wendel kommen. Er brauchte Hilfe. Am besten himmlischen Beistand. Doch der Kontakt nach oben war unterbrochen.

Während er durch die Straßen hetzte, überlegte er, was er machen konnte, um das Schlimmste zu verhindern. Nur noch wenige Straßen, dann würde er das ›Shelter‹ erreichen. Dort, so hoffte er, würde er Unterstützung finden.

Unruhig lief Kaleb im Wohnzimmer auf und ab. Immer wieder verharrte er vor dem Fenster. Kostbare Minuten verstrichen wie Körner in der Sanduhr, seit Samael mit Azrael das Haus verlassen hatte. Noch mehr bekümmerte ihn die Tatsache, dass sein Sohn seit geraumer Zeit ebenfalls verschwunden war.

»Verdammt, Zal! Wir haben riesiges Glück gehabt, dass Samael uns nicht in die Hölle geschickt hat.«

»Das ist wahr, Kaleb. Beim nächsten Mal werden wir nicht mehr so glimpflich davonkommen. Die Zeit war unsere Verbündete. Selbst dem Fürst der Hölle schien das bekannt zu sein, denn sie hatten es mehr als eilig unseren Sohn zu finden.«

»Und du bist dir sicher, dass wir nichts unternehmen sollten?« Seine Augen suchten die Straße ab. Er konnte nicht sagen, nach was er Ausschau hielt. Fakt war, er hatte nichts, was er dem Dämon hätte entgegenbringen können. Als Chimäre konnte er sich nur in eine solche verwandeln. Magische Kräfte hatte er keine. Die Angst ließ ihn erschaudern, bei dem Gedanken, dass Samael einen Hinterhalt plante, damit er ihn doch noch in sein Reich holen konnte, um als Spielzeug für die Höllenhunde zu fungieren, die nur darauf warteten, ihn in Stücke zu reißen. Ein grausames Ende, dem er nicht entgegenfieberte.

Eine Frau kam die Straße entlang. Bedingt durch die Dunkelheit beschleunigte sie ihre Schritte. Es war bereits nach acht Uhr. Zu dieser Zeit blieb der normale Bürger lieber in seinen eigenen vier Wänden, in denen er sich sicher fühlte.

Es gab nichts Verdächtiges zu entdecken, somit wandte er sich Zalmona zu. Seine Partnerin saß an ihrem kleinen Tisch. Sie war die Ruhe selbst, während sie die Karten mischte, bis sie schließlich das Blatt vor sich ausbreitete. Ihr Kopf drehte sich von links nach rechts, dann wieder zurück, als wäre sie in eine Zeitung vertieft.

Plötzlich richtete sie den Oberkörper auf.

»Dies ist nicht mehr unser Kampf, Kal.«

»Sagen das die Karten?« Er schob das Kinn vor und deutete damit auf das Kartenmeer.

Die Seherin schaute kein einziges Mal auf, während sie sprach.

»Die Karten sind klar und doch wieder unklar.« Ihr Kopf zirkulierte über dem Tisch, studierte jedes Bild genau, um eine bessere Einsicht zu bekommen.

»Es wirkt auf mich, als wäre etwas unvollständig. Und dennoch … Es gibt einen abrupten Übergang, dessen Ausgang ungewiss ist. Wendel erhält Beistand bei seinem Kampf.« Ihre Stirn legte sich in Falten.

»Welcher Beistand? Etwa dieser weibliche Schutzengel?« Er schnaubte verächtlich.

»Die rotiert eher mit ihren eigenen Flügeln, als dass sie in der Lage wäre, Wendel zu beschützen.«

»Hm«, sinnierte Zalmona.

»Dieser Bube, ich habe ihn noch nie gesehen. Das ist nicht Wendel, es muss ein anderes Kind sein.« Plötzlich blickte sie auf. Zalmona blinzelte, was Kaleb sichtlich verwirrte.

In all den Jahren hatte er sie noch nie unsicher erlebt. Er erkannte, dass etwas ganz und gar nicht in Ordnung sein konnte. Bereits zum zweiten Mal schienen die Karten kein klares Bild zu offenbaren. Als Seherin war sie immer sehr gut darin gewesen, die Zukunft in Erfahrung zu bringen. Er konnte sich nicht erklären, weshalb plötzlich diese Schwierigkeiten ihren Weg kreuzten. Lag es an dem Auftauchen des Dämons und des gefallenen Engels? Das hätte sie in den Karten erkennen müssen. Mit der Hand fuhr er sich durch das dichte Haar.

»Was ist?« Sein Instinkt sagte ihm, dass etwas im Busch lag. Das gurrten die Tauben von den Dächern. In dieser Sache täuschte er sich nie.

»Es scheint, als wäre dies eine andere Zukunft. Dieser Bube steht nicht für Wendel.« Um ihren Worten Überzeugung zu verleihen, tippte ihr Fingernagel dreimal auf das besagte Blatt.

»Und ich finde seine Karte hier nicht offenbart.«
Kaleb beugte sich über den Tisch, bevor er ihr gegenüber Platz nahm.

»Vielleicht sein Freund Joseph?«
Sie überlegte kurz, schüttelte dann einmal den Kopf.

»Was kannst du sehen, Zal?«, drängte er, da ihm diese Unsicherheit zu schaffen machte.
Zalmona kniff kurz die Augen zusammen, um sich zu sammeln. Scharf sog sie die Luft ein.

»Es ist alles verwirrend. Die Karten sprechen immer eine klare Sprache. Diesmal sieht es so aus, als würde sie etwas auseinandergerissen haben. Sie bilden keine harmonische Einheit mehr.«

»Meinst du, es liegt daran, dass der Dämon wieder aufgetaucht ist? Immerhin hat er einen Engel mitgebracht. Ein Dämon und ein Engel machen gemeinsame Sache. Solch eine Kombination hat es bisher noch nicht gegeben.«

»Du meinst, das Gleichgewicht im Universum wurde so aus der Balance gebracht?« Erneut fixierte ihr Blick das Kartenmeer.

»Wäre das möglich?« Kaleb hielt es nicht mehr auf dem

Stuhl. Er brauchte Bewegung. Die Ruhe, die aus Zalmona herausströmte, spiegelte das Gegenteil von ihm wider.

»Wie kannst du nur so ruhig dasitzen, während unser Sohn da draußen ist«, sein Finger zeigte anklagend zum Fenster, »und keine Ahnung davon hat, was gerade auf ihn zukommt?«

»Die Karten sagen, wir dürfen nicht einschreiten. Wir müssen gehorchen. Ansonsten verändern wir alles. Neue Schicksalslinien würden sich bilden, all unsere bisherigen Bemühungen wären hinfällig. Diese männlichen Menschenkinder sind ersetzbar«, erwiderte sie kühl.

»Wichtig ist nur Marietta. Sie ist diejenige, die es vor Samael zu beschützen gilt.«

Die Aufmerksamkeit, die sie Wendel entgegenbrachte, war einem anderen Ziel zugeordnet. Menschen waren so leicht zu beeinflussen. Ganz besonders Kinder. Zalmona hatte eine gute Beobachtungsgabe. In Kombination mit den Tarotkarten war das die beste Voraussetzung, um ihrem Plan zum Erfolg zu verhelfen. Wendel und Marietta, in der ihre geliebte Schwester Nagual zu neuer Kraft heranwuchs, würden den Fortbestand ihrer Familie sichern, sowie eine neue Ära einleiten. Sie mussten das Mädchen beschützen. Niemand durfte davon erfahren – vor allem nicht der Höllenfürst, dessen Begierde es war, Naguals Seele zu besitzen, um ihre Macht auszukosten und für sich missbrauchen zu können. Der Junge war nur Mittel zum Zweck. Seine Aufgabe würde sich an Mariettas zwanzigstem Geburtstag erfüllen. Sollte Wendel dem Dämon vorzeitig zum Opfer fallen, wäre das zwar bedauerlich, doch unbedeutend. Zalmona seufzte bei dem Gedanken. Wendel hatte Charakterzüge entwickelt, die ihrem Vorhaben zugutekamen.

Der Junge hatte Freude am Risiko, war skrupellos und

würde alles tun, wozu ihn seine Adoptiveltern aufforderten. Da war Zalmona sich gewiss. Wäre dem nicht so, hätte sie sich die Mühe erspart, ein Menschenkind aufzuziehen. Um ihr Ziel zu erreichen, musste sie viel investieren. In diesem Fall war es, sich gemeinsam mit Kaleb ein Kind anzueignen, dessen Schicksal sie geschickt lenkten. Wendel wuchs zu einem Werkzeug ihres Planes heran, ohne dass er davon je erfahren würde. Sie musste nur verhindern, dass sein Schutzengel ihnen ins Handwerk pfuschte, weswegen das Pärchen alles in seiner Macht Stehende unternahm, damit diese Guardian keinen Einfluss auf den Sohn nehmen konnte. Es war zwar nicht auszuschließen, dass Jesajah sich in seiner Nähe aufhielt, doch viel dichter als auf Sichtweite würde sie sich auch nie an den Jungen heranwagen.

Als magische Wesen konnten Zalmona und Kaleb den Schutzengel sehen. Wendel jedoch hatte ihnen gegenüber nie ein Wort gesagt, dass sich dieses Mädchen in seiner Nähe aufhielt. Er war in der Lage, seine Guardian zu sehen, selbst dann, wenn sie kein Cape trug, das sie sichtbar machte. Die Eltern hatten geglaubt, alles wäre in bester Ordnung, bis zu dem Tag, als ihr Sohn das Geheimnis verriet. Seitdem war die Guardian nicht mehr in Erscheinung getreten. Sie schien komplett aus Wendels Leben verschwunden zu sein.

Kaleb zog ein kunstvoll verziertes, mit Eisen beschlagenes Holzkästchen von der Größe eines Schuhkartons aus dem Schrank. Bedächtig stellte er es auf dem Stubentisch ab. Seine Bewegungen glichen denen bei einem Ritual. Die Zärtlichkeit, mit der er das Kästchen öffnete, um kurz darauf eine formschöne Meerschaumpfeife hervorzuholen, wurde jedes Mal von ihm zelebriert. Hingebungsvoll begann er sie zu stopfen. Es sollte ihn beruhigen, doch diesmal wollte sich die Entspannung nicht einstellen.

Als er sie angesteckt hatte, setzte er sich in den Sessel. Bevor er genüsslich die Pfeife paffte, schlug er das linke Bein über das rechte. Weißer Rauch waberte aus seinen Mundwinkeln, kroch am Kinn hinunter und bildete einen gespenstischen Vollbart. Als er die Pfeife kurz absetzte, löste sich der Qualm im Nichts auf.

»Ich hatte den Eindruck, du magst unseren Sohn. Wenn er heute stirbt, waren all die Jahre vergebliche Liebesmühe.«

»Es ist nie umsonst«, entgegnete Zalmona so heftig, dass Kaleb kurz zusammenzuckte.

»Seine Handlungen und seine Anwesenheit lenken von Marietta ab, drängt sie in den Hintergrund, damit unserer Sache gedient ist. Wendel ist entbehrlich«, sagte sie mit einer Überzeugung, die über jeden Zweifel erhaben war.

»Ich kann es kaum erwarten, bis Nagual sich den Körper dieser Marietta zu Eigen gemacht hat. Dann muss ich nicht mehr mein Leben in dieser jämmerlichen Gestalt verbringen«, entgegnete Kaleb.

»Du machst dich ganz gut als Mensch. Außerdem sind deine weiterentwickelten Instinkte besonders hilfreich. Du kannst die Angst förmlich riechen.«

»Hm«, knurrte er.

»Angst stinkt.«

»Schon möglich.« Zalmona schmunzelte.

»Doch sie ist ein untrügliches Zeichen für einen Menschen, der sich in Not befindet. Er würde alles tun, wenn man ihm das zusichert, was er in der verfänglichen Situation am dringendsten benötigt.«

»Der Seitensprung von Wendels Mutter war nicht unser Verdienst«, bemerkte Kaleb zerknirscht.

»Nein. Doch viel besser hätten wir es auch nicht

anstellen können. Ab und zu bekommen auch wir ein wenig Glück vom Schicksal zugesprochen.«

»Und wie verhalten wir uns weiterhin?« Erneut war das Paffen im Zimmer zu hören.

»Wendel ist auf sich gestellt. So gern ich ihn länger bei uns hätte, wenn das Rad des Schicksals«, ihr Finger zeigte auf die Karte in der Mitte des Tisches, »es anders entscheidet, so werde ich mich dem beugen. Manchmal ist es schwer, diese Entscheidung zu akzeptieren, doch noch nie haben die Karten mich betrogen.«

»Du willst also nur hier herumsitzen und abwarten?«

»Nicht direkt. Sich einem Kampf gegen den Höllenfürsten zu stellen wäre irrsinnig. Wir sind ihm nicht gewachsen, Kal. Bedenke, es ist Samael, der zurückgekehrt ist.« Sie bemerkte, wie er bei der Nennung des Namens zusammenzuckte, ließ es sich jedoch nicht anmerken.

»Vermutlich wird er sehr bald wiederkommen. Zusätzlich hat er einen Handlanger mitgebracht. Für uns ist es hier vorerst nicht mehr sicher. Wir sollten packen und uns für die kommenden Jahre ein neues Versteck suchen. Am besten, wir verlassen London noch heute Nacht.«

»Du willst Wendel wirklich seinem Schicksal überlassen?«

Erneut begutachtete sie das Blatt vor sich auf dem Tisch.

»Was immer heute Abend geschieht, wir sind kein Teil davon, Kaleb.«

»Wohin gehen wir? Zurück nach Frankreich?«

»Nein. Erinnerst du dich noch an unsere liebe Freundin Johanna von Orleans? Die Kirche hat sie auf dem Scheiterhaufen verbrennen lassen, weil Johanna andere Ansichten hatte. Freies Denken ist dort nicht geduldet. Ein Aufenthalt in Frankreich wäre nicht sicher für uns. Wir suchen uns ein neues Ziel, kehren rechtzeitig zurück, sobald Mariettas zwanzigster Geburtstag naht. Bis dahin werden wir uns bedeckt halten, sodass wir in Ruhe alles vorbereiten können.«

»Und was geschieht, wenn der Engel Marietta findet?«

»Weshalb sollte er oder der Dämon nach ihr suchen? Sie sind gerade hinter Wendel her. Der Junge hat sich in ihren Köpfen festgesetzt, sodass ihre gesamte Aufmerksamkeit nur auf ihm liegt. Marietta bedeutet ihnen nichts. Sie ist vorerst sicher.«

»Dann packe ich mal unsere Sachen.« Kaleb erhob sich. Kurz gab er Zalmona einen Kuss auf das Haupt, bevor er das Zimmer verließ. An der Tür angekommen, drehte er sich noch einmal zu ihr.

»Und du überlegst in der Zwischenzeit, wohin wir gehen werden.« Er war erleichtert, dass sie London verlassen würden. Auf eine weitere Begegnung mit dem Dämon konnte er gut und gern verzichten.

Eilig zog Jessy sich einen dunklen Rock, dazu eine weite Bluse aus Leinen an. Hastig schnappte sie sich den Umhang, der sauber aufgehängt an der Garderobe hing. Es war die beste Methode, um nicht aufzufallen. Im getarnten Zustand hätten die Passanten sie zwar nicht gesehen, doch Menschen, die von etwas Unsichtbarem angerempelt oder gar umgeworfen wurden, riefen sofort nach dem Teufel. Das Letzte, was Jessy gebrauchen konnte, war eine Auseinandersetzung mit einem Dämon. Sie schauderte bei dem Gedanken. Besonders jetzt, da Wendel ihre Hilfe dringend benötigte, durfte sie sich keine Fehler erlauben. Dennoch mahnte ihre innere Stimme sie zur Vorsicht.

Wieder überflutete sie der Schmerz. Keuchend bäumte sie sich auf.

»Wendel! Ich komme. Halt durch«, sprach sie, in der Hoffnung, ihre Worte könnten ihn erreichen.

Sie rannte durch die Tür. Abrupt stoppte sie, lief zurück ins Zimmer, riss die obere Schublade der Kommode auf und zog den flackernden Heiligenschein hervor, den sie über den Kopf platzierte.

Hastig lief sie die Stufen hinunter zum Empfang.

Astara stand hinter dem Tresen. Emsig studierte sie das Gästebuch. Nicht mehr lange, und neue Schutzengel würden eintreffen. Als sie das Knistern von Jesajahs Aureole hörte, schaute sie auf.

»Weshalb hast du das Sichtbarkeitscape um?« Überrascht hob sie ihre schön geschwungenen Augenbrauen.

»Wäre es nicht einfacher, du würdest fliegen? Das geht

doch viel schneller.«

Jessy winkte ab.

»Es ist besser, wenn ich laufe. Vom Fliegen wird mir immer übel.« Ihre Abschlussprüfung kam ihr wieder in den Sinn. Diesmal wollte sie es nicht verbocken.

»Ich wünsche dir viel Glück, Jesajah!«

Doch Jessy war schon durch die Tür und hörte sie nicht mehr.

Du wirst es brauchen. Nun weiß ich endlich, weshalb du so verkümmerte Flügel besitzt. Kein Wunder, wenn du sie nicht benutzt, schoss es Astara durch den Kopf.

Jessy rannte, so schnell ihre Beine sie trugen. Obwohl sie nicht wusste, wohin sie laufen sollte, spürte sie, dass sie sich auf dem richtigen Weg befand. Astara hatte recht: Das Stechen in der Brust ließ nach. Nicht mehr lange, dann hätte sie Wendel gefunden. Danach musste sie nur noch ausmachen, welcher Gefahr er ausgesetzt war, und dementsprechend handeln.

Plötzlich verlangsamte der Schutzengel seine Schritte, bis er schließlich zum Stehen kam.

»Oh Gott, ist das hoch«, stöhnte sie, als sie die riesige Steinwand emporschaute, die sich wie das Mauerwerk des Towers von London vor ihr auftürmte.

»Eine Sackgasse«, stellte sie verbittert fest.

»Oh nein, oh nein, oh nein. Das darf doch nicht wahr sein!« Das Stechen wurde wieder stärker.

Sollte sie zum Flug ansetzen oder einen anderen Weg laufen? Jessy raufte sich die Locken.

Ein betrunkener Seemann torkelte in die Sackgasse.

»Hey! Du da!«, lallte er. »Weißt du – hicks – wie – hicks – ich suum Hafen komme? Ich muss – hicks – wieder surück an Boa...« Er übergab sich lautstark an der

Hauswand.

Jessy rollte mit den Augen. Als Schutzengel war sie angehalten zu helfen. Dieser Seemann war zwar nicht in Not, doch er hatte sie direkt um Hilfe gebeten. Jessy befand sich in einer Zwickmühle. Verzweifelt stampfte sie mit dem Fuß auf den Boden.

»Mist!« Sofort hielt sie sich die Hände vor den Mund. Fluchen war ihr verboten. Es folgte ein schnelles Stoßgebet nach oben.

»Oh. Schade um den schönen Met«, trauerte der Seemann dem Erbrochenen nach.

Jessy blickte rasch in jede Himmelsrichtung.

»Du willst zum Hafen?« Sie hatte die Frage verstanden, doch sie musste seine Aufmerksamkeit auf sich lenken, damit sie ihm helfen konnte.

»Jenauu. Ich – hicks – suuuche die ›Midnight Star‹. Dasss isss mein – hicks – Schiff.« Er stützte sich mit der Hand an der Wand ab, damit er nicht das Gleichgewicht verlor.

Beherzt nahm Jessy sein Handgelenk, um ihn aus der Sackgasse zu führen. Eine weitere Schmerzwelle erfasste sie. Sie versuchte, sich so wenig wie möglich anmerken zu lassen.

»Komm«, keuchte sie.

»Ich führe dich ein Stück des Weges. Sobald wir in Flussnähe sind, wirst du schon allein zurechtkommen.«

»Du bissst ein Engel, weissu dasss?«

Kurz zuckte Jessy zusammen. Ihr Blick wanderte über ihre Schulter. Wusste er, was sie war? Oder hatte er das nur so daher gesagt? Erleichterung stellte sich ein. Die Flügel konnte er nicht gesehen haben.

»Äh. Danke«, entgegnete sie verlegen.

»Ssoo nedde Mädschen gibsst kaum – hicks – noch,

heudsutage.«

Beruhigt stellte sie fest, dass er wohl nur einen Spruch losgelassen hatte, um ihr ein Kompliment zu machen.

Nach zehn Minuten im Zick-Zack-Gang hatten sie die Themse erreicht.

»Da ist der Fluss. Du musst ihn nur entlanggehen, dann wirst du dein Schiff bestimmt finden.«

»Wie darf ich mich bei der – hicks – jungen Dame bedanken?« Er nahm ihre Hand. Es folgte ein heißer Kuss auf ihren Handrücken.

Jessy verzog angewidert das Gesicht, als seine Zunge einen feuchten Streifen darauf zurückließ. Nachdem er ihre Hand losgelassen hatte, wischte sie sie hinter ihrem Rücken trocken.

»Das ist nicht nötig. Habe ich gern gemacht. Jetzt muss ich aber schleunigst weiter. Gute Reise!« Im Laufen winkte sie ihm zu.

Asasel sah ihr nach, bis sie hinter der nächsten Ecke verschwunden war. Kurz wartete er noch, dann richtete er sich auf. Die Trunkenheit war mit einem Augenzwinkern verflogen.

»Das sollte meinem Fürsten ausreichend Zeit vermacht haben, damit er seinen Plan vollenden kann. Ich gebe zu, du bist ein absoluter Leckerbissen. Zu meinem Ärger will Samael dich ebenfalls haben.« Er seufzte gekränkt.

»Deine Reise wird nicht gut verlaufen, kleiner Schutzengel, das ist gewiss.« Er lachte sich ins Fäustchen.

»Stattdessen wird sie schon sehr bald ein Ende finden.« In der dunklen Scheibe des Hauses spiegelte sich ein Paar gelber Augen. Plötzlich schoss ein orangener Schwanz aus dem Bund seiner Hose hervor. Er peitschte einen nahestehenden Busch mit der Hornspitze, die sich an dessen Ende befand. Mehrere Äste flogen unkontrolliert durch die

Gegend. Ein Stück Holz zerschmetterte ein Fenster. Eine Kerze wurde entzündet.

Er kicherte höhnisch.

»Mein Fürst wird mit mir zufrieden sein.«

Lautlos verschwand der Dämon in der Nacht.

 # Samaels Plan

Samaels Vorbereitungen begannen sich auszuzahlen. Es lag ihm fern, Azrael über alles in Kenntnis zu setzen. Der Dunkle Engel würde ihm nur die Tour vermasseln und versuchen, die Seele dieses Menschenkindes zu retten. Das Sahnehäubchen war die Aussicht darauf, zusätzlich einen Schutzengel in seine Seelensammlung zu bekommen, doch das bedurfte Hilfe von außen.

Wie Samael war der Engel Asasel, der seinerzeit als Sündenbock hatte herhalten müssen, in einen Dämon verwandelt worden. Von Gott verflucht wurde er auf die Erde geschickt, um dort fern von allen schönen Dingen, ein jämmerliches Dasein zu fristen. Noch nicht einmal das Tor der Reue wurde ihm gewährt.

Die Parallelen zwischen den beiden Dämonen hätten sie als Brüder auszeichnen können. Es gab nur einen Unterschied: Asasel war dazu verdammt worden, auf der Erde zu verweilen. Nur in Ausnahmefällen wurde es ihm gestattet, die Untere Ebene zu betreten. Samael indes wurde die Hölle zugewiesen. Wenn es nach IHM gegangen wäre, so hätte er beide Dämonen in die Hölle verband. Doch Seraphiel riet IHM von diesem Vorhaben ab. Die Gefahr, die von zwei Dämonen, vereint in der Hölle, ausging, wäre nicht zu ermessen gewesen und somit zu riskant.

Nicht zum ersten Mal forderte Samael die Unterstützung Asasels ein. Die Aussicht auf eine Belohnung konnte den erdgebundenen Dämon schnell überzeugen. Er liebte es, sich in der Hölle so richtig auszutoben. Obwohl Loyalität unter Dämonen nicht existierte, verscherzte Asasel es sich mit Samael nicht, da seine Kräfte durch das Verweilen auf der Erde weniger ausgeprägt waren. Ein Kampf, Dämon gegen Dämon, wäre zugunsten des Höllenfürsten ausgefallen.

Samael hatte eine gute Wahl getroffen, um Wendels Schutzengel so lange zu beschäftigen, damit ihr rechtzeitiges Eintreffen verzögert wurde. Jungfräulich war der Plan längst nicht mehr. Die Idee dazu hatte der Höllenfürst bereits gehabt, als er zum ersten Mal von diesem Jungen Wind bekommen hatte. Dessen Bosheit war zu verlockend, um ihn sich entgehen zu lassen. Er beauftragte Asasel, das Kind zu beobachten. Der Dämon ließ Wendel nicht mehr aus den Augen, führte Buch über seine Missetaten, die er Samael übermittelte, inklusive der Gepflogenheiten des Guardians. Keine leichte Aufgabe, da er gern einmal einen Schutzengel richtig in die Mangel nehmen wollte. Doch dieses Vergnügen blieb ihm versagt. Nur widerwillig gehorchte er Samael, denn er wusste, dass ihn sonst eine weitaus schrecklichere Strafe getroffen hätte.

Ihm war es zu verdanken, dass der Fürst der Hölle stets im Bilde war und wusste, was der Junge ausheckte und wo sich sein bevorzugtes Versteck befand. Nachdem der Dunkle Engel ihm offenbart hatte, dass er sich dem Kind annehmen wollte, hatte Samael handeln müssen. Unter keinen Umständen sollte ihm dieser Leckerbissen durch die Finger schlüpfen.

Dem Höllendämon gefiel es gar nicht, dass der Engel ihn an die Oberfläche begleitete, weswegen er ihn auf der Suche nach dem Jungen in eine gänzlich andere Richtung schickte. Azrael würde es nicht wagen, seine Flügel vor den Menschen auszubreiten. Eine unausweichliche Hetzjagd wäre die Folge gewesen, hätte er sich als Engel zu erkennen gegeben.

Der Dämon lachte sich ins Fäustchen. Die Stunde der Zusammenkunft rückte näher.

Nachdem die Spur im ›Heaven's Gate‹ erkaltet war, hatte er die kleine Hütte abgesucht, jedoch leer vorgefunden. Es gab noch einen Ort, an dem sich der Junge aufhalten konnte.

Dessen Freund Joseph, ebenfalls kein unbeschriebenes Blatt, stand ihm immer zur Seite, wenn es darum ging, eine Schandtat zu begehen. Die beiden Jungs waren ein eingespieltes Team. Obwohl Josephs Eltern sehr gläubig waren, wussten sie kaum etwas über die Übeltaten ihres Sohnes, der sich ihnen gegenüber immer gehorsam zeigte, um den drakonischen Strafen seines Vaters zu entgehen. Die Geschicklichkeit, mit der er das Doppelleben unter einen Hut brachte, entrang dem Dämon eine gewisse Anerkennung. Zugeben würde er das aber nie.

Samael machte sich auf den Weg, um den beiden Jungen seine Aufwartung zu machen. Sie hatten ihre Mitbürger genug gepiesackt. Zudem brauchte er mal wieder einen Kick. Seit längerem hatte er schon keine Seele mehr bekommen, die ihn stärkte. Entzugserscheinungen waren die Folge, die ihn fast schon sanftmütig erscheinen ließen. Ihm war klargeworden, dass er dringend etwas dagegen unternehmen musste. Schließlich konnte er sich keine Schwäche leisten. Er hatte einen Ruf zu verlieren.

Der Dämon machte sich auf nach Aldgate. Dort lebte Joseph mit seinen Eltern. Ihr Haus unterschied sich kaum von den anderen in der kleinen Seitenstraße, die von der Commercial Road abging.

Aldgate war spärlich besiedelt, glich eher einem Randbezirk. Das angrenzende Whitechapel gehörte nicht zu den besten Gegenden, sodass seinen Eltern die

Frömmigkeit regelrecht anzusehen war. Bis zum heutigen Tag hielt die Hoffnung an, von teuflischen Schurken verschont zu bleiben.

Wendel stieß einen schrillen Pfiff aus. Nun musste er abwarten. Kurz darauf wurde die Gardine zur Seite geschoben und das Fenster leise geöffnet. Der braune Schopf von Joseph lugte hervor.

»Hey, Joe!« Wendel hielt die Hände wie ein Sprachrohr vor den Mund.

»Etwas Spaß gefällig?«, flüsterte er dem Freund zu. Er hatte die Frage noch nicht beendet, da schob Joseph bereits ein Bein durch das Fenster. Das andere folgte, sodass er auf dem Sims zum Sitzen kam. Um in den Vorgarten springen zu können, musste er sich nur noch mit den Händen abdrücken. Behände rollte er sich auf dem Rasen ab, dabei huschte sein Blick zur Haustür, dann zu seinem Fenster, doch alles blieb ruhig. Rasch klopfte er sich den Schmutz aus der Kleidung.

»Klar, Mann!«, begrüßte er Wendel, während die Hand des einen den Unterarm des anderen drückte. Ihr Begrüßungsritual.

»Komm. Was hältst du davon, ein paar Nutten ausnehmen?«

»Gute Idee«, grinste Joseph.

»Ich könnte mal wieder ein paar Penny gebrauchen.«

Sie nahmen die Abkürzung durch den Park, als sie eine Gestalt entdeckten, die an einen Baum lehnte. Die Dunkelheit tauchte ihr Gesicht in Schatten, sodass nicht auszumachen war, ob dort ein Spaziergänger oder ein Streuner stand. Die Schattengestalt wirkte nicht sehr groß.

Zu zweit würden sie mühelos mit ihr fertig werden, sollte sie von zwielichtigem Gemüt sein, womit man in dieser Gegend immer rechnen musste.

Josephs Hand verschwand in der Hosentasche. Seine Finger umfassten den Griff eines kleinen Messers.

»Solltet ihr nicht im Bett sein?«

Die rauchig tief klingende Stimme passte zu einem Mann im fortgeschrittenen Alter.

»Hey, Alterchen! Lass uns einfach in Ruhe. Geh deines Weges«, entgegnete Wendel in herablassendem Tonfall.

»Ihr denkt, weil ihr in der Überzahl seid, könnte ich mich nicht gegen zwei Rotznasen wie euch wehren? Hochmut kommt vor dem Fall, davon habt ihr bestimmt schon gehört.« Die Gestalt entzündete eine Flamme. Gespenstische Schatten huschten über ihr Gesicht, während sie den Zeigefinger in die Luft hielt.

Wendel traute seinen Augen nicht.

Hat der Fremde den Finger zum Anfeuern benutzt? Oder spielen meine Sinne mir einen Streich? Wendel schluckte. Was er glaubte zu sehen, entsprach wider jeglicher Natur. Nun spielte der Fremde mit dem Feuer, als wäre es ein Käfer, der um seine Hand lief.

Wendel packte den Freund am Ärmel.

»Hey, Joe«, zischte er.

»Hast du das auch gesehen?«

»Was denn?«, raunte Joseph zurück, der die ganze Zeit über Schmiere stand. Die Aufmerksamkeit eher auf die Umgebung gerichtet, wollte er sicher gehen, dass es keine Zeugen bei ihrer nächtlichen Aktion gab.

»Vergiss es. War wohl nur 'ne Täuschung.«

Die Gestalt löschte die Flamme, indem sie sie ausblies. Ein Rauchschleier bildete sich, begann über dem Fremden zu schweben, während er aus dem Schatten heraustrat.

Der Mond brach hinter den Wolken hervor, sodass das Gesicht des Mannes nun schemenhaft zu erkennen war. Schwarzes Haar reichte ihm bis zu den Schultern. Die schmalen, schräg stehenden Augen waren dunkel, den Mund hatte er zu einem falschen Grinsen verzogen.

Nun bemerkte Wendel, dass es sich hier nicht um einen alten, sondern einen relativ jungen Mann handelte, der zudem kräftige Arme besaß. Die kühle Abendluft schien ihm nichts auszumachen, denn er trug nur ein kurzärmeliges Hemd, dazu eine kurze Hose. Auffällig war, dass er keine Schuhe anhatte. Wendel runzelte die Stirn. Er entdeckte nur ein menschliches Bein, das andere glich eher einem Eselsbein mit einem Huf.

Joseph starrte verblüfft den unteren Teil des Fremden an. Sofort begann sein Herz schneller zu schlagen.

»Mensch, Wendel. Lass uns abhauen. Der Typ ist mir nicht geheuer.«

Wendel packte Joe am Arm.

»Den packen wir. Sieh dir seine Klamotten an ...«, flüsterte er zurück.

»Der hat bestimmt kein Geld dabei, um das wir ihn erleichtern können. Sieh ihn dir doch nur an ... und besonders ... seine Beine ...«, quengelte Joseph ungeduldig.

»Ich muss mich aber abreagieren. Da kommt mir dieser Krüppel gerade recht. Niemand wird auch nur eine Träne um ihn weinen. Das wird ein Kinderspiel! Du wirst schon sehen.«

Die beiden Jungs hatten einen Ehrenkodex: Den besten Freund ließ man nicht im Stich, egal, in welcher Lage er sich befand. Gemeinsam waren sie stark, zudem gewitzt und vor allem flink. Nicht nur mit den Beinen, auch mit den Fingern.

Sie teilten sich auf, um den Fremden in die Zange zu nehmen. Wendel war der Mutigere, der sich schnellen Schrittes dem auserkorenen Opfer näherte. Er wollte ihn grob anrempeln, sodass er auf den Freund zutaumelte. Danach würde alles sehr schnell gehen.

Es klang wie der Hufschlag eines Pferdes, als der Mann ein paar Schritte vorwärts machte.

Joseph glaubte, eine Kutsche würde die Straße entlangfahren. Sollten sie Erfolg haben, müssten sie blitzschnell handeln, dem Fremden jetzt in die Hosentasche greifen, um nach dem Geldbeutel zu suchen, sofern er einen besaß.

Der Mann mochte zwar arm aussehen, doch manch einer nutzte das auch als Verkleidung. Dieser Kerl konnte ebenfalls ein Taschendieb sein, der bereits einiges an Beute gemacht hatte. Nun hieß es, die Ehre zu verteidigen. Die Dunkelheit war ihre Verbündete. Eine Identifizierung während einer Gegenüberstellung – sofern man sie verhaften sollte – würde sich als äußerst schwierig erweisen. Sollte der Typ ein Taschendieb sein, wären alle auf der sicheren Seite, denn er würde bestimmt keine Anzeige erstatten.

Samael beobachtete aus dem Augenwinkel, wie die beiden Jungs sich aufteilten und auf ihn zugingen. Voller Vorfreude wartete er auf das, was jetzt folgen sollte. Er sah, wie Wendel einen Schritt nach links machte, während Joseph nach rechts auswich.

Der Fremde blieb einfach stehen, verschränkte die Arme vor der Brust und schmunzelte in sich hinein.

»Jetzt!«, rief Wendel und machte einen Satz. Geistig bereitete der Junge sich auf den Zusammenprall vor. Mit Schwung warf er sich gegen den Oberkörper des Mannes, um ihn aus dem Gleichgewicht zu bringen. Wendel entwich laut die Luft aus der Lunge. Die Brust des Fremden schien hart wie ein Felsen. Dann folgte der Schmerz, als er mit der Seite auf dem Boden aufschlug. Ein Blitz fuhr durch seinen Körper, der ihn kurz lähmte. Wendel schrie auf.

Joseph wollte seinem Freund zu Hilfe kommen. Rasch zog er das Messer aus der Hosentasche, doch der Mann wich geschickt aus. Joseph wollte sich ducken, doch da wurde er bereits am Kragen gepackt. Der Junge zerrte, drehte und aalte sich. Der Stoff seiner Jacke riss. Stolpernd und mit den Armen rudernd, versuchte er das Gleichgewicht zu halten. Geistesgegenwärtig entledigte er sich der Jacke. Er war frei! Aus dem Augenwinkel entdeckte er Wendel, der wimmernd am Boden lag, den Arm in einer unnatürlichen Haltung neben seinem Körper ausgestreckt.

Gemächlich ging der Fremde auf Wendel zu.

Joseph nahm allen Mut zusammen und rannte los, um vor dem Unbekannten bei seinem Freund zu sein. Zum Schutz hielt er das Messer am ausgestreckten Arm vor seinem Körper. Immer wieder schnellte die Hand von links nach rechts und zurück.

»Komm schon, Wendel!« Hastig reichte er dem am Boden liegenden Jungen die Hand.

Als dieser sie ergreifen wollte, spürte Joseph den Schatten der Gestalt hinter sich, dazu erklang das Hufgetrappel. Eine Hitzewelle breitete sich aus, die er nicht einordnen konnte. Er duckte sich, um den Freund aufzuhelfen, als ein Feuerschwall über ihn hinwegschoss. Die Hitze versengte seine Kleidung, kleine Flammen züngelnden über den Rücken. Die Panik ließ ihn einen Sprung über Wendels Körper machen.

»Ich hol Hilfe!«, rief er noch im Wegrennen, hoffend, er würde die Kutsche stoppen können.

»Joe! Bleibe hier! Hilf mir!«, schrie Wendel, als der

Mann sich über ihn stellte.

»Du kannst um Hilfe rufen, so viel du willst. Es wird dir nichts nützen.«

Wendel wollte erneut brüllen, da blieb ihm der Schrei im Hals stecken. Die Augen des Fremden begannen zu lodern. Kleine Feuerzungen schlängelten sich empor.

»Wer … wer bist du?« Er wollte rückwärts wegrobben, doch der Mann stemmte den Huf auf seine Brust, drückte ihn mit dem Gewicht eines Ambosses nieder und presste die restliche Luft aus seiner Lunge. Wendel riss die Augen auf, als er realisierte, was ihn am Boden hielt.

»Was bist du?«, krächzte er mit entweichendem Atem.

»Auch noch respektlos? Das geziemt sich nicht für einen wohlerzogenen Jungen. Mich einfach so zu duzen ... Du weiß nicht, wer ich bin?« Der Fremde schien enttäuscht.

»Mein Name ist Samael.«

Er ließ dem Jungen Zeit, darüber nachzudenken, doch Wendel war noch immer damit beschäftigt, nach Luft zu schnappen. Der Druck auf seiner Brust verstärkte sich. Zudem drohte die Rippe zu brechen.

»Nein? Dir ist mein Name wirklich nicht geläufig? Haben deine Eltern denn nie über mich gesprochen?« Samael hörte ein Röcheln.

»Tz. Tz. Tz.« Nach jedem Wort machte er eine dramatische Pause.

»Ich. Bin. Der. Fürst. Der. Hölle.«

Wendel erschauderte. Zum ersten Mal in seinem jungen Leben hatte er Angst.

»Wendel! … Weeeeendel! Wo bist du?«, hörten sie eine weibliche Stimme in der Ferne rufen.

Wenn das Gute auf das Böse trifft

Jessy musste sich sputen. Sie hatte schon zu viel Zeit verloren. Nachdem sie sich versichert hatte, dass der Seemann auf dem richtigen Weg war, schaute sie in den Nachthimmel hinauf. Trotz des Vollmonds war es dunkel. Wolken verschleierten das silberne Licht.

Erneut sackte Jessy zusammen, als der stechende Schmerz sie malträtierte.

»Oh, nein. Mein Schützling.« Panik kroch ihr in die Glieder. Sie wollte sofort losrennen, doch erst musste sie eine Pause einlegen. Wenigstens so lange, bis sie das gröbste Leiden überstanden hatte. Mit der Hand stützte sie sich an einem Zaun ab.

Drei Männer mittleren Alters tauchten auf der anderen Straßenseite auf, ohne ihr besondere Aufmerksamkeit zu schenken. Sie kamen gerade aus dem Pub. Betrunken torkelten sie gemeinsam ihren Weg nach Hause, vertieft in ein Gespräch. Dort würden ihre Frauen sie in Empfang nehmen, zetern, einen Streit entfachen, bis man schließlich ins Bett ging. Das Szenario würde sich an den folgenden Abenden wiederholen. Das Leben war hart genug, der schmale Lohn schwer verdient. Noch mehr Ärger wollte man sich nicht aufhalsen, indem man zu spät zu Hause einkehrte. Als die Gruppe an ihr vorbeiging, wurde gelästert. Sie wurde als Kinder-Hure beschimpft, da kein junges Mädchen um diese Zeit noch etwas auf den Straßen zu suchen hatte. Jessy schenkte ihnen kaum Beachtung. Zu sehr war sie damit beschäftigt, ihre Flügel unter Kontrolle zu halten, die lieber mit ihr in die Lüfte wollten. Die Schwingen schienen zu spüren, dass Zeit ein kostbares Gut darstellte. Der Instinkt des Schutzengels wurde wach, doch Jessy strengte sich an, damit sie nicht abhob. Die Dunkelheit kam ihr gerade recht. Niemand sollte mit-bekommen, was sich auf ihrem Rücken tat, während sie versuchte, die Flügel in ihre Schranken zu weisen. Immer wieder starteten die Schwingen den Versuch, sich auszu-breiten. Wenig später verschwand die Gruppe an der nächsten Kreuzung um die Ecke.

Jessy riss sich zusammen und taumelte los, sich immer mit einer Hand an dem Zaun abstützend. Langsam, aber stetig verbesserte sich ihr Zustand. Sie war auf dem richtigen Weg.

»Wendel?«, rief sie, den Kopf in sämtliche Richtungen wendend. Sie lauschte, doch außer einigen Stimmen in den umliegenden Häusern, vermischt mit dem Gebell eines Hundes, kam keine Rückmeldung. Sie rannte weiter. Und weiter. Immer weiter, so schnell ihre Beine sie trugen.

In der Commercial Road kam ihr ein Junge entgegengelaufen. Er schien verängstigt.

»Wendel?« Sie lief fragend auf ihn zu. Statur und Alter des Jungen passten, doch die Haare trug er anders. Sie waren wellig und braun, wie Jessy im fahlen Licht der Straßenlaterne erkennen konnte.

»Joseph? Wo ist Wendel?«

Kurz verharrte der Junge, überrascht, seinen Namen zu hören. Hastig wandte er den Kopf in die Richtung, aus der er die Stimme vermutete. Als er das Mädchen erblickte, schüttelte er den Kopf, dann bog er eilig in die nächste Gasse ein.

Der Schutzengel ließ sich davon nicht beirren und rannte weiter die Straße entlang, ohne auf weitere

266

Menschenseelen zu treffen. Kurz überlegte Jessy, ob sie doch einen Versuch wagen sollte. Nur kurz einen Blick über die Dächer von London riskieren. Sofort verwarf sie den törichten Gedanken wieder. Zwar hätte sie einen besseren Überblick, doch jede noch so kleine Faser in ihr sträubte sich dagegen. Es ging einfach nicht. Sie brauchte nur ans Fliegen zu denken, schon wurde ihr übel. Und sollte ihr Schützling ernsthaft in Bedrängnis sein, so musste sie einen klaren Kopf behalten.

»Wendel! … Weeeeendel! Wo bist du?« Sie wusste nicht, wie lange sie bereits rannte. Es erschien ihr wie eine Ewigkeit. Ihr Mut begann zu sinken. Noch immer keine Spur von ihrem Schützling.

»Au!«, schrie sie. Diesmal war es eine andere Art von Schmerz. Sie blickte auf ihren Empathieknoten. Er begann zu glühen.

»Oh, Nein. Wendel …«

Sie stolperte voran, bis sie den Park erreichte. Nun gab es für Jessy kein Halten mehr. Instinktiv wusste sie, dass ihr Schützling hier war. Irgendwo. Sie musste ihn nur noch finden.

Schließlich entdeckte sie zwei Gestalten.

Eine lag winselnd auf der Erde. Die andere stand daneben, presste einen Fuß auf den Brustkorb des am Boden Liegenden. Sie wusste, es war Wendel, der am Boden lag. Jessy erschrak, als sie erkannte, dass statt eines Fußes ein Huf den Jungen dazu zwang, liegen zu bleiben.

Es lagen noch fünfzig Meter vor ihr.

Wendel schrie kurz auf, als die erste Rippe brach.

»Lass ihn sofort los, du Ungeheuer!« Jessy hatte keine Sekunde mehr zu verlieren. Also entschied sie sich, das zu machen, was sie nicht tun sollte.

»Los, ihr Flügel. Und lasst mich diesmal nicht im Stich!«

Die Schwingen rutschten durch den eingearbeiteten Schlitz in der Bluse, dann klappten sie sich aus. Jessy setzte zum Sprung an. Sofort hob sie ab. Sie wollte gerade einen Jubelschrei ausstoßen, da wurde sie von etwas Hartem am Kopf getroffen.

»Autsch!«

Zwar hatte sie den Ast des Baumes gesehen, doch durch ihre mangelnden Flugkenntnisse war sie nicht emporgeflogen, sondern hatte eine leichte Kurve eingeschlagen, sodass sie sich den Kopf stieß. Bunte Blitze leuchteten vor ihren Augen auf. Jessy stürzte, dann fiel sie bäuchlings auf die Erde. Ihre Flügel flatterten unentwegt wie ein aufgescheuchtes Huhn. Unkontrolliert rollte sie einige Meter, bis sie gegen einen Stein prallte, immer verfolgt von einem niederträchtigen Lachen.

»Autsch! Verdammt, tut das weh!«, maulte sie. Sie erschrak.

»Vergib mir, Herr. Ich wollte nicht fluchen«, entschuldigte sie sich schnell, während sie sich aufraffte. Mit wenigen Handgriffen hatte sie sich des Capes entledigt, damit es sie nicht behinderte.

Tränen strömten Wendels Gesicht hinab. Die gebrochene Rippe stieß in sein Inneres vor, das Atmen fiel ihm immer schwerer. Mit jedem weiteren Atemzug verließ ihn mehr Lebensenergie. Das Lichtband zwischen ihm und Jessy leuchtete nur noch schwach.

»Wendel! Halt durch!«, rief Jessy ihm zu, doch sie spürte es: Nicht mehr lang, und sie würde ihn verlieren.

Immer weiter drückte Samael die Hufe hinunter. Wendel kreischte, als das Knacken einer zweiten Rippe zu hören war. Keuchend drehte er den Kopf zur Seite und entdeckte Jessy, die sich aufraffte und auf ihn zu gestolpert kam.

»Jessy?« Er traute seinen Augen nicht. Er hatte immer

an die Existenz eines Schutzengels gezweifelt. Nun sah er sie in ihrer hellen Erscheinung. Über ihrem Kopf flackerte knisternd ein Heiligenschein.

»Bist du es wirklich?« Seine Stimme war nur noch ein Flüstern.

»Mein Schutzengel. Du bist gekommen. Du hast mich also doch nicht verlassen.« Der Druck auf seiner Brust nahm kontinuierlich zu. Es war ihm kaum noch möglich zu atmen.

»Natürlich nicht. Ich bin dein persönlicher Schutzengel. Dazu auserkoren, dir in deiner schwersten Stunde beizustehen und zu helfen. Sieh her. Das ist der Beweis!« Sie zeigte auf das Band, das sich zwischen ihnen spannte.

»Du hast mich auserwählt. Nie könnte ich dich verlassen.«

Dunkelheit begann sich seinem Geist zu bemächtigen, während sein kurzes Leben wie ein Film vor seinem geistigen Auge ablief. Es begann mit seiner Geburt. Dem Tod seiner Mutter und wie sein Vater ihn von sich gestoßen hatte. Obwohl er ein Säugling war, konnte er es sehen. Seine glückliche Kindheit. Seine Missetaten. Jessy, die er in einen Käfig gesperrt hatte, nur um herauszufinden, ob sie tatsächlich ein Schutzengel war und gar sterben konnte.

»Du bist meinetwegen zurückgekommen, um mich zu retten.« Das Gefühl überwältigte ihn.

»Es tut mir leid, was ich dir angetan habe.« Das Sprechen fiel ihm immer schwerer. Sturzbachartig liefen Tränen seine Wangen hinunter. Er hatte noch nie geweint. Er konnte sich nicht erklären, weshalb er so auf sie reagierte. Dann sah er das türkise Band, das zwischen ihnen leuchtete, doch das Licht verlor an Intensität.

Plötzlich stoppte sie.

»Aber … Wendel? Wieso …?« Weiter kam sie nicht, da es ihr die Sprache verschlug. Sie verlangsamte ihre Schritte.

Er ist kein menschliches Wesen. Menschen haben nicht dieses Leuchten. Aber, was ist er dann? Ihr gesamter Körper versteifte sich, sodass sie wie eine Statue dastand, unfähig, etwas zu unternehmen.

Wendels Körper war von einer hellen Aura umgeben, die für eine Sekunde aufflackerte, gefolgt von einem Schrei, der Jessy durch Mark und Bein ging.

In diesem Moment überrollte ein Brüllen den Platz.

Mit aller Wucht trat Samael mit dem Huf so kräftig zu, dass sogar Jessy aus der Entfernung das knackende Geräusch der Knochen vernahm.

»Nein! Wendel!«, schrie sie voller Panik. Im selben Augenblick explodierte der Körper des Jungen.

Strahlen im leuchtenden Türkis schossen in alle Richtungen, gefolgt von weißen Pfeilen. Einer traf Jessys Flügel, ein weiterer bohrte sich in ihren Bauch. Wie ein Gummiband schnappte das Lichtband, das sie mit Wendel verband, zurück, schnellte auf die Guardian zu und erfasste sie mit einer Wucht, dass es sie bis zum Baum zurückschleuderte. Jessy hatte das Gefühl, ihr Innerstes wäre im Begriff sich aufzulösen, als eine sengende Hitze durch ihren Körper jagte. Die Qualen wurden unerträglich. Sie wollte weinen, doch ihre Kräfte begannen sie zu verlassen.

»Wendel. Oh Gott. Es … tut … mir … leid«, hauchte sie die letzten Worte, bevor sie bewusstlos wurde.

Samael breitete die Arme aus, um Wendels Seele in Empfang zu nehmen. Die Vereinigung war so heftig, dass der Dämon aufheulte, bevor er sich in einen Feuertornado transformierte. Wie Flammenwerfer schossen sieben Feuerzungen von der Säule weg, dabei setzten sie mehrere

Bäume in Brand. Ein kehliges Lachen fegte über den Park hinweg und verwandelte sich in ein freudiges Juchzen. Die Feuersäule wuchs weiter an, stieg empor in den Himmel, dabei wurden die Bewohner der umliegenden Häuser aufgeschreckt, die panisch auf die Straße liefen, um das unglaubliche Spektakel in Augenschein zu nehmen. Im Nachtgewand starrten sie in die Dunkelheit, die Finger und Blicke auf das gleißende Feuer im Himmel gerichtet, dessen Flammen in einem hellen Grün loderten.

Azrael bemerkte das Feuer ebenfalls. Seine mächtigen Schwingen trugen ihn hoch in die Nacht. Binnen weniger Minuten war er am Ort des Grauens angekommen. Unter sich entdeckte er Jesajah, die regungslos am Boden lag. Samaels grünlicher Feuertornado war nur noch wenige Meter von ihr entfernt.

Dem Dunklen Engel blieb nicht viel Zeit, bis der Dämon Jesajah mit ins Höllenreich ziehen würde. Azrael setzte zum Sturzflug an. Fünf Meter vor dem Boden bremste er ab. Die Hitze begann seine Federn zu versengen. Der Schmerz glich einem Peitschenhieb, sodass der Dunkle Engel das Kreuz durchbog. Mit verzerrter Miene fiel er auf die Knie. Er biss die Zähne zusammen, packte Jessy am Arm und flog davon.

Am Rande des Parks angekommen, legte er sie behutsam ins Gras. Ihr Gesicht war schmutzig, in ihrem Bauch klaffte ein Loch. Das Licht des Empathieknotens flackerte unbeständig.

»Oh, Jesajah. Mehr kann ich leider nicht für dich tun.« Er schob die Locke aus ihrer verschmutzten Stirn. Dann machte er sich auf dem Weg zurück zu Samael.

Die Feuersäule loderte nun im gleißenden Silber, dann wieder grün, schließlich sank sie zu einem kleinen Feuer zusammen, bis sie letztendlich erlosch. In diesem Moment wusste der gefallene Engel, dass er Vorsicht walten lassen musste.

Durch die Vereinigung Kasdeyas mit einer Sterblichen war Wendel zur Hälfte ein Engel. Die mächtige Feuersäule zeugte davon, dass hier eine himmlische Macht die Finger im Spiel hatte. Durch sie erhielt der Fürst der Hölle weitere Kräfte, die ihn noch mächtiger machten und mit dessen Energie er ein Stück näher war, die Tore zum Himmel für ihn zu öffnen.

Azrael konnte nur hoffen, dass die himmlischen Kräfte in Wendel noch nicht zu sehr ausgereift waren. Auch wenn ihm der Zugang zur Oberen Ebene versagt wurde, wollte er nichts unversucht lassen, um dort wieder Einkehr zu halten. Vorerst war sein Platz in der Unteren Ebene. Nur so konnte er in Erfahrung bringen, was der Höllenfürst im Schilde führte. Sollte sein Plan, den Himmel zu erobern, Gestalt annehmen, würde er alles in seiner Macht Stehende tun, damit der Höllenfürst dieses Ziel nicht erreichen würde. Seine Entscheidung war gefallen: Er musste in der Hölle verweilen. Sein Platz war bei Samael. Vorerst.

 # Böses Erwachen

Jessy erwachte. Alles um sie herum wirkte verschwommen, so unklar wie ihre Erinnerung.

»Wie geht es dir, Jesajah?«

Sie glaubte, die Stimme irgendwoher wiederzuerkennen, doch in diesem Moment erschien sie ihr wie ein Fantasiegebilde. Nicht real. Oder doch?

Jessy drehte sich auf den Rücken.

»Autsch!«

»Langsam. Du solltest nicht zu lange auf dem Rücken oder Bauch liegen. Das Loch ist noch nicht ganz verheilt.«

»Ich kenne dich. Dein Name ...?« Sie runzelte die Stirn. Sein Gesicht wurde durch den Pony verdeckt.

»Mir fällt er leider nicht ein.«

Am Bettrand saß ein Junge. Er wirkte müde, dennoch tupfte er Jessys Gesicht mit einem weichen Tuch trocken. Mit einer ruckartigen Kopfbewegung flog der Pony aus seiner Stirn, sodass seine großen bernsteinfarbenen Augen zum Vorschein kamen.

»Pst. Ruhig, Jesajah. Werde erst einmal gesund. Dann kommen die Erinnerungen von ganz alleine zurück.«

Für einen Jungen hatte seine Stimme einen eher hellen Klang, nicht so dunkel wie nach dem Stimmbruch. Immer wieder rutschte der lange Pony in sein Gesicht, dabei verdeckten die Haare die Augen. Die Kopfbewegung, um den Pony aus der Stirn zu befördern, war ihm in Mark und Bein übergegangen, war ein Teil von ihm geworden. Es wirkte so lässig, als wäre er bereits so geboren worden.

Sie schob die Hand mit dem Tuch zur Seite, während sie sich aufrappelte, um sich mit dem Rücken gegen das

Kopfbrett ihres Himmelbetts zu lehnen. Die Decke rutschte herunter, und die Wunde kam zum Vorschein.

Scham kannten Schutzengel nicht. Sie waren alle im Kindesalter gestorben; ihre geschlechtlichen Merkmale waren noch nicht ausgebildet.

»Wie schlimm ist es?« In dem tennisballgroßen Loch glitzerte es silbrig-weiß.

»Du wirst es überleben«, entgegnete er sanft.

»Und damit du keine Kopfschmerzen bekommst: Ich bin Jezalel, Schutzengel Zweiter Klasse«, löste er endlich das Geheimnis um seine Person auf.

»Wir wohnen beide im ›Shelter‹ und sind uns bereits einige Male über den Weg geflogen. Ich habe dich im Park gefunden. Du lagst bewusstlos auf dem Boden. Da habe ich dich gerettet.« Man sah ihm den Stolz an, denn er streckte die Brust heraus, in der Hoffnung, so größer zu wirken.

Trotz ihrer Verwunderung musste Jessy lächeln.

»Du hast mich hierhergebracht?«

»Oh ja. Wenn ich nicht gewesen wäre ... Der Fürst der Hölle wollte dich mit sich nehmen. Ich war zufällig in der Nähe, weil einer meiner Schützlinge, Joseph, mal wieder Probleme hatte. Doch er konnte gerade noch die Kurve kriegen und so dem Ärger aus dem Weg gehen. Na ja, er ist weggerannt. Doch das war besser für ihn. Mit dem Höllendämon sollte sich niemand anlegen.«

»Fürst der Hölle?« Jessy hob die Augenbrauen.

Jezalel wiegte den Kopf hin und her, und der Pony rutschte. Mit einem Schwung war die Sicht wieder frei.

»Ja. Du hast dich einem mächtigen Gegner gestellt.« In seine Miene trat nun Traurigkeit. Er schwieg.

»Was ist, Jezalel?« Jessy legte ihre Hand auf seine.

»Sag mir, was vorgefallen ist. Ich muss es wissen«, beharrte sie.

Da er sich nicht anschickte, mit der Sprache herauszu-
rücken, drückte Jessy zu.

»Au! Schon gut. Aber es wird dir nicht gefallen.«
Jessys Augen verwandelten sich in schmale Schlitze.

»Wie du willst.« Der Schutzengel Zweiter Klasse winkte
ab.

»Du wirst es in Kürze eh erfahren. Dann kann ich es dir
auch sagen.«
Sie begann an ihrer Unterlippe zu knabbern. Jezalels stolze
Haltung war zusammengesackt. Das Strahlen aus seiner
Miene war verschwunden, als hätte jemand das Licht
ausgeknipst.
Die Tür ging auf. Astara trat ein.

»Jezalel, ich werde mich ab jetzt um Jesajah kümmern.
Danke, dass du dir die Zeit genommen hast. Ich weiß, dass
es bei dir immer schwierig ist, doch die anderen
Schutzengel wurden alle nach oben berufen und befragt.
Nun haben sie nach dir gerufen. Du sollst sofort ins
›Heaven's Gate‹ kommen, um dich zur Oberen Ebene zu
begeben.«
Jezalel tauschte einen raschen Blick mit Jesajah.

»Ich muss leider los. Das wird schon wieder. Mach dir
keine Gedanken.«
Er stand auf und ging.
Die sonst so resolute Astara blickte Jessy mitleidig an.

»Was es auch ist, was hier gespielt wird, das hat
niemand verdient.«

»Was verdient?« Jessy bekam ihren Mund nicht mehr
zu. Ihr kam es wie ein großes Puzzle vor, bei dem ihr noch
jede Menge Teile fehlten.

»Jezalel ist der letzte Schutzengel, den sie oben
verhören. Danach bist du an der Reihe.«

»Ein Verhör?« Jessy traute ihren Ohren nicht.

»Hat er denn etwas Böses gemacht?«

Astara sog ihre Unterlippe ein, während sie darüber nachdachte, was sie alles preisgeben durfte.

»Die da oben«, sie hob den Zeigefinger anklagend in die Höhe, »wissen nicht, welchen Gefahren wir Schutzengel hier unten überhaupt ausgesetzt sind. Die machen sich das ziemlich einfach.« Ein Anflug von Wut loderte in ihr auf. Immer wieder die alte Leier. Es war nicht das erste Mal, dass Astara versuchte, auf die Missstände aufmerksam zu machen. Wie Don Quijote kämpfte sie gegen Windmühlen, die das Mahlen bereits seit Jahrhunderten eingestellt hatten.

»Nein. Jezalel ist nicht der Angeklagte. Du bist es, Jesajah.«

»Iiiich?«, entfuhr es ihr lauter als beabsichtigt.

»Was habe ich denn getan?«

»Jeden von uns, den man bereits nach oben zitiert hat, hat man zum Stillschweigen verdonnert. Ich kann dir nur sagen, dass es sich um den Verlust deines Schützlings handelt. Die Obere Ebene ist darüber mehr als nur in Aufruhr. Die Panik war selbst den gelassensten Erzengeln anzumerken.«

Die Art, wie Astara es erzählte, jagte Jessy einen Schauder über den Rücken, sodass ihre Flügel zuckten. Ängstlich zog sie die Decke bis unter die Nase hoch.

»Seraphiel?«, mutmaßte Jessy.

Astara nickte nur.

Was würde nun geschehen?

 *Anklageverlesung*

Es war ihr erster Besuch in einem Pub. Seit sie beim letzten Mal von ihrem Schützling abgefangen worden war, war Jessys Welt aus dem Gleichgewicht geraten. Alles ging den Bach hinunter. Unsicher starrte sie die Tür des ›Heaven's Gate‹ an, traute sich aber nicht einzutreten. Ein Gefühl, das sie nicht näher deuten konnte, hielt sie zurück.
Plötzlich sprang die Tür auf. Gejohle gemischt mit angeregten Unterhaltungen schlugen ihr entgegen. Da drin ging es zu wie auf einem Jahrmarkt.Jezalel kam heraus. Er war nicht darauf vorbereitet, dass jemand vor der Tür stehen würde, sodass er vor Schreck einen Satz zur Seite machte.

»Engelszeiten! Hab ich mich vielleicht verjagt!« Mit der Hand rieb er einige Male über seinen Empathieknoten. Der Pony war ihm ins Gesicht gerutscht. Mit seiner typisch ruckartigen Kopfbewegung flogen die Haare an ihren vorbestimmten Platz zurück.

»Verzeih. Das wollte ich nicht. Ich war nicht sicher, ob...« Sie verstummte.
Wortfetzen wie »Vergeigt« ... »Dämon« ... »Gefallener Engel« schlichen sich an Jessys Ohr, die beschämt zu Boden starrte.

»Komm, Jesajah. Hab keine Angst. Anders als Dämonen beißen die da oben nicht.« Der Versuch, ihr Mut zuzusprechen, schien zu fruchten.
Ungläubig sah Jessy den Schutzengel vor ihr an, während sie unentwegt ihre Finger knetete.

»Sicher?«
»Ich darf dir zwar nicht verraten, worüber sie mich

ausgefragt haben, doch ich bin mir sicher, dass es nicht so schlimm werden kann.« Ohne einen weiteren Kommentar nahm er ihre Hand und führte sie in den Pub. Jessy schaute sich neugierig um. An die dreißig Schutzengel belebten den Raum, verteilt über mehrere Tische, um aus-gelassen über ihren Tag zu plaudern. Nur die Plätze an der Bar wurden von niemandem besetzt. Die meisten hockten lieber auf Stühlen als auf den höheren, eher unbequemen Bar-hockern.

»Hey, John!«, rief Jezalel dem Barkeeper zu.

»Eine Ziegenmilch für meine Freundin Jesajah!«

»Kannst du dir die überhaupt leisten?«, grölte einer der weiblichen Guardians durch den Schankraum. Der hübsch anzusehende Schutzengel warf ihr schwarzes Haar zurück. Sie schien bereits einiges an Erfahrungsjahren zu haben. Ihr Selbstbewusstsein ließ sie noch größer wirken, als sie ohnehin schon war. Um sie herum saßen sieben männliche Guardians, die sie anhimmelten.

»Vermutlich will er sie ins Paradies fliegen. Doch dann sollten sie sich sofort auf die Flügel machen. Mit ihren Flugkünsten schaffen sie es sonst nie«, spottete einer der Guardians an ihrem Tisch. Die anderen sechs Guardians brachen in schallendes Gelächter aus.

Jessy presste die Lippen aufeinander. Mit solchem Hohn hatte sie nicht gerechnet. Und schon gar nicht, dass man Jezalel mit hineinzog. Er hatte nun wirklich nichts mit dem Ganzen zu tun.

»Halt die Klappe, Habuhiah«, rief Jezalel zurück. Dann wandte er sich Jessy zu.

»Diese Landwirtschaftsschutzengel trinken immer einen über den Durst, sobald sie ihre Arbeit getan haben. Nachts blühen ja auch keine Pflanzen und kein Getreide. Da können sie sich in Ruhe einen hinter die Binde kippen.«

278

Jessy seufzte nur.

»Meinst du, es ist vom Vorteil ohne Aureole die Obere Ebene zu betreten? Die Erzengel sind sehr auf Traditionen bedacht, musst du wissen.« Jezalel wollte Jessy vor noch mehr Übel warnen, doch sie verzog nur das Gesicht.

»Sie flackert und knackt andauern. Das geht mir auf den Zeiger. Ich trage sie nur, wenn es unbedingt nötig ist«, erklärte sie, als wäre der Heiligenschein nur als ein aus der Mode gekommenes Schmuckstück anzusehen.

John stellte zwei Gläser mit Ziegenmilch auf den Tresen.

»Damit ist deine Boni-Karte für diesen Monat erschöpft«, bemerkte der Barkeeper nüchtern.

»Danke, John.« Er wandte sich Jessy zu, die versuchte, es sich auf dem Barhocker neben ihm bequem zu machen. Die Sitzfläche bestand aus kaltem Stahl und war so glatt, dass sie immer wieder drohte herunterzurutschen. Um das zu verhindern, legte sie die Unterarme auf der Theke ab und lehnte sich nach vorn, sodass ihr Körpergewicht auf dem Tresen ruhte.

»Ist leider nur Ziegenmilch. Für Kuhmilch reicht es bei mir nicht. Kupfer-Boni, du verstehst?«

Jessy verstand nichts. Obwohl sich in ihrem Inneren alles zusammenzog, ließ sie sich diese Unwissenheit nicht anmerken. Eines war ihr indes klar: Er hatte soeben sein gesamtes Vermögen ausgegeben.

»Das kann ich nicht annehmen, Jezalel. Wie soll ich das denn wiedergutmachen?«

»Indem du dein Glas austrinkst und es dir schmecken lässt. Wie du ja gehört hast, ist nun Nullstand auf meiner Boni-Karte. John wird die Ziegenmilch nicht zurücknehmen, also trink. Du wirst es brauchen, wenn du da oben vor das Komitee trittst.«

Ihr verhaltenes »Danke« entlockte ihm ein verlegenes

Lächeln.

»Ist schon gut«, winkte er fast schüchtern ab. Für den Schutzengel Zweiter Klasse war es eine Selbstverständlichkeit zu helfen. Er kannte es nicht anders. Dabei war es ihm einerlei, ob Mensch, Tier oder Schutz-engel. Jezalel mochte die Arbeit, hängte sich aus vollem Empathieknoten rein, selbst wenn die Schützlinge ihn oftmals an seine Grenzen führten. Einer Kollegin zu helfen, kam für ihn einer Ehre gleich, da viele sich nur ungern unter die Fittiche nehmen ließen. Die meisten Guardians wollten sich keine Schwäche eingestehen, waren eher mit sich selbst beschäftigt. Die Probleme der anderen interessierten den Einzelnen nicht. Im Pub saß man zusammen, hörte zu, gab kluge Ratschläge, trank gemeinsam, bis man schließlich allein wieder hinausging, um seiner Arbeit nachzukommen.

»Du darfst mich gern Jez nennen.«

»Jazz«, wiederholte Jessy gedehnt und kicherte entzückt. Röte stieg in ihre Wangen. Sie fühlte sich geehrt. Astara hatte mal erwähnt, dass nur wenige ihn beim Spitznamen nennen durften.

»Nein. Eher Jez«, erwiderte der Schutzengel mit höflicher Bestimmtheit.

»Okay«, sagte Jessy verdutzt, die keinen Unterschied in der Aussprache feststellen konnte. Sie beließ es dabei, um ihn nicht noch zu verärgern. Jessy war zutiefst angetan von all dieser Hingabe, die Jez an den Tag legte, und davon, dass er jedes Individuum unter seine Fittiche nahm, das Hilfe benötigte.

»Dann darfst du mich Jessy nennen.«

»Okay, Jessy. Obwohl … Jesajah gefällt mir viel besser.« Er zwinkerte und legte den Kopf schief, um sie anzusehen. Erneut rutschte der Pony. Sein Kopf ruckte kurz, und bevor

Jez noch etwas sagen konnte, wurde ihre Unterhaltung rüde aus einer Ecke unterbrochen.

»Hey, Jesajah! Er ist ein Schutzengel Zweiter Klasse! Du solltest dich nicht herablassen!«
Sofort schnellte Jessys Kopf in die Richtung, aus der sie gerufen worden war.

»Wie ist dein Name?«, fragte sie zuckersüß.

»Leuviah«, entgegnete er, verblüfft darüber, dass Jessy ihn nicht kannte.
Ihre meerblauen Augen verwandelten sich in schmale Schlitze. Wütend funkelte sie diesen gut aussehenden Schutzengel, der in einer roten Toga steckte, an. Sein braunes Haar trug er sehr kurz, seine Hüfte zierte eine goldene Kordel mit Fransenbommel.

»Hör zu, Leuviah, du Schönling! Mit wem ich meine Zeit verbringe, sollte dir an der Flügelspitze vorbeigehen.«

»Weißt du eigentlich, mit wem du es zu tun hast?«, brüskierte sich Leuviah.

»Nö. Ist mir auch egal. Lass mich einfach nur in Ruhe.«
Sie wandte sich wieder Jez zu.
Der machte große Augen. Bisher hatte sich nie jemand für ihn eingesetzt. Schon gar kein Schutzengel Erster Klasse. Die Gespräche verstummten.
Alle Augenpaare richteten sich auf Leuviah, der nicht wusste, wie ihm geschah. Mit der Hand fuhr er sich über das spitz zulaufende Kinn. Er setzte an, um etwas zu sagen, doch kein Wort kam über seine Lippen. Leuviah schnaubte. Sprachlos begab er sich zu seinem Platz zurück, um sich kopfschüttelnd in den Stuhl sinken zu lassen.

»Du hast soeben den Hüter der kosmischen Bibliothek beleidigt«, flüsterte Jez vorsichtig.

»Ich bin mir nicht sicher, ob er dir bei deinen Prüfungen noch wohlgesonnen sein wird.«

»Ich pfeif auf weitere Tests. Ich kenne ihn ja noch nicht einmal. Der hat mir noch nie beim Examen geholfen«, entgegnete sie bitter, als sie an ihre Abschlussprüfungen zurückdachte. Jessy wandte sich Jez zu.

»Meinetwegen kann er bleiben, wo der Pfeffer wächst.« Sie nahm die Ziegenmilch, trank einen kräftigen Schluck, danach stellte sie das Glas lautstark auf dem Tresen ab. Ein kleiner Milchbart zeichnete sich über ihrer Lippe ab, den sie mit dem Handrücken wegwischte. Dabei stieß sie einen Seufzer des Wohlschmeckens aus.

»Äh.« Weiter kam John nicht, da Jezalel die Hand hob.

»Gleich, John. Sie muss sich erst sammeln. Dann schick sie nach oben.« Er kippte sein Glas Ziegenmilch herunter, bevor er sich mit einer leichten Verbeugung von Jesajah verabschiedete.

»Du hast Glück, jemanden wie Jez als Freund zu haben«, bemerkte John, während er die leeren Gläser säuberte. »Und du bist nicht ohne, Jesajah. Wie es aussieht lässt du dich nicht so schnell ins Bockshorn jagen.«
Jessy konnte dem nur nickend zustimmen. Ja, sie hatte Glück, jemanden wie Jez einen Freund nennen zu dürfen. Neben Astara und Mihr war er der einzige Schutzengel, der sich ihr gegenüber immer nett verhalten hatte.

»Ich denke, jetzt kann es losgehen.« Jessy fühlte sich beschwingt. Die Ziegenmilch hatte den gleichen Effekt auf einen Schutzengel wie eine Flasche Bier auf einen Menschen, der zum ersten Mal Alkohol trank.
Im Stamm des Ahornbaumes schob sich eine Tür nach oben auf. Gelbes Licht flutete den Pub, sodass alle Köpfe sich neugierig umdrehten, um zu sehen, ob jemand von oben herauskommen würde. Doch kein Erzengel, der ihnen einen Besuch abstatten wollte, trat durch die Tür.
Jessy rutschte vom Stuhl. Angestrahlt von dem Licht,

begannen ihre Korkenzieherlocken zu leuchten. Kaum war sie in den Stamm getreten, befand sie sich in einem weißen Würfel. Ihr Magen sank hinab, als sie nach oben befördert wurde. Nach gefühlten zehn Minuten gab es einen Ruck. Lautlos glitt die Tür seitlich auf.

»Bitte tritt ein, Jesajah. Setz dich, es wird noch einen Moment dauern«, sprach eine liebliche Frauenstimme zu ihr.

Jessy betrat einen sandfarbenen Raum, dessen Wände aus Wolken bestanden. Unter ihren Füßen knirschte der Boden wie frischer Schnee. An der Wand entdeckte sie Porträts von Erzengeln, deren Lichter in den schönsten Farbschattierungen erstrahlten. Jessy kam aus dem Staunen nicht mehr heraus.

»Tritt ein, Jesajah.« Diese Stimme klang anders. Härter. Bestimmter. Sie zog erschrocken den Kopf ein. Somit wirkte sie noch kleiner, als sie durch den Bogen den überdimensionalen Gerichtssaal betrat.

Zwanzig Meter über ihr saßen dreißig Erzengel auf zwei Reihen verteilt auf langen schwebenden Holzbänken, wie man sie aus Kirchen kannte. Vor ihr stand ein Tisch aus Kirschenholz, dessen gefälliges Rot mit den Sitzbänken der Erzengel eine Einheit bildete. Jessy musste sich auf Zehenspitzen stellen, um darüber hinwegschauen zu können. Dahinter entdeckte sie ein bekanntes Gesicht. Es war Xenophon, der ihr wohlwollend zunickte, als sich ihre Blicke trafen. Er war der einzige Anwesende, dessen Miene freundlich wirkte.

Noch nie hatte Jessy so viele Erzengel auf einmal versammelt gesehen. Ihr wurde mulmig zumute. Ohne es zu merken, griff sie ein Stück Stoff ihres Kleides, das sie heftig mit den Fingern knetete. In diesem Moment kam sie sich sehr winzig vor.

Der Chronist begab sich neben Jessy, wie es sich für einen rechtlichen Beistand gebührte.

»Jesajah«, begann Ratfiel, der Engelfürst der Offenbarung, die Ansprache.

»Du weißt, weshalb wir dich gerufen haben?«

»Nö«, entgegnete sie mit Unschuldsmiene.

Xenophon machte einen Schritt zur Seite, als über Jesajahs Kopf dunkelgrauer Dunst erschien. Feine lange Streifen fielen herab, die eine Barriere um sie herum bildeten. Als die Wolke abgeregnet hatte, befand sich Jessy in einer Art Laufgitter für Kleinkinder. Das Gitter wechselte unentwegt von einem hellen, leuchtenden Silber in ein Dunkelgrau. Sie wollte es berühren, die Beschaffenheit erkunden, wurde jedoch abgehalten, als ein Erzengel ohne ersichtlichen Grund von seinem Sitz hochschoss.

»Du hast einen Schützling im Stich gelassen und dadurch verloren«, warf er ein. Dabei klang der Erzengel, als hätte er eine starke Erkältung.

Die Stimme gehörte Dubiel, dem Engel der Sündenaufzeichnung und Engel der Anklagevertretung, der es nicht abwarten konnte, dass die Verhandlung endlich losging. Das schüttere graue Haar trug er streng nach hinten gekämmt. Er war in einen hellen Anzug mit blassgelber Krawatte gekleidet. Auf Jessy wirkte er gut angezogen, zudem erweckte er den Eindruck, dass alle vor ihm Respekt hatten.

Das Gitter war so hoch wie sie selbst, sodass Jesajah Mühe hatte, darüber hinwegzuschauen. Schließlich wollte sie den Erzengeln ins Antlitz sehen, wenn die Verhandlung losging. Nur so konnte sie abschätzen, wie ihre Chancen standen. Immer wieder musste sie den Kopf recken, um alles mitzubekommen.

»Einspruch!«, rief Xenophon dazwischen.

»Wie bitte?«, empörte sich Dubiel.

»Lass es mich erläutern, werter Dubiel.« Ohne auf Dubiels Erlaubnis zu warten, fuhr der Chronist fort.

»Wie wir Jezalels Aussage entnehmen konnten, lag Jesajah ohnmächtig auf dem Boden. Demzufolge war ihr ein Eingreifen nicht möglich. Sie hat noch nicht einmal mitbekommen, wie Samael sich Wendels Seele einverleibte. Doch dazu später mehr. Zuerst sollten wir den Vorwurf erläutern sowie den Anklagepunkt«, er betonte das letzte Wort besonders, »verlesen, damit die Guardian Jesajah versteht, worum es in dieser Verhandlung überhaupt geht. Schließlich ist das ihr gutes Recht.«

»Was?«, rief Jessy aufgeregt.

»Wendels Seele ist …«

»Schsch, Jesajah. Bleib ruhig.« Eine hysterische Mandantin war das Letzte, was Xenophon bei dieser Verhandlung gebrauchen konnte. Es würde viel Verhandlungsgeschick benötigen, damit sie gut aus dieser Sache herauskam.

Was diesen Vorfall anbelangte, ließ Jessy sich nur zu leicht aus der Ruhe bringen. Um nicht den Verstand zu verlieren, begann sie im Kreis zu gehen.

»Ich bin angeklagt? Aber wieso?« Tränen sammelten sich in ihren Augenwinkeln, die sie wegzublinzeln versuchte.

»Jesajah, mir wird noch ganz schwindelig von deiner Herumrennerei. Nun bleib doch endlich stehen.«

Jessy sah ein, dass es unsinnig war, auch noch Xenophon den Kopf zu verdrehen. Sie tat ihm den Gefallen, dennoch konnte sie die innere Unruhe nicht verbergen.

Geschäftsmäßig beugte der Chronist sich zu ihr herunter und legte den Arm auf der Barriere ab.

»Ich habe deine Verteidigung übernommen«, flüsterte

er ihr zu.

»Ich werde dafür sorgen, dass alles mit rechten Dingen zugeht.«

Sofort schöpfte sie Mut. Wenigstens ein himmlisches Geschöpf, das sich auf ihre Seite stellte, obwohl sie nicht glaubte, dass es viel nützen würde. Xenophon war weder ein Engel noch ein Erzengel und erfuhr somit weniger Anerkennung.

Durch das Gitter hindurch ergriff sie seine Hand, wie ein Kind die des Vaters nimmt, um gemeinsam sicher über die Straße zu gelangen.

Überrascht schaute er seitlich zu ihr herunter, doch Jessy starrte nur auf ihre Füße.

»Also gut«, begann Dubiel. Während seiner Ansprache schritt er langsam um die Barriere herum, die Jessy umgab.

»Guardian Jesajah. Dir wird vorgeworfen, deinem Schützling gegenüber fahrlässig gehandelt zu haben. Nach dem Kampf gegen einen Dämon wurde seine Seele sofort in die Unterwelt verdammt, obwohl es deine Aufgabe gewesen wäre, sie in die Zwischenwelt zu überführen, damit ihr dort der Prozess gemacht werden kann. Dies war wegen deiner Unfähigkeit«, sein Finger zeigte auf Jessy, damit jedem im Saal klar wurde, dass dies keine Bagatelle war, »nicht möglich.«

Eine dramatische Pause entstand.

»Als zweiten Punkt wird dir zur Last gelegt, dich ungebührlich dem Bibliothekar Leuviah gegenüber verhalten zu haben.«

Jessy schaute abrupt auf. Da Dubiel jedoch gerade hinter ihr stand, fegte sie herum wie ein Derwisch auf Speed.

»Aber … aber … das ist doch eben erst passiert!« In diesem Moment wünschte sie sich, sie hätte im Pub ihr Temperament gezügelt. Diese Überreaktion schob sie dem

Umstand zu. Ihrer Ansicht nach hatte der Bibliothekar es aber auch nicht anders verdient.

»ER weiß und sieht alles, Jesajah«, bemerkte Dubiel mit dem Lächeln eines ausgebufften Anwalts, das bei ihm kleine Fältchen in den Augenwinkeln verursachte.

»Diese Vergehen sind keine Kleinigkeiten. Ein Dämon hat sich die Seele deines Schützlings Wendel einverleibt. So konnte er noch an Kraft gewinnen.« Dass Wendel ein Mischlingskind war, verschwieg er erst einmal, um die Geschworenen auf seine Seite zu ziehen. Der Erzengel holte Luft, als wollte er mit der Tirade fortfahren, besann sich jedoch, da er die Einzelheiten nicht mehr aufwärmen musste. Die Mienen der Geschworenen bestätigten ihn. Die anderen Schutzengel hatten zuvor ihre Aussagen gemacht. Viel hatten sie dazu nicht beitragen können. Bis auf Jezalel waren sie weder daran beteiligt noch in der unmittelbaren Nähe gewesen. Nur die Gerüchteküche kochte über. Die Tatsache, dass Samael involviert war, wog schwer. Das Strafmaß, das er für Jesajah als angemessen erachtete, sollte zudem zur Abschreckung beitragen. Verfehlungen dieser Art mussten unverzüglich im Keim erstickt werden. Es war sein größtes Anliegen, dass, ab dem Urteilsspruch, Seelenverluste an die Hölle der Vergangenheit angehörten.

»In deinem Fall verlange ich die Höchststrafe, die, wie wir alle wissen …«

»Einspruch!«

Dieser Chronist geht mir gehörig auf den Zeiger, schoss es Dubiel durch den Kopf, dessen Geduld sich von Sekunde zu Sekunde schmälerte. Er hatte schon lange nicht mehr solch einen brisanten Fall auf dem Tisch gehabt. Nun wollte er mit all seinem Können glänzen.

»Einspruch?«, wiederholte Dubiel den Einwand mit

einem zuckersüßen Lächeln.

»Darf man fragen, wieso? Soweit ich weiß«, er wandte sich nun den anderen Erzengeln zu, »darf ich das Strafmaß, das ich für gerecht halte, verkünden, damit es im Protokoll aufgeführt wird.«

»Dieses Verfahren ist veraltet. Erst einmal müssen wir Jesajahs Schuldfähigkeit feststellen.«

»Schuldig!«, rief Dubiel siegesgewiss.

Xenophon klatschte sich mit der Hand gegen die Stirn. Diese Verhandlung begann sich zu einer Farce zu entwickeln. Ein Raunen beherrschte die Reihen.

»Ruhe!« Tigernmas, die Richterin, meldete sich zu Wort. Anders als die anderen Engel hatte sie sich nicht verwandelt. Hinter dem Richtertisch schwebte eine Kugel von der Größe eines Tennisballs. In der bronzenen Hülle spiegelte sich der gesamte Saal wider.

»Diese Verhandlung zieht sich bereits zu lange hin. Haben der Anwalt und der Ankläger den Fall Jesajah studiert?«

Sie schwebte gemächlich auf und ab. Tigernmas beeindruckte durch ihre Stimme, die sie, der Situation entsprechend, variierte. Als höchste Richterin musste sie nicht in menschlicher Gestalt erscheinen, sodass jedes ihrer Worte nie im Gemurmel unterging, sollte es nötig sein, sich über eine gewisse Lautstärke hinwegzusetzen.

»Ja, Euer Ehren«, antworteten beide Anwälte wie aus einem Mund.

Tigernmas schien besänftigt, die Kugel stoppte in ihrer Bewegung.

»Gut. Dann hört mit dem Theater auf. Kommt endlich zum Punkt und bleibt sachlich. Ich will keine unterschwellige Beeinflussung der Geschworenen.«

Dubiel winkte beleidigt ab. Er hatte sich so viele

Möglichkeiten zurechtgelegt, die er den Anwesenden präsentieren wollte, doch nun sollte er sich nur auf das Nötigste beschränken. Seine Ehre war gekränkt, was man seiner Haltung anmerkte.

»Na, denn. Hat die Anklage noch etwas zu den Vorwürfen hinzuzufügen?« Tigernmas blieb sachlich, wie es sich für jemanden, der dieses Amt ausführte, ziemte.

»Nein, Euer Ehren. Ich habe alle wichtigen Punkte aufgeführt.«

»Sehr gut.« Die Kugel schwebte einige Meter nach vorn. »Dann kommen wir jetzt zur Verteidigung.«
Xenophon räusperte sich lautstark, bevor er loslegte.

»Hohes Gericht, wir haben uns hier versammelt, um über den Verstoß ...«

»Einspruch!«, triumphierte Dubiel.
Sowohl Jesajah als auch Xenophon legten die Stirn in Falten.

»Es sind zwei Verstöße. Ich bitte darum, dies auch genau zu beachten und in den Formulierungen zu berücksichtigen.« Er hatte das Gefühl, langsam wieder Oberwasser zu gewinnen.

»In Ordnung. Um die Verstöße der Guardian Jesajah unter die Lupe zu nehmen und die Guardian Jesajah zu entlasten.«

»Pfff!« Dubiel glaubte nicht daran, dass eine Entlastung überhaupt infrage kam. Es war eindeutig! So klar wie das Wasser, das einer Quelle entspringt. Wendels Seele war recta via in die Hölle gewandert. Was gab es da noch zu bezweifeln?
Jessy stand die ganze Zeit in der Mitte der Barriere und verfolgte das Geschehen. Ob sie nun schuldig war oder nicht, konnte sie selbst nicht sagen. Das würde das Ende der Verhandlung zeigen.

 # Die Verhandlung

Ein schüchterner Engel trat mit gesenktem Haupt ein. Seine weiße Hose war unten weit ausgestellt. Während er zum Tisch huschte, um dort ein Schriftstück abzulegen, stolperte er.

»Oh Gott! Andel, pass auf!«, rief Jesajah, als sie sah, wie ihm die Schriftrolle aus der Hand glitt und im hohen Bogen durch den Raum flog. Sie wollte ihm zu Hilfe eilen, doch das Gitter hielt sie davon ab.

Um nicht auf die Nase zu fallen, breitete er seine Flügel aus. Gerade noch rechtzeitig, bevor er gegen das Richterpult stieß.

Einige der Erzengel wirkten betroffen, andere eher amüsiert, über die Tollpatschigkeit des Vermittlers göttlicher Botschaften.

Xenophon war sogleich zur Stelle. Geschickt fing er die Rolle auf. Sofort untersuchte er sie auf Beschädigungen. Sie schien unversehrt, was man seiner Miene entnehmen konnte.

Wortlos und mit hoch rotem Kopf verschwand Andel eilig aus dem Saal.

»Ein neues Beweisstück, Herr Verteidiger?«, wollte Tigernmas wissen.

Xenophon straffte die Schultern, während er zum Tisch schritt. Theatralisch rollte er die Papyrusrolle vor seinem Körper auf, um den Inhalt zu studieren.

»Wenn Euer Ehren sich selbst überzeugen wollen. Es ist ein Teil meiner Aufzeichnungen über Jesajahs Wirken als Guardian im Exil.« Der Chronist legte das auseinandergerollte Papier auf den Richtertisch.

Die Kugel begann das Geschriebene zu studieren.

»In Ordnung«, sagte Tigernmas schließlich.

Ein knappes Nicken, dann wandte Xenophon sich den Erzengeln auf der Geschworenenbank zu.

»Ich möchte ein wenig in die Vergangenheit zurückgehen.«

»Einspruch!«

»Es ist notwendig für das Verständnis, Euer Ehren.«

Ein Grummeln bebte durch den Saal wie eine Steinlawine, die alles zu zerreißen drohte.

»Ruhe!«, echote es in den Köpfen der Erzengel, sodass sich ein jeder die Ohren zuhielt.

Durch Xenophons Anwesenheit waren die Engel dazu angehalten, dem Prozess in menschlicher Gestalt beizuwohnen, was dazu beitrug, dass sie auch die Schwächen dieser Lebewesen teilten. Das laute Echo ertrugen die sensiblen Gehörgänge nicht.

»Einspruch abgelehnt. In Anbetracht der Schwere dieses Vorwurfs lasse ich es zu. Halte dich allerdings nicht zu lange in Erinnerungen auf, Anwalt.«

Xenophon verbeugte sich höflich.

»Ich werde es so kurz wie möglich machen.«

Während seiner Erklärung schritt er langsam die Reihe ab.

»Wie wir alle wissen, werden den Schutzengeln immer Schützlinge ihres Geschlechts zugewiesen.« Viele der Erzengel stimmten mit einem leichten Nicken zu. »Dann wird es einige von euch vielleicht verwundern, doch Jesajah hat einen männlichen Schützling zugeteilt bekommen.«

Ein Raunen ging durch die beiden Reihen. Um die Geduld der Richterin nicht zu überstrapazieren, sprach er mit leicht erhobener Stimme weiter.

»Weshalb dieser Fauxpas geschah, konnte noch nicht geklärt werden.« Die Dramatik in seiner Ausführung nahm immer mehr zu.

»Fakt ist, meine Mandantin war nicht auf einen Jungen vorbereitet worden. Das Modell wurde bisher weder bekannt gemacht noch erprobt. Selbst während des Examens wurde keinem der anderen Guardian-Anwärter ein Schützling zugewiesen, der vom anderen Geschlecht war.« Er ließ kurz die Worte wirken.

Einige der Erzengel rümpften die Nase, andere schüttelten verdrießlich den Kopf.

»Einspruch!«

»Was ist denn nun schon wieder?« Xenophon war die ewigen Unterbrechungen leid.

Dubiel plusterte sich künstlich auf.

»Wir wissen nicht, wie entgegengesetzte Geschlechter bei Guardians und Menschen wirken. Daher wurde dieses Experiment von der ersten Triade geduldet. Mutmaßungen über die Vorbereitungen und was für einen Schutzengel sinnvoll sein könnte, sind nicht gestattet, nur Fakten zählen!« Dubiel richtete seine Krawatte, obwohl dies keiner Notwendigkeit bedurfte.

Xenophon hob beide Augenbrauen. Der Erzengel in der Position der Anklagevertretung war eher konservativ eingestellt. Neuerungen wurden nur nach langjährigen Erfahrungswerten akzeptiert. Der Chronist war überrascht über Dubiels fortschrittliches Denken. Das sah ihm gar nicht ähnlich.

»Stattgegeben. Xenophon, halte dich bitte nur an Tatsachen.«

»Natürlich.« Der Chronist räusperte sich.

»Fassen wir doch einmal die Fakten kurz zusammen. Meine Mandantin wurde ohne Vorwarnung – im Eifer eines Umstands, der noch geklärt werden muss – auf die Erde geschickt und sah sich unerwartet einem Jungen gegenüber, der die Verbindung mit ihr aufgenommen, ja, sie anfangs sogar akzeptiert hat!« Sein Blick wanderte zu Dubiel, da er einen weiteren Einspruch erwartete, doch der Erzengel wirkte nur gelangweilt.

»Da von seinen Eltern jedoch aller Kontakt untersagt und vermieden wurde, konnte die Guardian Jesajah unmöglich ihrer Aufgabe gerecht werden. Die Chance, ihrem Schützling Aufmerksamkeit zuzuwenden, entzog sich ihr in Gänze. Es wurde sogar ein Zugangszauber ausgesprochen. Dadurch war meine Mandantin noch nicht einmal in der Lage, das Haus physisch zu betreten. Doch Jesajah ließ sich nicht unterkriegen. Sie tat alles in ihrer Macht Stehende, damit ihrem Schützling kein Leid geschah, obwohl sie von ihm höchstpersönlich später gemieden und verschmäht, ja, sogar in einen Käfig gesteckt wurde! Daher beantrage ich einen Freispruch in diesem Anklagepunkt. Was die Beleidigung des Bibliothekars anbelangt, nun, die sollte weniger ins Gewicht fallen. Wenn wir ehrlich sind, Leuviah steckt seine Nase lieber in Bücher, als den Guardians bei ihren Prüfungen Unter-stützung zukommen zu lassen.«
Lautes Gemurmel ertönte, während er sich wieder zu seiner Mandantin gesellte und ihr kurz einen verheißungsvollen Blick sandte, bevor er sich Dubiel widmete.
Die Anklagevertretung erhob sich, um ihrerseits das Wort zu ergreifen.

»Werte Richterin Tigernmas, werte Geschworene.« Ein leichtes Nicken sowohl zur Richterin, als auch zu den Erzengeln bezeugte seinen tiefsten Respekt.

»Die Ausführungen des Verteidigers in allen Ehren, doch seien wir doch mal ehrlich … Was ist denn die Aufgabe eines Guardians? Er soll …«

»Einspruch!«, rief Xenophon.
Dubiel fuhr herum.

»Was?«

»Bitte, Herr Verteidiger. Um was geht es?« Die Richterin wollte die Verhandlung baldmöglichst zu einem Ende bringen. Zukünftig ähnlich gelagerte Fälle würden dem heutigen Urteil unterliegen, sich darauf berufen, sollte es noch einmal vorkommen, dass ein weiblicher Guardian einen Jungen oder ein männlicher ein Mädchen zugeteilt bekommt. Dies sollte zu einem Präzedenzfall werden.

Was weder Xenophon noch Jesajah wussten: Die Vorbereitungen für einen unmittelbar bevorstehenden Krieg mussten ebenfalls getroffen werden. Gewisse Vorkommnisse mussten noch geklärt werden, die in unmittelbaren Zusammenhang zu diesem Fall standen. Begebenheiten, von denen nur wenige Erzengel Kenntnis hatten, die unter dem Mantel der Verschwiegenheit versteckt wurden, um jegliche Unruhe in der Oberen Ebene gar nicht erst aufkommen zu lassen. So hatte Tigernmas alle Hände voll zu tun und wollte lieber jetzt als später das Urteil verkünden. Die Zwietracht zwischen den beiden Anwälten beeinträchtigte die Harmonie auf der Oberen Ebene. Nun wurde ihr klar, wie viel Einfluss Anthriel, der Engel der Harmonie, auf sie alle hatte. Das Miteinander war mit seiner Anwesenheit viel leichter zu ertragen.

Tigernmas war froh, dass man ihr als Lichtball die Verlegenheit nicht ansehen konnte, als Xenophons Worte sie in das Hier und Jetzt zurückholten.

»Er sagte ›er‹.«

Dubiel sah verwirrt zum Richtertisch.

»Erläutere das bitte«, forderte ihn Tigernmas auf. Trotz des Zeitdrucks versuchte sie, ruhig zu bleiben, konnte aber ein feines Pulsieren nicht verhindern.

»Wenn Dubiel ›er‹ sagt, impliziert das, dass es sich um

294

einen männlichen Guardian handelt. Doch Jesajah ist eine weibliche Guardian, wie man unschwer erkennen kann. Daher wäre es nur angebracht, die richtige Terminologie zu verwenden, damit keine Missverständnisse aufkommen.«

Tigernmas überlegte kurz.

»Stattgegeben. Dubiel, bitte halte dich an die korrekte Geschlechterwahl.«

Der Strafanwalt spitzte die Lippen.

»In Ordnung. Wo war ich noch?« Mit Daumen und Zeigefinger kniff er sich in den Nasenrücken.

»Ah, ja. Sie«, er warf kurz einen scharfen Blick zur Anklagebank, bevor er sich wieder den anderen Erzengeln zuwandte, »soll auf den ihr zugewiesenen Menschen achtgeben, dafür Sorge tragen, dass das dem Menschenkind kein Leid zugefügt wird, und um dessen Seele so vorzubereiten, dass sie Einzug in den Himmel hält.«

Xenophon beugte sich zu Jesajah hinunter.

»Er bezeichnet die Menschen als eine Sache. Das stellt er sehr geschickt an.«

Jessy verstand nur Bahnhof.

»Seitdem wir Guardians auf die Erde schicken, haben bisher alle ihre Aufgaben ...«, Dubiel unterbrach sich kurz, »... na ja, mit wenigen Ausnahmen vielleicht ...«, räumte er leise ein, »immer gut erfüllt. Nie hat sich jemand darüber aufgeregt und nie – ich wiederhole: Nie! – wurde behauptet, dass diese Aufgabe eine einfache sein würde. Dafür werden die Guardians eigens in der E.n.G.E.l.-Akademie ausgebildet. Der Lehrplan umfasst alles, was ein Schutzengel wissen muss, um den Schützling auf dessen unausweichliches Finale vorzubereiten. Dabei ist es egal ob Junge oder Mädchen.« Er hob den Zeigefinger in die Luft, sein Tonfall wurde euphorisch.

»Und das Ende sollte der Einzug der Seele in den

Himmel sein!«

Alle Erzengel applaudierten frenetisch.

Xenophon sah, wie Jessy den Kopf senkte. Trotz des lauten Umfelds konnte er sie schniefen hören. Mitleidsvoll ließ er die Schultern sinken, was dem Staatsanwalt nicht unbemerkt blieb.

Siegessicher hob Dubiel den Oberkörper, während die Erzengel sich langsam wieder beruhigten.

»Jesajah«, sein Finger richtete sich erneut auf Jessy, die erschrocken aufblickte, als er ihren Namen förmlich ausspuckte, »ist ihrer Aufgabe nicht nachgekommen, ja, hat sie sogar schändlich vernachlässigt, sodass die Seele ihres Schützlings Wendel direkt – ich wiederhole mich gern noch einmal: d-i-r-e-k-t – in die Hölle gewandert ist.«

Ein unzufriedenes Gemurmel legte sich über die Reihen.

»Daher beantrage ich, dass Jesajah das Amt des Schutzengels aberkannt wird. Ich bedanke mich für die Aufmerksamkeit.« Er machte eine Verbeugung, als hätte er die Vorstellung seines Lebens abgeliefert.

Jessy klappte der Unterkiefer herunter. Sie lief bis zur Barriere und ergriff Xenophons Hand.

»Aber … aber was passiert dann mit mir, wenn ich kein Schutzengel mehr bin?« Aus ihren großen meerblauen Augen sprang ihm die Sorge förmlich entgegen.

Sanft tätschelte er ihre Hand.

»Noch ist die Verhandlung nicht beendet, Jesajah. Du möchtest ein Schutzengel bleiben?«

Sie nickte eifrig, sodass die widerspenstige Strähne auf und ab wippte.

»Dann wollen wir zusehen, dass es so bleibt.«

»Aber wie denn?«

Er zwinkerte ihr zu, um sie zu beruhigen.

»Wenn ich dazu noch etwas ergänzen dürfte, Euer

Ehren.« Xenophon stellte sich neben Dubiel, dessen gesamte Haltung zum Ausdruck brachte, was er dachte: *Egal, was jetzt noch kommt, das Urteil würde auf jeden Fall ›Schuldig im Sinne der Anklage‹ ausfallen.*

»Ruhe!«, rief Tigernmas. Augenblicklich wurde es im Saal so leise, dass man eine Stecknadel auf einer Wolke hätte auftreffen hören können.

»Es ist zwar nicht üblich, doch in diesem außergewöhnlichen sowie schweren Fall erteile ich dem Verteidiger noch einmal das Wort. Vorausgesetzt, die Anklage stimmt dem ebenfalls zu.«

»Um der Wahrheit willen«, entgegnete Dubiel mit einem süffisanten Lächeln.

»Euer Ehren und die Anklagevertretung sind zu gütig«, entgegnete der Chronist mit einer tiefen Verbeugung.

»Bevor das Urteil gefällt wird, möchte ich etwas zu bedenken geben – und ja, es ist eine Tatsache, dass Wendels Seele nun in der Hölle schmort, das ist nicht zu leugnen. Aber«, er stoppte kurz, sein Blick traf jeden einzelnen der Erzengel, bis er schließlich bei Tigernmas haften blieb, »wie kann es angehen, dass die Seele des Jungen ein Inferno verursacht hat? Wir wissen, dass dem Fürsten der Hölle jetzt mehr Macht obliegt. Weshalb wurde der Ursache nicht auf den Grund gegangen? Und das bereits, bevor man meiner Mandantin diesen Jungen zugewiesen hat?«

Dubiel fehlten die Worte. In seiner Miene spiegelte sich das blanke Entsetzen. Diese Meldung hätte dem Anwalt der Verteidigung nie zugespielt werden dürfen. Er selbst hatte erst kürzlich davon erfahren und dem Boten eingeimpft, diese brisante Information niemandem anzuvertrauen. Stillschweigen war das oberste Gebot, da sonst die himmlische Ruhe in Gefahr geraten könnte.

Eine plötzliche Beunruhigung beherrschte den Saal.

»Ruhe! Oder ich lasse den Gerichtssaal räumen!« Das Licht der Kugel pulsierte nun in sämtlichen Bronzeschattierungen.

»Herr Verteidiger! Kommen Sie zum Ende«, befahl sie energisch.

Dubiel starrte ungläubig die Kugel an, als ihm klar wurde, dass auch die Richterin davon wusste. Er schwieg betroffen.

»Sicher. Ich bin auch so gut wie fertig, Euer Ehren«, entschuldigte er sich für den plötzlichen Aufruhr, den er provoziert hatte.

»Wenn ihr darüber beratet, welche Strafe angemessen ist, so sollten diese Fakten in die Überlegungen miteinbezogen werden. Tatsachen, denen bisher weder nachgeforscht, noch nachgegangen wurde und, die meiner Meinung nach, dringend einer Aufklärung bedurft hätten, bevor es überhaupt zu dieser Verhandlung kommen konnte. Ich bedanke mich für die Aufmerksamkeit.«

Die Lichtkugel schwebte empor.

»Nachdem nun beide Seiten ihre Stellungnahme abgegeben haben, zieht sich das Gericht zur Beratung zurück.«

 # Das Urteil

Xenophon und Jessy blieben im Saal zurück.

»Jesajah, vertrau mir. Alles wird gut.«

»Ich denke nicht. Wir werden verlieren.« Sie schniefte, dabei wischte sie sich mit dem Unterarm über die Nase.

»Was wird denn jetzt aus mir? Ich möchte so gern ein Schutzengel sein. Eine gute Guardian, die immer für seinen Schützling da ist und ihn vor dem Schlimmsten bewahrt. Ich verstehe nicht, wie das passieren konnte. Was habe ich denn falsch gemacht? Ist das denn schon einmal passiert?« Sie hockte sich im Schneidersitz auf den Boden. Ein Teil ihrer Beine verschwand im Bodennebel. Sie tauchte ihre Hände darin ein.

»Sieht es so aus, wenn ein Schutzengel sich auflöst? Nebulös?«

Xenophons verhaltenes Lachen ließ sie aufschauen.

»Ich weiß, dass die Geschworenen eine harte Nuss zu knacken haben. Dieser Fall belegt einen Sonderstatus. Du warst immer in Wendels Nähe, obwohl man dich nie direkt zu ihm gelassen hat. Vergiss nicht, er hat dich sogar als seinen Schutzengel erwählt. Das sollte doch etwas zählen.« Er setzte sich ihr gegenüber und zog die Knie an, die er mit den Armen umschlang.

»Ich denke, mein letzter Trumpf hat bei den Geschworenen eine Menge Zweifel heraufbeschworen.«

Jessy wischte sich eine Träne von der Wange.

»Wie hast du davon erfahren?«

»Dein Freund Jezalel hat mir noch eben die Information geschickt. Allerdings musste ich den Hinweis erst in der Papyrusrolle finden. Er hat ihn gut versteckt. Ich wollte diese prekären Tatsachen nicht sofort verkünden. Zum einen, weil Dubiel gerade versucht, sich zu profilieren, und ich das gern verhindern möchte.« Er zwinkerte ihr zu, da er diesem Anwaltsengel noch nie wirklich viel hatte abgewinnen können.

»Und zum anderen?«

»Nun, die zusätzliche Macht, die der Höllendämon erhalten hat, wird das Gleichgewicht durcheinanderbringen. Tigernmas scheint etwas darüber zu wissen. Sie wusste von dem Zusatz in der Rolle. Nicht immer hat es positive Auswirkungen, wenn alle Fakten auf den Tisch gelegt werden. Ich gebe zu, dieser heimliche Hinweis war nicht ganz fair. Doch manch eine Meldung behält man vorerst für sich, damit kein Chaos entsteht. Deswegen hat sie sich dazu nicht geäußert.«

Jessy seufzte.

»Jesajah, es war nicht deine Schuld. Niemand hatte davon Kenntnis, dass Kasdeya der eigentliche Vater von Wendel war. Es war noch nicht einmal bekannt, dass er überhaupt im Exil war. Kasdeya versicherte, dass er Katharina das Versprechen abgenommen hat, sie würde alle Hebel in Bewegung setzen, das Kind nicht auszutragen, sollte ein Nachfahre aus ihrer gemeinsamen Nacht entstehen. Sie hat ihr Versprechen gebrochen.«

»Aber ein Ungeborenes zu töten, ist Sünde. Woher weißt du davon? Und wie konnte der Engel so etwas nur verlangen?«

»Langsam, liebe Jesajah.« Er hob beschwichtigend die Arme.

»Alles zu seiner Zeit. Das wird in einem anderen Verfahren behandelt. Ich kann nicht sagen, wie die Richterin in seinem Fall entscheiden wird. Erst einmal müssen die Fakten zusammengetragen werden. Für dich

wird es sich hoffentlich als mildernder Umstand aus-
wirken.« Xenophon wünschte sich mehr als alles andere,
dass Jesajahs sehnlichstes Anliegen, ein Schutzengel zu
bleiben, erfüllt werden würde. Er mochte die Guardian,
liebte Jessy fast wie eine Tochter. Durch ihre ungestüme
Art stolperte sie oftmals in Situationen, die sie – mit ein
wenig mehr Beherrschtheit – hätte vermeiden können,
dennoch hielt er sie für diese Aufgabe für geeignet. Ihre
Beharrlichkeit rang ihm Bewunderung ab. Sie hatte
Wendel nie aufgegeben, selbst dann nicht, als er sie
einsperrte und einfach ihr selbst überließ. Manch ein
anderer Schutzengel wäre daran verzweifelt, doch Jesajah
wollte immer ihrer Aufgabe gerecht werden, da war der
Chronist sich zu einhundert Prozent sicher.

Sie hatte ein Gespür für das Besondere, das die meisten
Guardians nicht aufwiesen. Sie schaffte es, sich an
Wendels Fersen zu heften, ließ ihn nie aus den Augen,
obwohl seine Adoptiveltern alles aufgefahren hatten, um
das zu verhindern. Es war nicht verwunderlich, dass sie
nicht die höchste Stufe der Magie anwendeten, denn
Zalmona und Kaleb mussten aufpassen, nicht als magische
Wesen entlarvt zu werden. Die Inquisition war
allgegenwärtig. Die Karten hatten Zalmona offenbart, dass
dieses dunkle Kapitel bald auch England erreichen würde.
Ein hervorragender Grund fortzugehen, um einem
tödlichen Schicksal zu entkommen.

Jessy war noch grün hinter den Flügeln, doch ihre
Beharrlichkeit konnte der Oberen Ebene in Bezug auf die
Zukunft des Himmelreichs nur von Vorteil sein. Magische
Wesen wie Zalmona und Kaleb stellten eine aktive
Bedrohung dar.

Die Obere Ebene brauchte Guardians wie Jesajah.

Die Tür glitt auf. Bunte Lichter kamen hereingeschwebt und bildeten eine wunderschöne Kette, bevor sie sich in ihre menschliche Gestalt verwandelten.

Xenophon reichte Jesajah die Hand, die sie nur zu gern ergriff. Sie mochte diesen seltsamen Kauz, der immer mit einer Rolle unter dem Arm sowie einer Kette an dessen Ende eine Schreibfeder baumelte, herumlief. Kaum stand sie, schwebte die dunkle Wolke über sie. Wie zuvor bildete sich die Barriere um sie herum.

Nachdem alle Erzengel ihre Plätze eingenommen hatten, betrat Dubiel den Saal.

»Bitte erhebt euch für die ehrenwerte Richterin Tigernmas!«

Tigernmas, nun in menschlicher Gestalt, schritt majestätisch zu ihrem Stehpult.

Jessy presste die Lippen aufeinander. Die Richterin war wunderschön anzusehen. Weiße Orchideen steckten in ihren pechschwarzen Haaren, die bis zur Hüfte reichten. Ihre Haut schien von einem bronzenen Ton überzogen, der in helleren Schattierungen schimmerte. Tigernmas in menschlicher Gestalt kam einer Inselschönheit gleich, wie sie im Buche stand. Eine goldene Schärpe bedeckte ihre wohlgeformten Brüste, der Schatten schlanker Beine war durch den bunten Wickelrock sichtbar. Ihre dunklen Augen strahlten eine Erhabenheit aus, wie Jessy sie noch nie gesehen hatte. Sogar in den Mienen der Erzengel entdeckte sie Bewunderung für Tigernmas. Mehr konnte sie nicht erkennen. Keine Regung, wie ihr Urteil ausfallen würde.

»Jesajah«, begann Tigernmas ohne Umschweife, als sie beim Richterpult angekommen war.

Jessy knabberte an ihrer Unterlippe, kaum in der Lage, etwas zu sagen, geschweige denn sich zu bewegen. Ihr gesamter Körper versteifte sich sichtbar, sodass sie wie eine Puppe dastand.

Xenophon war ebenso gespannt wie seine kleine Mandantin. Ein Berufungsverfahren nach dem Richterspruch konnte nicht mehr erwirkt werden. Das ließ das Gesetz auf dieser Ebene nicht zu. Das Urteil hatte Rechtsgültigkeit, sobald es verkündet war.

»Du hast als Schutzengel auf ganzer Linie versagt.« Ihre gesamte Haltung wirkte unnahbar, fast schon steif. Jessys Kehle schnürte sich zu.

Nun begann auch Xenophon eine seltsame Unruhe zu überfallen. Nur Dubiel lächelte siegessicher in sich hinein.

»Wendels Seele weilt bei Samael, dem Fürsten der Hölle. Das ist eine Tatsache, die schwer wiegt. Besonders, da die Seele keine Chance hatte, zur Vorverhandlung zu erscheinen.«

Xenophon und Jessy tauschten einen kurzen Blick aus. Trotz dieser vernichtenden Einleitung schien der Chronist nun nicht mehr beunruhigt zu sein, während Jessy das Gefühl unsagbarer Traurigkeit zu überschwemmen drohte. Ihre meerblauen Augen wurden feucht wie Ozeane.

»Das Gericht räumt einen Fehler ein. Es muss geklärt werden, warum die Seele nicht zur Vorverhandlung erscheinen konnte und weshalb vorab nicht die Informationen vorlagen, wie es dem Höllenfürsten gelungen ist, herauszufinden, dass der Schützling Wendel ein Mischlingswesen mit magischen Eigenschaften war. Hinzu kommt, dass Jesajah einen Jungen zu beschützen hatte, dessen unvorhergesehene Geburt eine böse Überraschung bedeutet. Ob Samael, Fürst der Hölle, diesbezüglich seine Finger im Spiel hatte, muss noch geklärt werden. Aus diesem Grund lasse ich Milde walten und degradiere die Guardian Jesajah zum Schutzengel

Zweiter Klasse! Deine goldene Boni-Karte hast du unverzüglich an Dubiel abzugeben, der dir dafür eine kupferne aushändigt. Deine neuen Schützlinge werden dir bei einem der nächsten Geburtensprünge zugeteilt.«

Ein Hammer tauchte aus dem Nichts in ihrer Hand auf.

»Die Verhandlung ist geschlossen!«

Der Hammer knallte auf die Platte von der Größe eines Untertellers, sodass Jessy unvermittelt zusammenzuckte. Noch begriff sie nicht, welche Folgen dieses Urteil für sie bedeutete.

Die Engel verwandelten sich zurück in bunte Lichtkugeln. Binnen weniger Wimpernschläge leerte sich der Saal, sodass Jessy und Xenophon allein zurückblieben.

Mit hängenden Schultern stand Jesajah da und konnte nicht fassen, was geschehen war.

»Ich wusste, dass du uns als Schutzengel erhalten bleibst, Jesajah.« Vor Freude fiel die Papyrusrolle auf den Boden, während Xenophon die Guardian in den Arm nahm, um sie fest an sich zu drücken.

»Wir haben gewonnen!« Nun standen auch Xenophon Tränen in den Augen.

»Pfff. Gewonnen. Von wegen«, höhnte Dubiel.

Sie hatten gar nicht bemerkt, dass er den Saal nicht mit den anderen Erzengeln verlassen hatte. Demonstrativ streckte er seine Hand aus.

»Er will deine goldene Boni-Karte, Jesajah.« Der Chronist drehte den Schutzengel so, dass Jessy nun Dubiel von Angesicht zu Angesicht gegenüberstand.

Sie fischte in der Tasche ihres Kleides nach der Karte und reichte sie ihm. Dubiel zog einen zwanzig Zentimeter langen Stab, der einem Bleistift glich, hervor und schrieb eine Rune auf die Karte, deren goldene Schicht sich nun in einen Kupferton änderte.

»Dein neuer Status als Schutzengel Zweiter Klasse«, spottete der Anwalt, der über den Ausgang der Verhandlung alles andere als erfreut schien.

Während er sich ebenfalls in eine Lichtkugel verwandelte, ertönte ein seltsames Geräusch. Es klang, als würde Luft aus einem angestochenen Reifen entweichen. Danach sauste der blassgraue Lichtball davon.

»Und was nun?« Jessy starrte die kleine eckige Karte in ihrer Hand an.

»Du bist noch immer ein Schutzengel. Allerdings ein Schutzengel Zweiter Klasse.«

»Was bedeutet das?« Sie kannte bisher nur einen Schutzengel Zweiter Klasse, und das war Jezalel. Zu ihrem Bedauern hatte sie nie Gelegenheit gehabt, mit ihm darüber zu sprechen. Sie wusste nur, dass er immer viel zu tun hatte.

»Ab sofort wirst du den Menschenkindern helfen, die wirklich viel Unterstützung benötigen.«

Jessys Miene erhellte sich.

»Ich darf weiterhin helfen?«

»Jedoch werden es keine privilegierten Kinder mehr sein. Es sind Menschen, deren Schicksal es nicht gut mit ihnen gemeint hat. Sie brauchen sehr viel Zuwendung, verstehst du?«

»Aber dann ist das Urteil doch gar nicht übel, oder? Wenn ich weiterhin beschützen darf …«

»Der Haken dabei ist, dass du nicht nur einen Schützling haben wirst, sondern mindestens zwei. Es wird sehr viel mehr Verantwortung auf dich zukommen. Sehr – viel – mehr – als auf einen Schutzengel Erster Klasse, der nur einen Schützling unter seinen Fittichen hat. Dafür wird deine Arbeit umso wertvoller sein.«

Jessy presste die Lippen aufeinander, konnte aber nicht

305

verhindern, dass sich ihre Mundwinkel nach oben bogen.

»Ich kenne viele Schutzengel Erster Klasse, die sich bei ihrer Arbeit langweilen. Bei nur einem Schützling lässt das Abenteuer schon mal auf sich warten. Dafür bekomme ich die Möglichkeit denen zu helfen, die wirklich Hilfe brauchen.« In ihre meerblauen Augen trat ein Leuchten.

»Danke, Xeni, für alles, was du für mich getan hast.« Jesajah drückte den Chronisten fest an sich.

»Xeni?« Er runzelte die Stirn. Dann stahl sich ein Lächeln in sein Gesicht.

Lachend fuhr er spielerisch mit den Händen durch ihre Locken, dann verwuschelte er ihr Haar. Er wurde das Gefühl nicht los, dass seine kleine Guardian erwachsener geworden war. Als Jesajah ihn mit einem kindlichen Lächeln anstrahlte, entwickelte sich in seiner Brust eine Wärme, wie er sie schon lange nicht mehr gespürt hatte. Dann ging der Chronist in sein Büro, nahm die Papyrusrolle und die Feder und schrieb folgenden Satz am Ende des letzten Kapitels:

Für den Schutzengel Jesajah hat sich zwar die Tür als Schutzengel Erster Klasse geschlossen, dafür eine andere geöffnet, sodass der neue Weg, der sich ihr offenbaren wird, neue Hoffnung schöpfen lässt.

... ist besser als die Taube auf dem Dach

Jessy saß am Tisch und schrieb.

Liebes Tagebuch!

Mein erster Auftrag bestand darin, Wendel zu beschützen. Nie hätte ich vermutet, dass es in einer Katastrophe enden könnte. Daher schreibe ich es erst jetzt auf. Ob es gut ist, dass ich meine Gedanken hier festhalte, das weiß nur ER. Natürlich hoffe ich darauf, dass mir niemand einen Strick daraus dreht. Sich alles von der Seele zu schreiben kann zwar befreien, doch in meinem Fall – so wird gemunkelt – stand ich kurz davor, die Obere Ebene in den Abgrund zu stürzen. Dabei kann ich noch nicht einmal sagen, was ich verkehrt gemacht habe. Auch der Erzengel Seraphiel und Xenophon, den ich übrigens so gern wie einen Papa habe und Xeni nenne, auch wenn er es hasst, sie nahm die Feder vom Papier und kicherte in sich hinein. Als sie sich beruhigt hatte, tunkte sie die Spitze vorsichtig in ein kleines Glas, ließ die Flüssigkeit abtropfen, bevor sie weiterschrieb: *konnten mir keine genauere Erklärung geben. Das alles ist ziemlich mysteriös.*
Wenn ich es richtig verstanden habe, hatte ein Dämon seine Finger im Spiel. Sein Name ist Samael, und er ist der Fürst der Hölle. Stell dir vor, Tagebuch, ich bin dem Oberhaupt der Hölle persönlich begegnet! Das ist sehr gruselig. Gerade läuft es mir kalt zu den Flügelspitzen, da er es wohl auch auf mich abgesehen hatte. Ich vermute,

Fortuna war diesmal auf meiner Seite und verhinderte, dass ich ihm in die Klauen fiel. Nicht auszumalen, wenn ich in der Unterwelt erwacht wäre.

Sobald ich Fortuna sehe, werde ich mich bei ihr bedanken. Wir sind ja nie die besten Freundinnen geworden, doch diesmal ist sie über ihren eigenen Schatten gesprungen und schickte Hilfe. Damit hatte ich wohl eine Gefälligkeit zu viel eingefordert, denn nun bin ich kein Schutzengel Erster Klasse mehr. Die Richterin Tigernmas hat mich zum Schutzengel Zweiter Klasse gemacht. Genauso wie Jez. Hach! Wie ich Jez vermisse!

Kurz schaute sie träumerisch in die Ferne, erinnerte sich an ihre erste richtige Begegnung, als er sie in ihrem Zimmer versorgt und anschließend im Pub einen Drink spendiert hatte.

Er ist ein sehr netter Guardian, der sich auch für andere Schutzengel einsetzt. Hoffentlich sehe ich ihn irgendwann wieder. Er könnte mir erzählen, was auf einen Guardian Zweiter Klasse alles zukommt. Das werde ich nun allein herausfinden müssen.

Wie man mir sagte, wird mich der nächste Auftrag in eine andere Stadt führen. Sobald ein Guardian seinen Schützling auf unnatürliche Weise verloren hat, wird er nicht wieder am selben Ort eingesetzt. Das dient zu unserem Schutz. Es verhindert, dass die Menschen misstrauisch werden, denn sie könnten womöglich herausfinden, was wir in Wirklichkeit sind.

Wohin genau mich mein nächster Auftrag führen wird, konnten sie mir noch nicht sagen. Ich warte noch immer auf den Flugbefehl. Und das schon seit geraumer Zeit. Niemand weiß, wie lange es überhaupt noch dauern wird, also verbringe ich meinen Aufenthalt in der Oberen Ebene mit Lernen. Ich bin wieder auf der E.n.G.E.l.-Akademie. Um das nächste Mal besser vorbereitet zu sein, habe ich einige Kurse belegt. Penuel sagte, ich würde eine Ehrenrunde drehen. Ich hatte große Angst, dass ich wieder bei ihm Flugunterricht nehmen müsste. Ich bin sofort zu Xeni geeilt. Ich wollte keinen Flugunterricht bei Penuel nehmen. Eher hätte ich mir die Federn aus den Flügeln gerupft. Als ich Xeni das erzählte, hat nur gelacht und gemeint, es sei eine Redewendung, da ich nun einige Fächer wiederhole.

Noch immer machen sich die anderen über meine Flugangst lustig und ärgern mich. Das ist zwar nicht nett, doch ich stehe das durch. Ich habe jetzt einen neuen Fluglehrer. Sein Name ist Losimon. Er beherrscht die Kunst des Fliegens mit einer Leichtigkeit, dass sogar die anderen Guardians neidisch darauf sind. Schade, dass er nicht gleich zu Beginn mein Professor statt Penuel war. Dann wäre bestimmt alles ganz anders gelaufen. Schon oft habe ich mir die innere Ruhe gewünscht, die in Anthriel steckt. Seine Anwesenheit sorgt dafür, dass auch die Erzengel etwas ruhiger werden. Oftmals sind sie nämlich ziemlich aufgewühlt.

Seit längerem beobachte ich, wie sie in kleinen Gruppen zusammensitzen. Seraphiel, Yahel, Tigernmas, Camael, Verchiel, Melahel sowie all die anderen Erzengel der Triaden treffen sich in unregelmäßigen Abständen. Einmal bin ich sogar den vier Engeln der Apokalypse begegnet. Die wirkten gar nicht freundlich. Ich frage mich, was die wohl aushecken?

Gerüchte ziehen auf und von dannen. Das letzte besagte, dass ein Krieg bevorstünde. Zwischen wem, das konnte ich bisher nicht in Erfahrung bringen. Alles wird nur hinter vorgehaltener Hand getuschelt. Ich habe nur herausfinden können, dass der Krieg zwischen den Mächtigsten ausgetragen werden soll.

309

Aber wer genau sind die Mächtigsten?
Xeni hat mir von Zosimos aus Panopolis erzählt. Xenophon ist wirklich ein schlauer Gelehrter! Er weiß so viel, doch er ist kein Engel. Also, er ist so gut wie ein Engel, doch kein Engel in Persona.
Moment. Ich hoffe, ich bekomme den Satz noch zusammen, den Zosimos einmal gesagt hat, denn der war echt kryptisch!

»Dieser Stein, der kein Stein ist, dieses kostbare Ding, das ohne Wert ist, dieses mehrgestaltige Ding, das keine Form besitzt, dieses unbekannte Ding, das jeder kennt.«

Jessy plusterte die Wangen auf.

Keine Ahnung, was er damit gemeint haben könnte …
Der Unterricht mit Xeni bringt mir sehr viel. Er ist ein sehr guter Lehrer. Viel besser als Penuel oder Haamiah. Er unterrichtet Alchemie. Ich kenne nun einige Steine, denen man einen Zauber zuspricht. Wenn ich wieder im Exil bin, werde ich mir ein paar dieser Sedimente besorgen. Die werden mir in gefährlichen Situationen bestimmt hilfreich sein.
Abrupt unterbrach Jessy ihre Eintragungen. Sie hob den Blick, und die Locke rutschte ihr ins Auge, doch diesmal störte es sie nicht. Ihr Oberkörper begann sich im Takt zum Gesang zu wiegen.

»Oh! Wie schön die Hallelujas erklingen … Verdammt!« Hastig rutschte sie vom Stuhl.

»Oh Gott! Bitte verzeih mir nur noch dieses eine Mal!« Aufgeregt lief sie in ihrem kleinen Zimmer im Kreis herum.

»Ich verspreche, ich werde nie wieder fluchen. Es ist nur … Ich bin nur so hibbelig, dass ich die Stimmen des

Chors diesmal in ihrer gesamten Herrlichkeit vernehmen kann. Das ist soooooo toll!«

In ihrem Ohr war ein leises Flüstern zu hören. Jessy kicherte, da es sie kitzelte.

›Halleluja. Erst eins, dann zwei, dann drei, dann vier, dann steht vor dir die Regenbogentür.‹

»Oh, wie lieblich die Stimme ist und so wunderschöööön«, schwärmte Jessy. Eine Träne sammelte sich in ihrem Augenwinkel, als die himmlische Glückseligkeit sie komplett vereinnahmte. Dann wurden ihre Augen groß wie Unterteller, als sie die Bedeutung begriff.

»Die Stimme gilt mir!«

Jessy rannte hinaus, nur um kurz darauf wieder in das Zimmer zurückzukehren. Hastig zog sie eine Truhe unter ihrem Bett hervor. Der Deckel klappte mit heftigem Schwung nach hinten, sodass der Inhalt der Truhe schepperte. Sie zog ihre Aureole hervor. Ein unregelmäßiges Brummen ertönte, während sie den flackernden Heiligenschein über dem Kopf platzierte.

»Oh Gott! Ich komme zu spät! Mein nächster Auftrag ruft!«

Fated Shadow – Die Jagd
Teil 1 der Trilogie - LESEPROBE

*Hätte mir jemand diese Geschichte aufgetischt, ich hätte
mich genauso verhalten – ich schwör's!*
Beginnen wir doch einfach am Anfang.
*Mein Name ist Aveline. Ich komme aus Inverness, der
kleinen Stadt in Schottland, die durch das Monster von
Loch Ness Berühmtheit erlangte.*
*Ich hatte angenommen, mit meinem Freund David würde
sich mein Leben zum Positiven verändern. Und das wäre
auch wohl so gekommen …*
*… wenn da nicht Samael und Azrael gewesen wären. Mit
denen geriet meine Welt aus den Fugen.*
*Denn diese beiden Herren waren nicht das, was sie
vorgaben zu sein und sie ließen nichts unversucht, mich in
Teufels Küche zu bringen. Warum sie es auf mich
abgesehen hatten, war mir indes anfangs nicht klar – bis
ich erfuhr, dass sie hinter dem her waren, was ich IN mir
trug …*

313

Prolog

Ihr Schädel schmerzte, und sie spürte ihre Hände und Arme nicht mehr. Langsam schlug sie die Augen auf, während allmählich das Bewusstsein in ihren Kopf zurück kroch. Die Umgebung um sie herum war in Orange- und Rottöne getaucht.

»Na? Aufgewacht?«

Eine Hand ergriff ihr Kinn und hob sanft den Kopf nach oben. Sie verspürte einen wahnsinnigen Durst. Langsam lichtete sich der Schleier und sie sah in das schönste Gesicht, das ihre Augen je erblickt hatten. Er hatte weiche Gesichtszüge und einladend blaue Augen. Doch etwas passte hier ganz und gar nicht zusammen.

»Samael, gib ihr etwas Wasser. Sie soll uns doch nicht verdursten«, befahl er seinem Gefährten. Trotz des Befehls schwang ein sanfter Unterton mit.

Seine Hand löste sich und plötzlich sackte ihr Kopf wieder herunter. Sie spürte, wie ihre Lippen sanft befeuchtet wurden. Automatisch öffnete sie ihren Mund. Ein Schlauch mit Wasser wurde ihr von Samael an die Lippen geführt. Gierig versuchte ihre Zunge, das köstliche Nass in den Mund zu befördern. Nur wenige Tropfen erreichten ihre Kehle, sodass die Freude nicht lang währte.

»Das ist genug«, befahl die Stimme.

Samael entzog ihr den Schlauch.

Erst jetzt registrierte sie, dass dies doch kein Traum war. Man hatte ihre Hände in Ketten über dem Kopf gefesselt. Erschöpft lehnte sie die Stirn gegen den rechten Arm. Wo hatte man sie hingebracht? Alles war nur schemenhaft zu sehen. Es sah aus, als würden sie sich tief unten in einem Gewölbe befinden. Es war heiß. Sie hörte kein Knistern. Die

Hitze schien von den Wänden zu strahlen, denn ein Feuer konnte sie nirgends entdecken. War sie in der Hölle gelandet?

Samael begann um die Gefangene herumzutänzeln und nahm einen kräftigen Schluck aus dem Wasserschlauch. Er schmatzte, nachdem er den Schlauch abgesetzt hatte.

»Wann willst du es tun, Azrael?« Ein Rinnsal von Wasser lief über sein Kinn, und er wischte ihn sich genüsslich mit dem Handrücken weg.

Sie hob leicht den Blick. Wie die regelmäßigen Wellen, die ein Wassertropfen auslöst, wenn er auf die Oberfläche eines Sees auftrifft, strömten die Erinnerungen in ihr Gedächtnis zurück. Sie sah zu dem hochgewachsenen Mann herüber. Sein langes, blondes Haar hatte er hinten zu einem Zopf gebunden. Die Fragmente setzten sich zusammen. Alles wurde klarer und begann einen Sinn zu ergeben.

Azrael. Der Todesengel.

Der Mann, den sie einst geliebt hatte. Und Azrael hatte sie geliebt. Sie verehrt. Doch das lag bereits eine lange Zeit zurück.

»Jetzt.«

Im fahlen Licht blitzte die Klinge eines Gladius auf, das der Todesengel in der Hand hielt. Niemand konnte ihm das Wasser reichen, wenn es darum ging, das römische Kurzschwert zu führen. Er war der unbestrittene Meister darin, obwohl er diese Waffe seit vielen Jahrhunderten nicht mehr geführt hatte.

»So, Nagual.«

Plötzlich spürte sie seinen Atem. Nur wenige Zentimeter trennten ihre beiden Gesichter.

»Nun wirst auch du spüren, wie es ist, erdgebunden zu sein.« Seine Augen blitzten vor Boshaftigkeit kurz auf und sie musste unweigerlich schlucken. Ihre Kehle und Mundhöhle waren erneut ausgetrocknet, sodass sie nicht in der Lage war, auch nur ein Wort herauszubringen. Schwach blinzelnd blickte Nagual in seine Augen. Sie wollte ihm signalisieren, dass sie noch immer etwas für ihn empfand. Der Plan, den sie verfolgte, schien nicht aufzugehen. Diesen Ausgang hatte sie nicht angestrebt.

Azrael konnte ihrem Blick nicht standhalten. Während er hinter ihrem Rücken verschwand, trat wieder Samael vor sie und legte seinen runden Kopf schief. In seiner Miene trat ein seltsamer Ausdruck und der Dämon legte die Stirn in Falten.

»Sie scheint keine Angst zu haben!« Unterschwellige Enttäuschung begleitete die Worte.

Nagual spürte, wie etwas Spitzes entlang ihrer Wirbelsäule langsam von unten nach oben glitt. Instinktiv bog sich ihr Rücken in ein Hohlkreuz, wollte der drohenden Gefahr entfliehen, auch wenn ihr

geschundener Körper kaum noch die Kraft besaß und sie sich nur mit Mühe auf den Beinen halten konnte. Die Erkenntnis kam prompt. Es war zwecklos. Die Fesseln ließen Nagual keine große Bewegungsfreiheit. Aus dem Augenwinkel sah sie, wie Azrael das Kurzschwert hob. Ein fieses Lachen bohrte sich in ihren Ohren, gepaart mit einem Zischen, als das Gladius hinabsauste.

Plötzlich erschauderte ihr Körper.

Nagual verspürte einen brennenden Schmerz.

»Aaaaaahhhhh!«

Markerschütternd rasselten die Ketten, als die Hände krampfhaft nach Halt suchten und ins Leere griffen. Ein unerträgliches Brennen überzog ihre Schultern. Kalter Schweiß rann an ihrem Gesicht herunter, vermischt mit Tränen. Lautes, heftiges Keuchen schüttelte sie zusätzlich durch, raubte ihr den Atem. Ihr Körper bäumte sich vor quälender Pein auf. Der Schmerz, der Nagual fast ohnmächtig werden ließ, fraß sich durch jede Faser ihrer Muskeln bis zum Gehirn hoch und drohte, sie in den Wahnsinn zu treiben.

Schließlich gab ihr Geist auf und sie hing kraftlos an den Ketten.

Azrael trat vor die Frau. Kein Mitleid war in seiner Miene zu entdecken.

Blinzelnd bemerkte sie das purpurfarbene Blut, das an dem Gladius herunterlief. Zwei Tropfen versickerten im Sand. Er nahm seinen Umhang und wischte langsam das restliche Blut ab, als ihr klar wurde, was gerade geschehen war.

Er hatte ihr die Flügel abgeschlagen.

Reise ins Ungewisse

Heute war Sonntag und Avelines großer Tag.

Sie würde Inverness verlassen. Ob für länger oder nicht, darüber hatte sie sich keine Gedanken gemacht. Sie mochte Inverness. Schließlich wurde sie hier geboren. Es war ihre Heimatstadt. Hier kannte sie sich bestens aus, hatte einige Touristen um ein paar Pfund erleichtert, ohne jemals geschnappt zu werden. Nessie, besser bekannt als das Ungeheuer von Loch Ness, war ihr hier zwar noch nicht begegnet, doch dafür Jessy, deren Frohnatur es Aveline angetan hatte. Aveline störte es nicht, dass ihre Freundin einige Pfunde zu viel auf den Rippen hatte.

Jessy wirkte sehr jung, was ihrer Größe von einen Meter zweiundfünfzig anzurechnen war. Ihre lustig umher wippenden Korkenzieherlocken, die kleinen dicken Finger und rosige Wangen, rundeten das Bild eines naiven Kleinkinds ab. Ihr wahres Alter hatte sie Aveline nie verraten. Jessy half ihr auf die Beine, stand immer zu ihr, egal, in welcher Lebenslage sie sich befand. Die quirlige junge Frau hatte Aveline bei sich aufgenommen, als diese ganz unten angekommen war, und hatte nie nach dem Warum gefragt. Nun schien ein neuer Lebensabschnitt für Aveline zu beginnen.

»Jessy, du bist immer mein Schutzengel in der Not gewesen. Das werde ich dir nie vergessen.«

Aveline spürte plötzlich, wie sich ein Kloß in ihrem Hals bildete.

Jessys meerblaue Augen wurden groß wie Ozeane und ebenso feucht. Die beiden Frauen fielen sich in die Arme. Dabei musste Jessy sich auf die Zehenspitzen stellen, damit ihre Hände um Avelines Hals greifen konnten. Dicke

Tränen liefen an ihren Wangen hinunter. Eigentlich wollte Aveline Jessy nicht wieder loslassen. Wer konnte wissen, wann sie sich wiedersehen würden?

»Du musst einsteigen, Ava. Sonst fährt der Zug ohne dich ab«, schniefte ihr die beste Freundin ins Ohr.
Aveline drückte sie noch einmal fest an sich, bis Jessy sie von sich wegschob und vor die Einstiegsstufen des Zuges dirigierte. Es gab nur einen Grund für Aveline, Inverness und ihre beste Freundin zu verlassen. Und dieser Grund hieß David.
Langsam drehte sie sich ein letztes Mal zu Jessy um. Ihre rechte Hand führte sie zur Kette, die sie um den Hals trug. Vorsichtig umschlossen ihre Finger den kleinen Anhänger. Sie nahm die Reisetasche, die nur wenige Kleidungsstücke barg auf, um den Rat ihrer Freundin zu folgen, um in den Zug einzusteigen, der sie nach London bringen sollte. Ein letztes Mal nickte Aveline ihrer besten Freundin zu.

»Danke für das Abschiedsgeschenk. Es ist sehr hübsch. Ich werde es immer tragen und nie abnehmen!« Ihr Blick wanderte zum Anhänger in ihrer Handfläche, der am Ende der langen silbernen Kette baumelte.
Gerade mal so groß wie der kleine Fingernagel, war in seinem milchig weißen Kristall eine knorrige Eiche filigran eingearbeitet.

»Ich werde dich vermissen.« Nur mühsam unterdrückte sie ein Schluchzen.

»Du rufst mich einmal pro Woche an. Verstanden? Ich will immer wissen, wie es dir geht. Gib Bescheid, wenn du die Adresse kennst. Du tendierst dazu, in Schwierig-keiten zu kommen. Und wenn das geschehen sollte ...« Jessy versuchte eine ernste Miene aufzusetzen, doch in ihren blauen Augen bildete sich bereits wieder ein See. Sie schluckte ihre Tränen herunter.

»Du weißt, du kannst immer auf mich zählen!« Jessy seufzte schwer, als sie ein weiteres Taschentuch zückte, um ihre Augen zu trocknen, bevor sie laut in das Tuch schnäuzte.

»Du siehst aus wie eine Schildkröte, wenn du weinst. Das ist dir doch klar, oder?« Kam es schluchzend aus Jessy heraus.

Sie mussten beide lachen.

»Glaubst du denn, du siehst besser aus?« Wieder rann eine Träne an Avelines Wange hinunter und sie wischte sie mit dem Arm weg, hoffend, dass ihr Make-up nicht verschmierte.

»Vergiss mich nicht«, krächzte Jessy, der fast die Stimme versagte, was Aveline einen Kloß im Hals bescherte.

Sie hielt dieses Gefühl nicht mehr aus, rückte den Riemen ihrer Tasche über der Schulter zurecht,

verschwand durch die Tür und suchte nach ihrem Platz im Großraumwagen. Ihr neues Ziel London lag noch fast acht Stunden Zugfahrt entfernt.

Aveline hatte einen Fensterplatz reserviert. Jessy fand sie sofort, und beide sahen sich durch die leicht verschmutzte Scheibe an. Die Freundin legte ihre Hand an das Glas und Aveline tat es ihr gleich.

»Gute Reise, Ava! Und lass bald etwas von dir hören!« Hörte sie die glockenhelle Stimme, die sich dumpf an die geschlossene Scheibe zu heften versuchte. Mit einem Ruck setzte sich der Zug in Bewegung. Langsam verschwand Jessys Statur in der Ferne.

Nachdem ihre Freundin und der Bahnhof aus dem Sichtfeld verschwunden waren, verstaute Aveline ihre Tasche im Gepäckfach über dem Sitz. Ihr Blick schweifte durch den Waggon. Das Großraumabteil war fast ausgebucht. Nur der

Platz neben ihr am Gang sowie die Reihe vor ihr, waren nicht belegt. Mit einem tiefen Seufzer ließ sie sich in den Sitz fallen und starrte aus dem Fenster.

Während die malerische Landschaft Schottlands mit ihren saftigen grünen Hügeln an ihr vorbeizog, lachte draußen die Sonne. Doch sie konnte kein Lächeln auf das Gesicht der jungen Frau zaubern.

»Ist hier noch frei?«

Eine tiefe, fast heiser klingende Stimme riss Aveline plötzlich aus ihren Gedanken.

Ein junger Mann, mit dunklem schulterlangen Haar, das oben kurz geschnitten war, sah sie fragend an. Sie schätzte das Alter des Mannes um die Zwanzig. Er schaute sie aus schwarzen Augen an, die gut zu seinem leicht mongolisch angehauchten Aussehen passten. Er trug eine beigefarbene Workerjeans. Dazu ein verschlissenes Unterhemd, das vermutlich einmal weiß gewesen war. Es hatte schon seit Längerem keine Waschmaschine mehr von innen gesehen.

Sie nickte knapp.

Er schmiss seine Tasche auf den Boden und fläzte sich in den Sitz neben ihr. Eine dichte Wolke aus kaltem Zigarettenrauch und Alkohol hüllte sie ein. Aveline drückte ihren Rücken tiefer in das harte Polster des Sitzplatzes und hoffte so, dem Geruch entgehen zu können. Zu ihrem Bedauern konnte sie dem nicht ausweichen.

»Hallo. Ich bin Samael, und du bist ...?«

Er reichte ihr seine Hand, die sie kurz musterte.

Ihr fielen sofort die gelben Fingerkuppen auf. Sie vermutete, dass es vom vielen Rauchen herrührte.

»Nicht interessiert«, rümpfte sie die Nase und starrte dann schweigend aus dem Fenster, hoffend, dass er die Botschaft verstanden hatte. Innerlich betete sie, dass er sie in Ruhe lassen würde.

»Na gut. Dann eben nicht. Doch wir werden bestimmt noch viel Spaß auf dieser Reise haben.«

Avelines Augen weiteten sich. Jetzt hatte er ihre ungeteilte Aufmerksamkeit. Sie starrte ihn verwundert an.

›Was meinte er damit, wir würden Spaß haben?‹ Überlegte sie und spürte, wie das Blut in immer schneller werdenden Tempo durch ihre Adern rauschte.

»Ach ja? Wie das?« Die Frage kam arroganter herüber, als sie es eigentlich beabsichtigt hatte.

»Wohin fährst du?« Er ließ sich nicht beirren.

»London.« Schoss sie ihm knapp entgegen.

Er grinste.

»Aha. London. Eine wunderschöne Stadt. Ich fahre nach Edinburgh.«

Innerlich atmete sie erleichtert auf. Er würde also früher aus dem Zug steigen.

Samael stützte den Arm auf die Lehne zwischen ihnen, sodass er seinen Oberkörper näher zu ihr beugen konnte. Langsam hob er die rechte Hand und streckte den Zeigefinger vor, der sich gemächlich Avelines Oberarm näherte.

Ein mulmiges Gefühl beschlich sie. Gleichzeitig begann ihr Puls sich zu beschleunigen.

»Was machst du in London?« Nun berührte der gelbe Finger bereits ihren nackten Oberarm und strich langsam darüber. Es fühlte sich rau an und kratzte auf ihrer Haut, wie grobes Schmirgelpapier. Schwielen und Hornhaut bedeckten seine Fingerkuppen.

›Zärtliche Liebhaberhände fühlen sich anders an‹, dachte Aveline und erschauderte. Jedoch mehr vor Ekel, als vor Entzückung. Sein Annäherungsversuch war ihr so unangenehm, dass sie ihren Oberkörper immer mehr gegen das Fenster drängte. Viel Raum ließ sich zwischen ihnen jedoch nicht gewinnen.

»Ich ziehe zu meinem Freund«, entgegnete sie schnippisch.

Abrupt zog Samael die Hand zurück.

Ein überhebliches Grinsen legte sich über Avelines Gesicht. Erleichtert bemerkte sie, wie es ihm unangenehm war, als sie David erwähnte, sodass ihre Körperhaltung sich ein wenig entspannte.

»Dein Freund lässt dich den ganzen Weg allein fahren?« Sichtlich darüber erfreut, dass sie sich nicht weiter von ihm zurückziehen konnte, rückte er mit seinem Oberkörper wieder näher zu ihr herüber.

»Ich hätte es nie zugelassen, dass du alleine reist.« Er grinste sie spitzbübisch an.

Erneut presste Aveline ihren Rücken in Richtung Fenster, doch die Holzklasse war gnadenlos und wollte einfach nicht nachgeben. Sie spürte einen Würgereiz,

während sein unangenehmer Geruch sie in Gänze ein-zuhüllen schien und ihr jeglichen Sauerstoff zum Atmen nahm. Aveline musste unweigerlich schlucken, als sie versuchte, den Reiz zu unterdrücken.

»Glaubst du etwa, ich bin zu blöd, um allein zu reisen?« Entgegnete sie forsch.

Er richtete den Oberkörper auf, wie ein Kaninchen, das nach dem Feind Ausschau hielt und winkte schließlich ab.

»Wo denkst du hin? Natürlich nicht. Doch schöne Mädchen sollten nie ohne Begleitung unterwegs sein. Wer weiß, was da passiert?«

Skeptisch sah sie ihn an.

»Wie meinst du das?«

»Na, wer weiß, an was für Typen du unterwegs ge-raten könntest?«

»Du meinst ... Typen wie dich?« Sofort presste sie die Lippen zusammen. Eigentlich wollte sie ihn nicht herausfordern. In diesem Moment wusste sie, dass sie einen Fehler gemacht hatte. Was war nur in sie gefahren? Er sollte sie doch nur in Ruhe lassen.

Samael lachte laut auf und setzte sich breitbeinig in seinen Sitz zurück.

»Nein. Vor mir brauchst du dich nicht zu fürchten«, erwiderte er mit verschwörerischer Miene.

»Ich werde gut auf dich aufpassen.«

Als er ihr zuzwinkerte, beschleunigte sich ihr Puls für einen kurzen Moment. Sie sah, wie er seine Hand hob und befürchtete einen weiteren Annäherungsversuch. Sie hielt kurz den Atem an und beobachtete, wie seine Hand umständlich zur Seite glitt, um in der Hosentasche nach etwas zu suchen. Schließlich zog er eine kleine Packung Tabak hervor, öffnete sie und drehte sich eine Zigarette. An Selbstbewusstsein schien es Samael jedenfalls nicht zu mangeln.

Plötzlich wurde es laut, als weitere Passagiere, zwei Männer und eine junge Frau, grölend den Waggon betraten. Ein älteres Ehepaar störte sich an dem Benehmen der Gruppe. Als die Frau versuchte, ihrem Ärger lautstark Luft zu machen, beugte sich der Große zu ihnen hinunter. Sofort verstummte die alte Dame und rutschte dabei fast vom Sitz herunter. Beschwichtigen hob ihr Ehemann die Hände. Es war offensichtlich, dass die beiden Männer bereits einiges an Alkohol getankt hatten. Sie würden sich nicht den Spaß nehmen lassen, mit den aufmüpfigen Fahrgästen eine kleine Auseinandersetzung auszufechten.

Aveline seufzte leise. Ihre erste Zugreise hatte sie sich anders vorgestellt.

»Hey Sami! Da bist du ja«, lallte der Größere von beiden lautstark und näherte sich ihnen. Mit einem Handschlag grüßte er ihren Sitznachbarn. Als er sich zu seinem Freund herunter beugte, umhüllte sie ein weiterer Schwall von Alkohol und anderen Ausdünstungen. Entsetzt wedelte Aveline mit der Hand vor dem Gesicht und hoffte so, den Geruch vertreiben zu können.

Der Neuankömmling war hoch gewachsen. Aveline schätzte ihn auf stattliche ein Meter neunzig. Sofort stachen ihr sein sportlicher Körperbau, zusammen mit dem naturblonden Haar, ins Auge. Für einen groben Kerl besaß er eher weiche Gesichtszüge, aus denen wunderschöne blaue Augen, fast liebevoll, herausschauten. Hätte er sich gewaschen und würde statt einem mit Löchern unter den Achseln gespickten T-Shirt anständige Klamotten tragen, wäre er bestimmt eine positive Erscheinung und ihr aufgefallen.

»Hallo Azrael! Schön, dass du es doch noch rechtzeitig geschafft hast.«

Samael stand auf und drückte den Mann, der ihn um gut vierzig Zentimeter überragte, brüderlich an seine Brust.

Aveline musste innerlich schmunzeln, als sie die ungleichen Freunde beobachtete.

»Du weißt, dass du mich nicht so nennen sollst«, schalt er seinen Freund und boxte ihn in die Seite, sodass Samael die Augen verdrehte, während ihm kurz die Luft wegblieb.

Azrael schob den Freund mit einer lässigen Bewegung zur Seite und schaute zu Aveline, die auf dem Sitz kauerte, herüber. Während seine Augen ihren gesamten Körper abtasteten, fuhr ihr ein Schauer den Rücken herunter. […]

Ebook ISBN: 978-3-7396-5929-9
Taschenbuch: ISBN-13: 978-3741225109

Das Abenteuer um Aveline geht weiter!
Fated Shadow II – Pentref Mawre

Schlummert in Aveline noch ein Fünkchen der Dimensionswandlerin Nagual?
Das zumindest vermuten Samael, der Höllendämon, und Azrael, der gefallene Engel.
Um Gewissheit zu erlangen, macht sich das ungleiche Trio auf den Weg nach Pentref Mawre, eine andere und magische Dimension.
Doch dort erwartet sie eine Überraschung: Das Reich hat einen neuen Herrscher.

Und der hat seine ganz eigenen Pläne mit ihnen ...

Ebook ISBN: 978-3-7438-4545-9
Taschenbuch ISBN 13: 978-3745074796

Kim Rylee

Planet Award Gewinnerin Kim Rylee erblickte in der wunderschönen Metropole Hamburg das Licht der Welt.
Bereits als Kind träumte sie davon, einmal die Welt zu erobern.
Als Teenager schrieb sie ihren ersten Jugendroman sowie diverse Kurzgeschichten und Gedichte für Familienfeiern.
Anfang der 90er zog es sie in ihre Lieblingsstadt London. Dort studierte Kim erst einmal Technical Theatre and Stage Management an der Guildhall School of Music and Drama, um danach an diversen Theatern innerhalb Europas zu arbeiten, bis die Passion zum Schreiben überhandnahm.

Heute lebt Kim gemeinsam mit ihrem Mann in einem beschaulichen Ort in Schleswig Holstein.
Um den Kopf für neue Inspirationen freizubekommen, fotografiert sie alles, was ihr vor die Linse kommt.
Zudem setzt sie sich für den Wal- und Delfinschutz ein.

Weitere Informationen und Projekte finden Sie auch auf ihrer Homepage:

www.kim-rylee.de

Weitere Veröffentlichungen von Kim Rylee:

10/2015 – Neuauflage 04/2017: **Kalte Gefühle** (Thriller) – Arc of Suspense
06/2016: **Fated Shadow – Die Jagd** (Urban Fantasy) – Arc of Suspense
10/2016: **Bring mich ans Licht** (Thriller) – Arc of Suspense
04/2017: **Yo-Ho Piraten!** - Anthologie - Leserattenverlag
11/2017: **Das Dienstverhältnis** (Psychothriller) – Arc of Suspense
12/2017: **Fated Shadow II – Pentref Mawre** (Urban Fantasy) – Arc of Suspense
04/2018: **Traum und Aufbruch** – Anthologie – Aws-Verlag

In Vorbereitung:
2019: Fated Shadow III (Urban Fantasy)